AF199295

Tessa Korber studierte Literatur und Geschichte, ist freie Autorin und wurde mit ihren historischen Romanen bekannt. Bei ars vivendi gab sie zuletzt die Krimianthologien *Bocksbeutelmorde* (2016) und *Weinfrankenmorde* (2019) heraus. Sie ist Trägerin des Forchheimer Kulturpreises und lebt in Nürnberg. www.tessa-korber.de

Tessa Korber

Noch einmal sterben vor dem Tod

Kriminalroman

ars vivendi

Originalausgabe

Erste Auflage November 2020
© 2020 by ars vivendi verlag
GmbH & Co. KG, Bauhof 1,
90556 Cadolzburg
Alle Rechte vorbehalten
www.arsvivendi.com

Umschlaggestaltung: FYFF, Nürnberg
Motivauswahl: ars vivendi
Coverfoto: © plainpicture/nataliadintrans
Druck: CPI books GmbH, Leck
Gedruckt auf holzfreiem Werkdruckpapier
der Papierfabrik Arctic Paper

Printed in Germany

ISBN 978-3-7472-0184-8

Noch einmal sterben vor dem Tod

1

Was würde er morgen sein? Mauritius Steinberger wusste es nicht. Bis gestern war er ein Jäger gewesen. Einer, dessen Lebensinhalt es war, Verbrecher aufzuspüren. Lange Jahre als Chef der Nürnberger Kripo, danach in einem Sonderermittlungsteam des BKA, nach der Pensionierung als Berater, ein Reisender und Vortragender in Sachen Mord, in Deutschland und weltweit. Bis er beschloss, dass es gut war, ein für alle Mal. Er hatte alle Ämter niedergelegt, alle Termine abgesagt, seine Wohnung verkauft, seinen Hausstand aufgelöst. Seine Frau begraben. Ein paar Krankenhausaufenthalte hinter sich gebracht. Und jetzt stand er hier im Wohnstift, in Nürnberg, seiner Geburtsstadt, seiner alten Wirkungsstätte und dem einzigen Ort, an dem er sich vorstellen konnte – ja, was zu tun?

Morgen würde jedenfalls ein neues Leben beginnen. Für heute befand er sich in einem Übergangszustand, gegen den er wenig unternehmen konnte. Steinberger war ein organisierter Mensch, der unklare Situationen nicht mochte. Aber einen Tag war er bereit, sich das zuzugestehen.

»Fertig«, verkündete der Vorarbeiter der Möbelpacker. Steinberger unterschrieb das Protokoll und drückte dem Mann das vorbereitete Trinkgeld in die Hand. Es war alles an seinem Platz, stellte er fest, als der Trupp sein Einzimmerappartement verlassen hatte: die wenigen Möbel, die ihn über die Jahre begleitet hatten, Bett, Bord, Sessel, Schrank. Zwei, drei Fotografien in altmodischen Rahmen, ein paar Auszeichnungen hinter Glas, die alle schnell entschlossen einen Platz gefunden hatten. Der Schreibtisch, von dem altmodischen PC abgesehen, leer, wie er es mochte. Die Arbeiter hatten den Rahmen mit dem Bild von seiner Frau und ihm links neben dem Bildschirm platziert, dort, wo es stand, als sie alles eingepackt hatten. Steinberger nahm es und betrachtete es einen Moment. Die Aufnahme zeigte Brigitte und ihn in Wanderkluft auf der Terrasse eines Almlokals. Die Sonne schien sehr hell, und im Hintergrund war der Gipfel des Wildkogel zu sehen. Er hatte den Arm um sie gelegt, sie den Kopf an seine Wange. Entspannt blickten sie dem Fotografen entgegen. Seltsam, was das Bild alles nicht zeigte. Steinberger schaute sich um und stellte es schließlich auf das mittlere Brett des Bücherbords.

Er atmete ein. Der Geruch hier drinnen war fremd: Putzmittel, Kunststoff, ein wenig verstaubtes Polsterplüsch. Vorsichtig ließ er ihn in sich ein. Auch die Geräusche waren ihm unvertraut, das Gleiten seiner Schuhe auf dem seltsam federnden Boden, ein Hall, der vom Fehlen von Vorhängen und Kissen herrühren mochte, Stimmen irgendwo auf dem Gang. Ein Knacken in den Rohren, ein dumpfes Rauschen. Und er vernahm das leise Arbeiten des Aufzugs. Erträglich, befand er. Dennoch trieb ihn ein Impuls auf den Balkon.

Ostseite, er würde Frühsonne haben. Gut für einen Frühaufsteher wie ihn. Und hier im achten Stock einen schönen Ausblick über den Reichswald. Ob er es hören würde, wenn im nahen Tiergarten die Löwen brüllten? Der Ruf eines Löwen trug weit. Mauritius Steinberger liebte die Tiere, mehr als die Löwen aber noch die Tiger. Ihre Bewegungen, ihre Kraft. Wäre er romantisch veranlagt gewesen, oder hätte er zur Unbescheidenheit geneigt, hätte er vielleicht von einer inneren Verbundenheit gesprochen. Von Jäger zu Jäger, von einem einsamen, mit den Jahren immer melancholischer werdenden Mann zum anderen. Verborgene Kraft und Traurigkeit, das war es, was er auffing und empfand, wenn er vor dem Gehege an der Sandsteinmauer lehnte und sich dem Strom seiner Gedanken überließ. Nichts davon hätte er jemals einem anderen Menschen gegenüber in Worte gefasst.

Steinberger hatte bereits eine Jahreskarte für den Zoo besorgt. Spaziergänge durch den Tiergarten, das war einer seiner Pläne. An den Montagen und Donnerstagen vielleicht. Mittwochs und freitags dann an den Valznerweiher, im Restaurant speisen, Zeitung lesen, über Fußball sprechen, wenn es sich ergab. Für den Club empfand er nicht unähnlich wie für die Tiger, auch er war eine Konstante in seinem Leben. Und er hatte vor, auf diese Konstanten zu setzen für die Zukunft. Zukunft, seltsames Wort in seinem Alter, leicht adstringierend, mit aufsteigender Säure, und doch – immer noch – mit verheißungsvollem Aroma, wie der Saft von Zitronen.

Dienstags würde er sich Lektüre erlauben, keine Fachbücher mehr, nein: die Klassiker. Er hatte jetzt die Zeit für einen Dickens, einen Tolstoi. Oder für die Reisebetrachtungen Fontanes. Die dicken Bände, die seinem Vater gehört hatten, warteten schon seit Jahrzehnten auf ihn. Bislang hatten sie unbeachtet im kaum gebrauchten Gästezimmer vor sich hin vegetiert, nicht mehr als eine Kulisse, die Bewohntheit vortäuscht. Wenn Steinberger sich einmal vor das Regal verirrt und eines der Bücher in die Hand genommen hatte – warum eigentlich? –, hatte es sich kalt angefühlt, so tot wie der unbeheizte Raum.

Nun hatten diese Bände einen Platz im Herzen seiner Wohnung erhalten. Steinberger würde es endlich mit ihnen versuchen, würde, wie früher sein Vater, im Lehnsessel sitzen, ein Glas Single Malt in der Linken, im Schein einer Lampe mit grünem Schirm; das Bild stand Steinberger noch genau vor Augen. Es hatte ihn seine gesamte Kindheit über begleitet. Jetzt würde er hineinsteigen wie in ein verzaubertes Gemälde. Vielleicht waren zwischen den Buchseiten ja doch Weisheiten über das Leben verborgen, die er besser noch kennenlernen sollte.

Sport stand ebenfalls auf seinem Programm; Kraftsport war für jeden Polizisten Teil des Lebens. Dort, wo andere Menschen ein Sofa platziert hätten, stand seine Trainingsbank mit den Hanteln. Auch Wandern wäre eine Option. Noch war er gut zu Fuß. Herrgott, er war schließlich erst vierundachtzig, ein Silver Surfer, wie seine Kollegen bei der Abschiedsfeier vollmundig erklärt hatten, ein Golden Ager. So viel Edelmetall war ihm allerdings fast verdächtig vorgekommen. Er hatte nichts dazu gesagt, er redete nie viel; jenseits des Mains hatte er als maulfauler Franke gegolten. Seine Frau hatte ganz andere Erklärungen für seine Schweigsamkeit gehabt, aber die waren jetzt hinfällig. So oder so kehrte er zum Ausgangspunkt seiner Überlegungen zurück. Er war noch kein Greis, er würde in Bewegung bleiben. Aber in Maßen, mit Muße. Er würde ...

Es läutete an seiner Tür.

»Herr Steinberger? Einen schönen guten Tag.« Die junge Dame streckte ihm die Hand entgegen. Sie mochte Mitte zwanzig sein, klein, aber nicht ganz schlank, mit einem wippenden, losen Dutt mitten auf dem Kopf, der sie fröhlich und unkonventionell aussehen ließ. Ihr Rock war bodenlang und bunt, die hochgeschlossene weiße Bluse dazu ein bewusster Kontrast. Er sah Farbflecken auf ihren Händen. Keine Gesundheitsschuhe, kein Jackett. Sie war nicht vom Heimpersonal, schloss er, weder Pflege noch Verwaltung.

»Dorothea«, stellte sie sich vor. »Ich leite den Kreativkreis. Wir sind ein aufmüpfiges Grüppchen.« Sie lachte in sein regloses Gesicht. »Und ich dachte, ehe Sie irgendwelche Gerüchte über uns hören ...« Sie ließ den Satz ausklingen und betrachtete ihn. Sie war jemand, der genau hinsah, trotz der etwas fahrig wirkenden Munterkeit, das entdeckte er sofort. Er ließ sie zappeln.

»Jedenfalls: Herzlich willkommen. Und falls Sie mal Lust haben, sich im Malen oder Zeichnen zu versuchen. Oder mit Ton«, sie suchte offenbar nach dem roten Faden. »Jedenfalls: Männer sind bei uns immer herzlich willkommen.« Wieder dieses Lachen. Verlegen war sie nicht. »Es gibt nicht so viele, die sich gern kreativ versuchen. Männer, meine ich.«

»So wie ich.« Machen wir es kurz, dachte er.

»Sagen Sie das nicht.« Sie ließ sich offenbar nicht so leicht abwimmeln. »Ich habe Ihre Akte gesehen, Sie sind ein ganz spannender Mensch. Stimmt es, dass Sie für das BKA gearbeitet haben? Und sogar für Langley?« Sie sprach den Namen des CIA-Sitzes perfekt aus. Er tippte auf eine Vorliebe für Kinofilme über Serienkiller. Ihr Blick wanderte über seine Schulter hinweg in seine Wohnung. »Ist das eine Phantomzeichnung?«, fragte sie.

Er hätte hinterher nicht zu sagen vermocht, wie sie an ihm vorbeigelangt war. Im nächsten Moment schon stand sie vor einem Bild, das sie entdeckt hatte.

»Ein Selbstporträt«, sagte Steinberger. »Der Mann hat es mir aus dem Gefängnis geschickt.« Er machte eine Pause. »In das ich ihn gebracht habe. Er schreibt mir noch manchmal.«

»Haben Sie alle geschnappt?«, fragte sie.

Die Frage behagte ihm nicht. »Keiner schnappt alle.«

»Aber Sie jede Menge, nach allem, was man hört.« Sie beendete ihre Inspektion des Bildes und wandte sich ihm wieder zu. »Vielleicht könnten Sie einmal bei uns über Ihre Arbeit referieren, was meinen Sie?«

»Ich meine, Frau, äh ...«

»Dorothea. Dorothea Kranz«, ergänzte sie, als er auffordernd schwieg. Und sie fügte hinzu: »Ich studiere an der Kunstakademie nebenan. Hier im Stift verdiene ich mir was dazu. Wir machen auch Ausstellungen. Wenn Sie sich für Kunst interessieren.«

»Tu ich nicht.«

»Das glauben viele von sich. Aber Sie sind ein Mensch, der sich mit den grundlegenden Dingen des Lebens befasst hat: Sterben, Tod, Verlust, Wut, Gier. Und genau darum geht es in der Kunst.« Für einen Moment verlor sie ihre unverbindliche Heiterkeit. Ihr Blick hing nachdenklich an der Zeichnung. »Sie würden staunen, was passiert, wenn man einen Pinsel in die Hand nimmt und einfach mal die Tür öffnet.«

In ihrem Ton war etwas, das ihn aufhorchen ließ. Steinberger fürchtete sich vor dem Moment, da ihr Blick zu seinem Gesicht wandern würde. »Sie lassen also in Ihren Malstunden Tod, Wut und Gier heraus?« Er versuchte ironisch zu klingen.

Und wieder lachte sie, diese junge Frau, vergessen der seltsame Moment, in dem sie sich zu begegnen drohten. Sie schien einfach und voll Freude über alles und jeden. »Ich sag mal, wir malen nicht nur Blumenbildchen.« Sie zog die Brauen hoch. »Die Heimleitung steht natürlich in gewisser Weise auf Blumenbilder. Sachen, die man in den Gängen aufhängen kann und so.« Sie schlug sich die Hand vor den Mund. »Sie verraten mich doch nicht? Ich brauch den Job hier wirklich.«

Er ließ sich zu einem leichten Nicken herab. Beinahe zu einem Lächeln.

»Und falls Sie doch mal neugierig werden auf das, was in Ihnen steckt: Wir treffen uns immer mittwochs um drei, Raum 007. Ups, das war keine Anspielung. Und anschließend gehen wir ins Café. Bye!«

Er nahm den Flyer, den sie ihm in die Hand drückte, und legte ihn auf die jungfräuliche Schreibtischplatte.

Das nächste Klingeln bescherte ihm eine Frau mittleren Alters mit mütterlichem Gesicht und der Frage, ob er den Wäscheservice in Anspruch nehmen wolle. Sie heiße Irina Staufert. Er habe das in seinem Vertrag noch nicht angekreuzt. Auch sie lächelte. Und dieses Lächeln schien alles über ihn zu wissen. Ein wenig wie das seiner Mutter, die stets lächelte, wenn sie zu ihren Verhören ansetzte, gewiss, dass er ihr nichts würde vorenthalten können. »Ich seh dir bis ins Herz«, pflegte seine Mutter zu drohen und sein armes Herz damit unfehlbar zum Flattern zu bringen. Er hatte diese Technik später manchmal selbst gegenüber Verdächtigen angewandt. Sie wirkte unfehlbar.

»Ich bin immer in der Nähe«, erklärte Irina Staufert. »Falls Sie irgendetwas brauchen.« Steinbergers Herz fand für kurze Zeit zur alten Arrhythmie, ehe er es fest in die Hand nahm und dankte.

Er erhielt einen weiteren Flyer mit allen Serviceleistungen der Etagenbetreuerinnen und warf ihn in den jungfräulichen Mülleimer.

Der darauffolgende Besucher war ein distinguierter Herr, der sich als Doktor Titus Mahltzahn vorstellte und ihn mit ernster Miene auf die Möglichkeit aufmerksam machte, sich dem Kulturkreis anzuschließen und auch als Mäzen für das vielfältige Programm vor allem im Bereich klassischer Musik aufzutreten. »Es gibt einen Konzertsaal mit ausgezeichneter Akustik, in dem ausgezeichnete Ensembles spielen.«

»Ausgezeichnet«, erwiderte Steinberger. Das Wort »Geld« fiel nicht; man verstand sich auch so. Doktor Mahltzahn erwies sich als durchaus informiert darüber, dass Steinberger vom Bundespräsidenten empfangen worden sei. Und einen Orden des Sultanats Brunei sein Eigen nenne, wo er die Umstrukturierung der Polizei als externer Fachmann betreut hatte. Steinberger dagegen behielt für sich, dass er unter einem Klassiker am ehesten das 11:0-Schützenfest des Clubs gegen den VfV 06 Hildesheim im Viertelfinale des DFB-Pokals 1962 verstand. Herr Mahltzahn hinterließ einen Überweisungsauftrag und eine Ausgabe des hauseigenen Kulturmagazins. Beides hinterließ Steinberger an nicht mehr jungfräulicher Stelle.

Schon ein wenig müde öffnete er auf das vierte Klingeln hin, gefasst darauf, dass das Physiotherapeutenteam sich vorstellen würde oder der Leiter der hiesigen Bankfiliale ihn vielleicht persönlich zur Kontoeröffnung beglückwünschte. Es war eine kleine Frau mit Rollator, beinahe im 90-Grad-Winkel über ihr Gefährt geneigt. Ein Buckel dellte ihr ansonsten makelloses Twinset in Puderrosa aus. Eine blonde Perücke, glatt wie ein Helm, zierte ihren Kopf, die Perlenkette schwang frei vor dem faltigen Hals. »Im Park liegt ein Toter«, verkündete sie. »Gleich in den Rosen. Den fressen jetzt die Wildschweine. Die Welt wird verrückt.«

Steinberger räusperte sich, während er nach einer Antwort suchte.

»Ich spinne nicht«, erklärte sie schnell, »ich bin völlig klar. Mörder und Diebe, überall. Aber ich darf ja nichts sagen.« Ihr Blick wanderte schnell von rechts nach links. Ihre linke Hand, bemerkte er jetzt, fleckig und zerknittert, mit starken gelben Nägeln, rieb und zupfte ohne Unterlass am Kunststoffgriff des Rollators. Er schien mehrmals geflickt worden zu sein und war mit Klebeband umwickelt. Ein dickes Goldarmband zeigte, wie sehr sie zitterte, während ihre Finger, wie ferngesteuert, ihr Zerstörungswerk unablässig verrichteten. Jetzt bemerkte Steinberger auch, dass sie rastlos von einem Fuß auf den anderen trat.

»Ich bin sicher ...«, begann er in seinem beruhigendsten Bass.

»Schweinehunde«, durchkreuzte sie seinen Versuch. »Allesamt. Und Sie brauchen sich gar nichts einzubilden. Die besuchen Sie jetzt nur, weil Sie ein Promi sind. Bald sind Sie so einsam wie wir alle.« Abrupt riss sie ihr Gefährt herum und schlurfte davon.

Erleichtert sah Steinberger, dass sie sich keiner der benachbarten Türen näherte, sondern vor dem Aufzug stehen blieb. Sie drückte ungeduldig immer wieder die Knöpfe. Aber als das leise Pling ertönte, mit dem die Tür sich aufschob, blieb sie auf halbem Weg hängen. Irgendetwas verhinderte, dass sie den Aufzug betrat. Steinberger beobachtete eine Weile, wie die Tür sich mehrmals zuzuschieben drohte und immer im letzten Moment wieder aufglitt. Die kleine Dame schimpfte, fuchtelte und trat dagegen. Er seufzte innerlich, dann ging er los, um ihr beizustehen. Die Polizei, dein Freund und Helfer, so schnell wurde man das nicht los.

Als er am Lift stand, erkannte er das Ausmaß ihres Problems. Der ganze weiträumige Aufzug, auf pflegebedürftige und behinderte Menschen eingestellt, war vollgestopft mit Gestalten wie jener, die ihn vergebens zu betreten suchte: Alte Männer und Frauen, in Anzügen und guten Kleidern, mehr oder weniger gebückt über ihre Rollatoren, standen dort dicht aneinandergedrängt und versuchten verzweifelt, die sich ineinander verhakenden Räder und Rollen auseinanderzuhalten. Man schob und zerrte, zupfte und lupfte, blickte argwöhnisch um sich, forderte Platz und verlangte Rücksichtnahme. Steinberger zweifelte daran, dass der ineinander verkeilte Haufen je wieder auseinanderfinden würde.

Der leicht entzündete Blick eines Mannes, der hilflos verrenkt in der Mitte gefangen war, traf den seinen: »Essenszeit«, sagte er resigniert.

»Mahlzeit!« Steinberger schob seine Besucherin mit einem nachdrücklichen Ruck in das Knäuel, sah die Tür vor die danteske Höllenszene gleiten und beschloss gerade, so lange es möglich war, die Treppe zu nehmen, als er, kurz bevor die Gleittür sich ganz geschlossen hatte, ein weiteres Gesicht sah. Eines, das seine Pupillen sich weiten und seinen Mund sich unwillkürlich öffnen ließ. Doch alles, was er hätte sagen können, hätte er dem Metallrücken der Tür sagen müssen.

2

Es dauerte eine Weile, bis Mauritius Steinberger den Abstieg aus dem achten Stock bewältigt hatte. Den größten Teil der Zeit verbrachte er auf einer Toilette neben dem Küchentrakt, wo er bemüht war, seinen Atem wieder zu normalisieren und seinen Knien das Zittern auszutreiben. Auf keinen Fall würde er Peter Quent hyperventilierend gegenübertreten.

Als es so weit war, schlüpfte er unauffällig in den weitläufigen Speisesaal. Er sah geneigte silberhaarige Köpfe, weiße Tischdecken, Blumengestecke, Weinkelche, Kochmützen und Servierschürzen, alles, was es brauchte, um das gepflegte Ambiente eines Hotels zu simulieren. Gestört wurde es nur von den vielen umherstehenden Gehhilfen. Angespannt musterte er die lichten Scheitel und gefurchten Gesichter. Das Gesicht von Peter Quent entdeckte er nicht.

Eine Servicekraft mit gestärkter Schürze wurde auf ihn aufmerksam und führte ihn, sein dringendes Sich-Umschauen missdeutend, an seinen Tisch, wo er aufgefordert wurde, zwischen den drei Tagesmenüs zu wählen. Seine Tischgenossen stellten sich vor und ermunterten ihn, ein wenig Konversation zu treiben. Das Gespräch plätscherte bald dahin, gebändigt durch gute Erziehung und Hinfälligkeit. Der eine oder andere funkelnde Blick traf ihn, doch Steinberger verstand es, ihn nicht zu erwidern. Außerdem war er nicht recht bei der Sache. Noch immer schweifte sein Blick durch den Saal. Es war die alte Gewohnheit des Jägers: Auf der Suche nach dem Wild, hinter dem er her war, musterte er den Rest rasch, sortierte und katalogisierte ihn und schob ihn als irrelevant beiseite. Bei ihm am Tisch saßen:

die Spitznasige, der Besserwisser, die »Arme« – nach ihren wiederholten Bekundungen – und ein Mr. Siemens. Keiner von ihnen hatte das Zeug zum Gewalttäter. Keiner war Peter Quent. Doch Steinbergers Suche im weiteren Kreis blieb ebenfalls ergebnislos. Niemand sah Quent auch nur ähnlich. Verdächtig immerhin wirkte ein Mann mit Krücke und Freizeitkleidung, der mit einem prall gefüllten Rucksack zum Essen kam, den er dicht an sein heiles Bein stellte und in Abständen streichelte. Was da wohl drin war?, fragte sich Steinberger. Eine Frage, die ihn bei einer seiner Observationen interessiert hätte. Aber er war nicht beruflich hier. Er war nie mehr beruflich irgendwo.

Als er beim Dessert angelangt war, hatte sich schon die Ahnung Bahn zu brechen begonnen, dass er einer Verwechslung aufgesessen war, dem Aufblitzen einer Erinnerung, einer Freud'schen Fehlleistung. Peter Quent war nicht hier.

Am Fenster saß zwar ein Mann, der Quents Statur hatte, mittelgroß und schlank, von Natur aus elegant, und der eine ähnliche Neigung besaß, den Kopf hocherhoben zu halten. Doch das war auch alles. Am Nachbartisch ertönte ein ganz ähnliches Lachen, laut und raumgreifend, aufmerksamkeitsheischend. Da, dort hinten, nahe der Tür, war ein ungewöhnlich voller weißer Schopf auszumachen, über einer braun gebrannten Stirn. Aber Peter Quent gehörte er nicht.

Die Neigung Quents zu altmodisch-gutbürgerlicher Kleidung war gleich an mehreren der anwesenden Männer zu entdecken. Damals, Anfang der Neunziger, als Steinberger dem Bankraub in Lauf nachgegangen und auf Quent als Verdächtigen gestoßen war, hatte der Freizeitlook begonnen, seinen Siegeszug in der Mittelschicht anzutreten. Die ersten Grünen hatten Selbstgestricktes, Indienkleider und

Sandalen für Erwachsene en vogue gemacht. Das Tragen von dandyesken Nadelstreifenjacketts, von Manschettenknöpfen und Hut war da eher ungewöhnlich erschienen. Als Quent ihm das erste Mal gegenüberstand, hatte der Mann Steinberger an eine Figur aus der Kindheit seines Sohnes erinnert, an Pan Tau. Und je länger das Essen dauerte, je ergebnisloser sein Umsehen blieb, umso mehr erschien es Steinberger so, als hätte er im Aufzug eine Märchengestalt gesehen, die nur an ihrem Hutrand zu wischen brauchte, um zu verschwinden. Am Ende hatte er nur einen Blick in seine eigene Vergangenheit getan, in die seltenen, so seltenen Nachmittage, an denen er mit seinem Sohn im Wohnzimmer gesessen und dessen Lieblingsserie geschaut hatte.

Wie auch anders?, sagte sich der alte Kommissar. In diesem Stift wohnten keine Bankräuber und Mörder.

Als er sich schon beinahe entspannt hatte und bereit war, an ein Hirngespinst zu glauben, fing Mauritius Steinberger aus den Augenwinkeln eine rasche Geste auf, ein Winken mit den Fingern, lässig, geringschätzig, beinahe tänzerisch. Wie oft hatte er diese Geste in Verhören bei Quent gesehen, Verhören, in denen sein, Steinbergers, »Ich seh dir bis ins Herz«-Blick nicht das Geringste bewirkt hatte. Ein unbekümmertes, souveränes Wischen war das gewesen, ausgeführt mit der unangezündeten Zigarette zwischen den Fingern, die zu rauchen im Befragungsraum nicht erlaubt war. Die Steinberger nicht zu rauchen erlaubt hatte. Und auch das schien Quent lediglich amüsiert zu haben. Unwillkürlich sprang Steinberger von seinem Stuhl auf. Halb aufgerichtet reckte er den Hals nach dem Urheber dieser Geste. Es war eine Dame mit androgynem Kurzhaarschnitt, großer Brille und einem baumelnden Medaillon vor dem Busen. Ihre langen Finger hielten einen Kugelschreiber, mit dem sie ein Kreuzworträtsel traktierte, unterstützt von ihren Tischgenossinnen. Nicht nur die erstaunten Blicke vom eigenen Tisch trafen Steinberger, der langsam wieder auf seinen Stuhl sank.

»Entschuldigung«, sagte er. »Ich dachte, ich hätte einen Bekannten gesehen.«

»Bekannte gehen ja noch«, meinte die spitznasige Dame links von ihm.

»Genau«, warf der Besserwisser sofort ein. »Schlimm wird es, wenn sie glauben, ihre Eltern zu sehen.«

»Wenn es bei mir so weit ist, hoffe ich, dass ich Claudia Cardinale sehen werde.« Der Siemensianer lachte dröhnend.

Die »Arme« an seiner Seite seufzte, und Mauritius Steinberger begann zu ahnen, dass diese beiden miteinander verheiratet waren. Das Gespräch nahm seinen zögernden Fortgang. Der alte Kommissar entspannte sich. Peter Quent war eine Einbildung.

Ein wenig mehr als das: Er war ein Schreckgespenst. Der einzige Fall, den er nicht gelöst hatte. Der einzige Verbrecher, den er nie hatte verhaften können. Der ihm eine Nase gedreht hatte. Sich aus allem rausgewunden. Ungreifbar. Steinberger würde nie den Moment vergessen, in dem er den tödlichen Unfall an der Bundesstraße bei Lauf und den Bankraub zusammenbrachte. Der Moment, in dem er sich über die Leiche des Jungen gebeugt hatte, von seinem Skateboard gefegt, am Straßenrand liegen gelassen, eine wütende Reifenspur im Grünstreifen, zeugend von der Fahrerflucht. »Wegen Ihrer Gier«, hatte er Quent damals entgegengeschleudert. »Weil Sie die 260.000 in Ihrem Kofferraum nicht aufs Spiel setzen wollten. 260.000 für das Leben eines Kindes.«

»Sie delirieren«, hatte Quent damals gesagt, leicht amüsiert, gelassen. Und irgendwann: »Ich bin nicht Ihr großer, böser Wolf.«

Mauritius Steinberger hatte ihm ins Gesicht gesehen und noch nie in seinem Leben so genau gewusst, dass er eine Lüge hörte. Und nie, nie zuvor hatte ihn der Mensch, der sie erzählte, so sehr abgestoßen. Mauritius Steinberger hasste die Menschen nicht, die er ins Gefängnis brachte. Nicht einmal die Mörder unter ihnen. Warum noch einmal war das bei Quent so anders gewesen? Er müsste in seinen kleinen schwarzen Heften nachschauen, warum er so reagiert hatte. Aber die hatte er nicht mit hierhergenommen. Hier war nur, was er für sein neues Leben brauchte: die Dauerkarte für den Zoo, ein Abonnement des *Kicker*, eine Wanderkarte für Nürnberg und Umgebung. Seine Hanteln. Seine Klassiker.

»Noch ein Schälchen vom Obstsalat?«

Mauritius Steinberger lehnte ab und ging auf sein Zimmer.

Der Wagen wurde nie gefunden, das Geld ebenso wenig. Peter Quent lebte ein bürgerliches Leben.

Ihn zu vergessen war die einzige Lösung gewesen in all den Jahren. Peter Quent galt als unschuldig vor dem Gesetz. Seine Akte war längst geschlossen. Er ging ihn, Steinberger, nicht mehr das Geringste an. Vielleicht war er schon Jahre tot.

Im achten Stock fand Steinberger seinen Namen am Klingelschild. Hier musste er zu Hause sein. Zum ersten Mal trat er ein, während alles schon an seinem Platz stand und ihn empfing. Das also war nun sein Reich. Hier würde er seine Tage verbringen. Sein neues Leben der Muße. Es war ein Dienstag, daher beschloss er, zu einem Buch zu greifen, um von Anfang an in den richtigen Takt zu kommen. Er hatte nicht auf den Einband geschaut, als er ins Regal langte; der Band war einfach nicht allzu dick gewesen. Steinberger setzte sich zurecht, griff zu seiner Lesebrille, schlug auf, atmete ein und las: »Jemand mußte Josef K. verleumdet haben ...« Der erste Satz berührte ihn unerwartet. Die presseverlautbarungsmäßige Abkürzung des Namens, der juristische Fachbegriff, all das war ihm sehr vertraut. Und gleich im zweiten Satzteil wurde zur Verhaftung des Mannes geschritten. Gut so! Vielleicht war tatsächlich etwas dran an der so viel gelobten Wirkung der Lektüre von Literatur. Andererseits. Steinberger ließ den Band auf die Schenkel sinken. Wie war das damals eigentlich gewesen, als er das erste Mal bei Quent geklingelt hatte? Wohlweislich zu fast noch nachtschlafender Zeit, um den Mann von vornherein in Bedrängnis zu bringen. Keine Köchin. Aber ein Hineinfahren in Hosen. Sehr noble Flanellhosen. Quent besaß keine Jeans; aber das sollte er erst später lernen.

»Das wäre neu.« Hatte Quent nicht etwas ganz ähnlich Ironisches gesagt wie der Held dieses ... wie hieß doch das Buch? Er nahm die Lesebrille ab, um den größer gedruckten Namen auf dem Einband entziffern zu können: *Der Prozeß*. Von einem Franz Kafka. Was war das: ein Gerichtsroman? Die Lebenserinnerungen eines Kriminalers? Er selbst war auch schon aufgefordert worden, seine Memoiren zu schreiben. Es gab Kollegen, die hatten das getan. Nach einigem Nachdenken aber hatte er das Vergessen und das Vergessenwerden vorgezogen. Hatte seine kleinen schwarzen Notizbücher entsorgt. Nicht ganz, musste er zugeben. Sein Blick wanderte hinüber zu der kleinen oberen Schublade in seinem Schreibtisch. Dort lag der Schlüssel zu dem Stauraum, den er angemietet hatte. Für Akten, Papiere. Alles, wovon er sich nicht hatte trennen können, ohne doch damit leben zu wollen. Und warum er beides nicht konnte, darüber wollte er eigentlich nicht nachdenken. Er wusste genau, wie die Kisten aussahen, in dem die Büchlein lagen, nummeriert nach Jahrgängen. Er sah sie alle genau vor sich. Und dabei würde es bleiben. Sechzig Jahre im Dienst der Verbrechensjagd waren genug.

Entschlossen stand Steinberger auf. Er stellte diesen Kafka, der ihm ein Unruhestifter zu sein schien, zurück ins Regal. Griff zu einem Kreuzworträtselheft, zögerte nach einem Blick aus dem Fenster. Noch war sein Übergangstag. Vielleicht war es denkbar, einen Spaziergang durch die örtlichen Grünanlagen zu unternehmen? Im Prospekt waren sie als sehenswert beschrieben worden. Zwar waren Spaziergänge nur für Mittwoch und Freitag vorgesehen. Aber die Orientierung auf dem Gelände mochte als Ausnahme gelten. An einem Übergangstag, beschloss Mauritius Steinberger, waren Unregelmäßigkeiten erlaubt.

Hinunter fuhr er mit dem jetzt leeren Aufzug. Im Erdgeschoss schlenderte er erst eine Weile durch die lange Ladenpassage, die die beiden Wohngebäude miteinander verband. Bank, Supermarkt, Friseur, Reinigung – alles da. Es war eine kleine Welt für sich. Steinberger bewunderte nicht nur das Angebot und die Auslagen, er merkte sich automatisch auch Details wie Öffnungszeiten, Räumlichkeiten, Notausgänge, Fluchtwege. Und er hatte, ohne das ausdrücklich zu wollen, schnell eine ziemlich klare Vorstellung davon, was sich wo in den Kassen befand und wie alles gesichert war. Aus den Augenwinkeln nahm er wahr, wo die Kameras hingen, die Feuerlöscher, die Alarmknöpfe. Sollte hier je ein Verbrechen begangen werden: Er hatte die möglichen Szenarien dafür bereits im Kopf. Einem weniger korrekten Menschen als ihm hätte der Gedanke kommen können, dass er auf seine alten Tage genauso gut die Seiten wechseln und als Gangster agieren könnte. Und ein humorvollerer Mann als er hätte sich die Möglichkeiten dieses Szenarios vielleicht mit Genuss ausgemalt. Steinberger allerdings war ein überaus korrekter Mensch, der nicht dazu neigte, sich gehen zu lassen oder seltsamen Vorstellungen nachzuhängen. So machte er sich im Kopf nur eine Notiz, für die Heimleitung eine Liste mit Sicherheitsmängeln und Verbesserungsvorschlägen aufzustellen. Vielleicht könnte er einen entsprechenden Vortrag dazu halten? Der Konzertsaal hier hatte bekanntlich eine ausgezeichnete Akustik. Mauritius Steinberger verschob das Vorhaben auf unbestimmte Zeit. Er war ein Mann an einem Übergangstag. Was er morgen wäre, war noch ungewiss.

Er schritt ins Freie.

3

Der alte Kommissar mied die üppigen Rosenbeete, von denen manche noch immer blühten, und auch die japanische Bogenbrücke, auf der einige Bewunderer verweilten. Er suchte abgelegenere Wege. Einmal sah er Halbprofil und Schulter eines Mannes, der seinem Vater ähnlich sah, um die Ecke verschwinden und erschrak. Ein andermal leuchtete von Weitem ein rot kariertes Hemd, wie sein erster Chef es gerne getragen hatte. Er wischte den Eindruck weg wie eine Altweiberspinnwebe, doch lästig wie diese blieb er kleben. Was, überlegte Mauritius Steinberger, wenn seine Tischnachbarn recht hatten und er begann, Gespenster zu sehen? Peter Quent war vielleicht nur der Erste gewesen. Was, wenn er umgeben war von Gespenstern seiner Vergangenheit, die ihm nun nach und nach erschienen? All die Verurteilten, die Verfolgten und Verbitterten – wenn sie alle nur darauf gewartet hatten, dass er aufhörte zu arbeiten, zu laufen, blind weiterzumachen, um ihn jetzt einzeln und in Grüppchen aufzusuchen und zur Rede zu stellen? Die Vergessenen, die Rachsüchtigen, die, die seine Beute geworden waren? Was, wenn er um die nächste Baumgruppe herumginge und dort, zierlich und in Gelb, seine Frau mit dem müden Blick stünde und den Mund öffnete, um ihm zu sagen, was sie nie gesagt hatte?

Ich habe mir nichts vorzuwerfen, sagte sich Mauritius Steinberger und öffnete seine Strickweste, denn ihm wurde warm, trotz der mäßigen Temperaturen an diesem schönen Spätsommertag. Es gab keine Gespenster. Er wurde auch nicht dement, wie seine Besucherin mit dem Rollator. Er war einfach nur alt und hatte zu viel gesehen. Da wurde jeder Mensch zu einem Typus, einem aus einer Reihe, deren Merkmale man schon kannte. Es gab einfach nichts Neues mehr.

»Mauritius? Mauritius Steinberger?«

Steinberger fuhr herum und starrte entgeistert in das vertraute Gesicht. Abwehrend hob er die Hand. Doch es wich nicht zurück und verwandelte sich auch nicht. Es handelte sich auch um kein Gespenst, keine Vision, nein, es war unabweislich vorhanden. Alle seine Theorien wurden hinfällig.

Er stand vor seiner früheren Hausärztin. Eigentlich Brigittes Ärztin, korrigierte er sich; er selbst war nie krank gewesen, beinahe nie. Brigittes wegen allerdings hatte er die Praxis oft aufgesucht. Er erinnerte sich gut an die Gespräche, die sie zu dritt geführt hatten, zwischen seinen vielen Auslandsaufenthalten, um zu klären, wie sie mit Brigittes zurückgekehrtem Krebs umgehen sollten, der Chemo, den Diäten, den Jahren des Wartens. Er wusste noch, wie quälend diese Sitzungen gewesen waren, das gedämpfte Licht im Zimmer, die drückende Hoffnungslosigkeit, Brigittes leises Weinen, nichts, was man hätte tun können, um alles zu lösen. Sie, Frau Doktor Hohoff, war der einzige Lichtblick gewesen, der einzige Grund, warum er nicht aufgesprungen und hinausgerannt war.

Gesagt hatte er ihr das nie. Er erinnerte sich nicht, überhaupt je ein privates Wort mit ihr gesprochen zu haben. Er erinnerte sich vage an ihr angenehm beherrschtes Wesen, ihre abwartende Gelassenheit, eine Stimme, die nach Zigaretten und Whisky klang, als gäbe es ein Leben jenseits des weißen Kittels, jenseits dieser Misere hier, in das er aber keinen Einblick erhielt. Irgendwann waren sie dann umgezogen. Brigitte hatte, soweit er wusste, den Kontakt bis zu

ihrem Tod gehalten, mit Weihnachtskarten und Urlaubs-
grüßen.

Frau Doktor Hohoff war ungewöhnlich groß für eine
Frau, eher knochig als schlank; in ihrem Sessel versunken,
hatte sie über ihre hohen Knie hinweg zu dem Ehepaar
Steinberger hinübergeblickt. Sie hatte damals schon unge-
färbtes, jetzt endgültig weißes, langes Haar, das sie in einem
Nackenknoten trug. Er konnte sie sich in Gummistiefeln bei
der Gartenarbeit vorstellen. Ihre großen Augen dominier-
ten das faltige Gesicht. Das einst scharf leuchtende Blau war
milchig geworden, was sie aber insgesamt weicher aussehen
ließ. Ja, es schien ihm, als strahle die ganze Frau ein mildes
Licht aus. Mauritius Steinberger begann, eine Ahnung davon zu bekommen, was morgen sein könnte.

»Jetzt also auch auf der Insel der Seligen?«, fragte sie
nach der Begrüßung.

Er lachte sonor als Bestätigung.

»Oh, entschuldigen Sie, mein Beileid«, fügte sie hinzu,
als ihr einfiel, warum er hier war. »Ich habe einen Kranz zur
Beerdigung geschickt.«

Er nickte, als erinnere er sich daran. »Ein wunderbarer
Park«, stellte er dann fest. »Gehen Sie oft hier spazieren?«

Sie ließ ein, zwei Sekunden verstreichen, ehe sie antwortete. Ihr Blick ruhte dabei auf ihm, wie damals, sanft
taxierend. Aber nicht wertend. »Jeden einzelnen Tag«, erwiderte sie dann. »Es ist eine Gnade.«

Gnade, das war kein Wort, das er zu verwenden pflegte.
Er lachte erneut, verlegen. »Es ist wohl eher das Resultat
guter Gene und Gewohnheiten.«

»Wir sind alle auf ein Stück Gnade angewiesen«, erwiderte sie. Ihr Blick hielt ihn noch immer, doch er spürte, wie
sich etwas, was darin gewesen war, leise vor ihm verschloss.

Zu seiner Überraschung versetzte ihn das in eine leichte Panik.

»Nun ja, vielleicht erweisen Sie mir ja einmal die Gnade eines gemeinsamen Spaziergangs«, entfuhr es ihm zu seinem eigenen Erstaunen. »Vielleicht zum Valznerweiher, in das Insellokal?«

»Vielleicht«, sagte sie.

Er zog es vor, ihren Ton nicht zu interpretieren. Er wusste nicht, was in ihn gefahren war. Er war ausgebucht, montags bis freitags. Er hatte einen Plan, bei dem er bleiben sollte. »Vielleicht an einem Wochenende«, hörte er jemanden sagen, der er selbst sein musste. Sein Gesicht dabei war gequält; er war es nicht gewohnt, sich als Trottel zu sehen.

»Vielleicht«, echote sie wiederum. Machte sie sich etwa über ihn lustig?

Wie zur Bestätigung ertönte ein Lachen von hinter der Hecke. Es gehörte zu einem Mann, der jetzt auf den Weg und zu ihnen trat. Mauritius Steinberger wurde es mit einem Schlag kalt und hohl zumute. Dann flammte Hitze in ihm auf. Er kannte dieses Lachen: laut, raumgreifend, aufmerksamkeitsheischend.

»Peter Quent«, presste er hervor.

Der Mann stellte sich neben die Ärztin, vertraulich nah, wie Steinberger registrierte. Noch immer war er ausgesucht gepflegt gekleidet, mit einem handgenähten Hemd, Anzughosen und Jackett und, Steinberger ignorierte es, gestreiften Socken im selben dezenten Rosa, das seine Krawatte zierte. Was für eine perfekte, zynische Maskerade. Steinberger dachte an den Jungen mit dem Skateboard und unterdrückte eine leichte Übelkeit.

Quent musterte ihn mit freiem Blick, gelassen, die Hände in den Hosentaschen, wie es seine Art war. Für unbefangene Unschuld hatten die meisten dieses Benehmen gehalten. Steinberger wusste es besser: Es war ungenierter Egoismus, eine Ungeniertheit dämonischen Ausmaßes, die nichts kannte als sich selbst. Die nichts dabei fand, wenn Menschenleben ihr zum Opfer fielen. Er war überzeugt davon, dass Quent sich selbst im Innersten für unschuldig hielt. Weil es in Quents Augen kein Verbrechen war, wenn andere für sein Wohlergehen leiden mussten. Jetzt wusste Steinberger auch wieder, warum er den Mann hasste, der gerade seine Hand zur Begrüßung auf den Arm von Frau Hohoff legte und sie Isolde nannte und, mit amüsiertem Zwinkern in Richtung Steinberger: »Meine Gnädigste.«

Der Kommissar setzte eine steinerne Miene auf.

»Und ich dachte schon«, sagte Peter Quent, »Sie erkennen mich am Ende gar nicht mehr.«

4

»Ich glaube, ich verliere den Verstand. Oder aber die Welt wird verrückt. Neulich sagte der Kaminkehrer aus heiterem Himmel zu mir: ›Zieh dich aus.‹ Ich habe mit dem Gehstock ausgeholt und ihn erschlagen. Es war Notwehr. Was gedenken Sie zu unternehmen?«

Die Pressereferentin des Stifts, Martina Hinterbauer, schaute die zarte alte Frau mit dem goldenen Perückenhelm an, die ihr auf ihren Rollator gestützt diesen Vortrag hielt, und seufzte. Es war wirklich an der Zeit, dass sie für Frau Sörgel einen Platz im Demenzbereich des Stiftes fanden. Sie hatten schon genug mit dem Tod zu tun, auch ohne dass dauernd jemand Leichen dazuerfand. Sie hatte mit diesen Themen im Grunde gar nichts zu tun. Das hier war ein Fall für ihre Kollegen von der Pflege. Noch dazu mitten in der Ladenpassage, wo jeder es hören konnte. Aber sie durfte sich vor den möglichen Zuhörern unter den Passanten keine Blöße geben.

»Meine Liebe«, versuchte sie es, da die Dame nun einmal vor ihr stand, »in den Stifts-Appartements verkehren keine Kaminkehrer. Allerdings gibt es einen Etagenbetreuer, Mikael, Sie kennen ihn«, sagte sie mit mildem Tadel in der Stimme. »Mikael hat ein blaues Auge und eine Aufschürfung an der Schläfe und ist sehr traurig, dass Sie sich nicht von ihm den Blutdruck messen lassen wollten.« Was die Referentin nicht sagte, war, dass Mikael aus Eritrea kam. Rassismus war kein Problem, das es in ihrem Stift gab.

Sie redete weiter, doch es gelang ihr nicht, Frau Sörgel zu beruhigen, das konnte sie an deren Gesicht sehen. Dort zeichneten sich andere Gedanken ab, in ihrem verwirrten Hirn entstand schon eine neue, abwegige Geschichte, vielleicht: Neulich zeigte ich einen Mord bei der Polizei an. Die Kommissarin glaubte mir nicht. Sie sagte nur, es gebe keine Mafia, und lächelte auf eine besondere Weise, die mir klarmachte, dass ich die Nächste wäre. Deshalb musste ich sie leider töten.

Die Hand der alten Dame kratzte und rupfte am Rollatorgriff. Das Zittern wanderte ihren Arm hinauf. Die Referentin griff nach dem Notfallsendegerät in ihrer Tasche, dessen Existenz sie stets leugnen würde.

»Was machen Sie da?«, krähte Frau Sörgel alarmiert. »Was ist da in Ihrer Tasche?«

»Nichts«, erwiderte Frau Hinterbauer und lächelte.

Als zwei Pfleger gekommen und Frau Sörgel mit freundlich ablenkenden Worten in ihr Zimmer zurückgeführt hatten, trat sie an eines der Panoramafenster. Was für eine schöne Anlage, was für ein schönes Haus. Alles war friedlich, alles kultiviert. Es gab Konzerte, Ausstellungen, Tanzabende, Vorträge. Tote Kaminkehrer hingegen nicht. Gestorben wurde zwar genug, vor allem in der stationären Abteilung. Aber das war erwartbar in einem Altenstift und sie gingen professionell damit um. Leise, hygienisch und mit Pietät. Es dauerte keinen Tag, dann war das Zimmer geleert; sie erledigten das unauffällig während der Spätschicht. Niemand, der nicht wollte, brauchte etwas von dem Sterben ringsum mitzubekommen. Für die, die wollten, wurden kleine Gesprächsrunden angeboten, mit Kerzen und Tüchern auf dem Tisch und einer Pastorin, die über Trauer sprach, doch sie waren schlecht besucht. Jeder konzentrierte sich lieber auf das Leben, das ihm selbst noch blieb. Die Presserefentin wandte sich vom tröstlichen Anblick des Gartens ab.

Nein, sie brauchten wirklich keine zusätzlichen Leichen. Sie ging zurück an ihren Tisch und machte sich eine Notiz, dass ihre Kollegin von der Pflege mit Frau Sörgels Ärztin über eine neue Medikation sprechen sollte.

»Entschuldigen Sie, meine Dame.«

Sie betrachtete den Nähertretenden mit höflich kaschiertem Misstrauen, bis sie den Neuzugang erkannte: »Herr Steinberger, wie nett. Haben Sie sich denn schon eingelebt?«

Der alte Herr ihr gegenüber zeigte nur leichte Anzeichen von Schmerzen. Die Knie, diagnostizierte sie in Gedanken, vermutlich ein künstliches Hüftgelenk. Trotzdem noch immer eine imponierende Gestalt. Sie hatte irgendwo gehört, er habe einen schwarzen Gurt. Sein grauer Raubvogelblick war wach, das zerklüftete Gesicht mit den tiefen, fast stehenden Falten von der Nase zu den Mundwinkeln wirkte asketisch. Ohne wie ein Naturbursche auszusehen, hatte er doch die geerdete, ein wenig rohe Ausstrahlung von jemandem, der in seinem Leben viel draußen unterwegs gewesen war. »Haben Sie sich denn schon mit unserem Kulturangebot vertraut gemacht?«

»Ich spreche Sie wegen der Dame an, die Sie eben aufgesucht hat.«

Die Pressereferentin hob die Brauen. »Frau Sörgel? Richtig, sie wohnt auf Ihrem Gang. Sie hat Sie doch nicht belästigt? Frau Sörgel braucht im Moment unser aller Nachsicht und Geduld.«

Der Kommissar beruhigte sie. »Ich wollte nur darauf hinweisen, dass man ihre Aussagen nicht völlig abtun darf. Gestern beispielsweise erklärte sie mir, dass in dem Blumenbeet unter ihrem Fenster eine Leiche gelegen habe. Ich habe mir daraufhin erlaubt, das besagte Beet in Augenschein zu nehmen.«

»Es tut mir wirklich leid«, fiel die Pressereferentin ihm ins Wort. »Frau Sörgel ist leider bekannt dafür, ein wenig beeinträchtigt zu sein. Wir alle kennen sie schon sehr lange und tragen ihre Launen mit Geduld. Aber es wird in der Tat Zeit, nach adäquateren Betreuungsmöglichkeiten für sie Ausschau zu halten.« Als sie seinen unbewegten Gesichtsausdruck sah, fuhr sie fort: »Ich möchte Ihnen versichern, dass es in unserem Stift natürlich noch nie eine Leiche im Blumenbeet gegeben hat und ...« Sie verstummte gequält. Waren denn heute alle Irren verschworen, ihr über den Weg zu laufen? Ihr schweifender Blick fiel auf einen Mann mit Krücke und Rucksack, so prallvoll gepackt, dass er schon fast wie eine Karikatur wirkte. Frau Hinterbauer fühlte sich müde.

»Ich war Polizeibeamter«, erinnerte Steinberger sie, als könnte er ihre Gedanken lesen.

Du bist alt, dachte sie prompt und sagte schnell, ehe er ihr auch diesen Gedanken vom Gesicht ablas: »Wildschweine. Wir hatten schon ein paarmal Probleme mit Wildschweinen auf dem Gelände. Sie kommen aus dem Reichswald und machen sich über die Grünanlagen her. Das ist schwer zu verhindern.«

Er hatte den Kopf schräg geneigt und fragte, ohne auf ihre Worte einzugehen. »Hatten Sie viele Diebstahlsfälle in der letzten Zeit?«

»Diebstahl?«, entgegnete sie entrüstet. »In unserem Stift gab es seit Jahren keinen solchen Fall.« Sie fächerte sich Luft zu. »Wie kommen Sie nur darauf?«

»Kein verschwundener Schmuck? Kein vermisstes Bargeld? Ich könnte mir denken, dass es sehr geschickt angestellt wurde. Von einer Persönlichkeit, die sich darauf versteht, vertrauensselige Menschen auszunutzen.«

»Was wollen Sie damit andeuten?«, fuhr sie auf. Sein Blick ließ sie wieder ein wenig kleiner werden.

»Schon möglich«, sagte sie in sehr distanziertem Ton, »dass die eine oder andere Bewohnerin so etwas behauptet hat. Das kommt immer wieder vor. Aber wir gehen jedem Vorwurf nach. Und es hat sich noch jedes Mal erwiesen, dass das fragliche Objekt nur verlegt worden war. Unser Personal ist handverlesen und ...« Sie hielt inne. »Machen Sie sich keine Sorgen«, fügte sie an. »Im Übrigen gäbe es für diesen Fall ja Ihre kompetenten jungen Kollegen, die uns sicher gerne helfen würden. Sie können sich da ganz getrost entspannen, Herr Steinberger.« Sie lächelte ihn so lange an, bis sie das Gefühl hatte, die Botschaft sei bei ihm angekommen. »Natürlich werden wir uns jederzeit an Sie wenden, wenn wir glauben, von Ihrer reichen Erfahrung profitieren zu können. Guten Tag.«

Der Kommissar schaute ihr nachdenklich nach, als jemand an ihn herantrat. »Sie hat recht, was die Wildschweine angeht, wissen Sie?« Es war Dorothea Kranz, die junge Kunststudentin.

Er schüttelte sich. »Wildschweine wühlen. Und sie hinterlassen charakteristische Fährten, junge Frau. Keine Fußabdrücke.«

»Spannend!« Ihre Augen leuchteten auf. »Und wohin führen die Abdrücke?«

Der Kommissar überlegte kurz.

»Ach, kommen Sie schon. Hier passiert sonst selten etwas Aufregenderes als ein verrutschtes Tutu beim Kinderballett.«

»Na gut, ich zeige es Ihnen.« Gemeinsam gingen sie an der kleinen Edeka-Filiale vorbei, an der Bank und dem Friseur. Vor dem Laden mit Seniorenbedarf blieb der Kommissar einen Moment stehen. Er tippte dem Inhaber auf die Schulter. »Passen Sie auf den Mann mit dem gelben Spazierstock auf«, sagte er. »Der klaut Schuheinlagen.« Er ließ den verblüfften Geschäftsmann ohne weiteren Kommentar zurück.

»Sie sind witzig.« Dorothea musste lachen. »Das hätte ich bei unserer ersten Begegnung gar nicht gedacht.«

»Es war keineswegs witzig gemeint. Der Mann hat sich in der Woche, die ich hier wohne, schon zum dritten Mal bei den desodorierten Einlagen bedient.«

»Ich schätze, Ihre Kinder haben Sie gehasst«, meinte Dorothea. »Man konnte wohl nichts vor Ihnen verbergen, oder? Oh, Entschuldigung«, fügte sie hinzu, als sie sein Gesicht sah. »Sie verstehen sich wohl nicht gut mit Ihren Kindern?«

»Mein Sohn ist tot«, sagte er. »Ein Sportunfall.«

»Oh.« Eine Weile wagte sie es nicht, ein neues Thema anzuschlagen. Endlich standen sie vor dem Beet. Es lag näher beim hinteren der beiden Wohngebäude, um diese Zeit im Schatten.

Dorothea folgte dem Blick des Kommissars und sah, was er ihr zeigte: den runden Umriss am Boden, wo etwas Schweres gelegen haben musste, die schmale Schneise durch die aufrecht stehen gebliebenen Astern ringsum, den Teilabdruck von etwas, das ein Absatz sein mochte. Jedenfalls war es keine Schweinepfote.

»Und die Spur führt hinaus«, erläuterte Steinberger. »Nicht hinein. Was immer da lag, muss quasi vom Himmel gefallen sein.«

Unwillkürlich ging ihrer beider Blick die Häuserfassade hinauf, wo sich Stockwerk an Stockwerk die Balkone reihten.

»Manchmal«, sagte Dorothea zögernd, »springen sie. Meistens aus den oberen Stockwerken. Wir reden hier nicht viel darüber.«

»Wer hier gesprungen ist, der wurde nicht auf einer Bahre weggetragen.« Steinberger musterte das Bauwerk. »Er ist auf dem Hintern gelandet, aber auf seinen heilen zwei Beinen weggelaufen. Und er hat mit niemandem hier über sein Abenteuer gesprochen.«

»Ein Einbrecher, jetzt verstehe ich, wie Sie darauf kommen.« Dorothea überlegte. »Es könnte aber auch ein Romeo gewesen sein, meinen Sie nicht? Eine missglückte Balkonszene oder der geglückte Versuch, vor einem überraschend heimkehrenden Gatten zu flüchten.« Als sie seinen Blick sah, fügte sie hinzu: »Wir haben einige Paare hier im Stift. In den Zweizimmerappartements ist das keine Seltenheit.«

Steinberger grunzte.

»Oder ein Betrunkener«, rätselte Dorothea weiter. »Dem es nachher peinlich war. Falls er überhaupt etwas davon mitbekommen hat.«

Steinberger stand da wie eine Statue.

»Wieso«, fragte Dorothea, »sind Sie so sicher, dass es ein Einbruch war? Sie brüten da doch an etwas herum.«

Jetzt wandte er sich zu ihr um, schwieg jedoch.

»Mir können Sie es doch sagen«, drängte sie.

Er hielt ihren Blick fest. »Genau da bin ich mir nicht sicher.«

Sie blinzelte nicht. »Was haben Sie zu verlieren?« Als er nicht antwortete, fügte sie hinzu: »Ich glaube, ich habe ein bisschen Talent zum Detektiv. Ich könnte Ihnen wertvolle Tipps geben.«

Jetzt lächelte der Kommissar, ein wenig gönnerhaft, einen Tick überheblich.

Bis sie sagte: »Ich könnte Ihnen zum Beispiel den Tipp geben, dass die Frau Hohoff jeden Mittwoch bei mir in der Kreativgruppe sitzt. Sie aquarelliert gerne und nicht mal ohne Talent. Ihr Lieblingsmaler, nur zur Information, ist William Turner.« Sie blinzelte. »Der Herr Quent ist übrigens nicht dabei.«

5

Jetzt hatte Mauritius Steinberger schon zwei Rätsel zu lösen: Zum einen, wie er mit Quents Anwesenheit im Stift umgehen sollte, und zum anderen, warum diese junge Frau so schnell durchschaut hatte, dass er sich für Isolde Hohoff interessierte. Sicher, er hatte sich beim Service erkundigt, ob er an ihren Tisch umgesetzt werden könnte. Und er kannte ihre Spazierwege gut genug, um ihr an den unterschiedlichsten Stellen des Parks wie zufällig über den Weg zu laufen. Umgesetzt hatte er das aber erst zweimal, und beide Male hatten sie über das Wetter gesprochen. Er wusste außerdem, dass Montag ihr Pediküretag war, und hatte sich den Folgetermin reservieren lassen. Aber woher zum Teufel wusste diese kleine Dorothea das? Auge des Künstlers? Ein angeborener Sinn fürs Kriminalistische? Oder war er so durchschaubar geworden?

Sie lachte nur, wann immer er sie danach fragte. Ohne Zweifel war ihr ein wenig langweilig gewesen in ihrem Dasein zwischen Kunstakademie und Altenstift. Die große Frage war: Konnten alle anderen das Gleiche sehen? War er mit seinen Gefühlen ein offenes Buch für seine Umwelt? Auf dem Gebiet des Kriminalistischen fühlte Steinberger sich sicher. Er wusste, wer das Wild war und wer der Jäger. Auf amourösen Pfaden hingegen fühlte er sich hilflos. Hätte Dorothea mit ihren Anspielungen ihn nicht mit der Nase darauf gestoßen, er wäre sich nicht einmal ganz klar darüber gewesen, dass er überhaupt auf einer Art Freiersfüßen wandelte. Und diese Unklarheit über die eigenen Empfindungen hätte er im Übrigen liebend gern noch eine Weile beibehalten.

Trotzdem blieb seine größere Sorge Quent. Er hatte eine Nacht und einen Tag damit vergeudet, sich einzureden, dass Quents Anwesenheit im Stift nichts bedeutete. Der Fall war abgeschlossen, Quent offiziell ein unbescholtener Bürger und freier Mann. Steinberger hatte es vor über fünfundzwanzig Jahren schriftlich von einem seiner Vorgesetzten bekommen, dass er ein Sturkopf sei, der sich verrannt habe. Sein Beharren auf Quents Schuld hatte ihm damals den einzigen Knick in seiner Karriere beschert, ein Umweg von ein, zwei Jahren, nicht mehr, ehe es für ihn wieder bergauf ging und er seine ansonsten makellose Karriere zum guten Schluss noch mit dem Wechsel zur Bundesbehörde krönen konnte.

Steinberger seufzte beim Nachdenken. Er sollte die guten Ratschläge von damals beherzigen: es hinter sich lassen. Aber nach nunmehr vierundzwanzig Stunden, in denen er diese Sätze mantraartig wiederholt hatte, war ihm klar geworden, dass das nicht funktionieren würde. Spätestens, als er gestern gesehen hatte, wie Isolde Hohoff beim Tanztee von diesem Menschen aufgefordert wurde und er daran hatte denken müssen, dass dieselben Hände, die gerade die Ärztin über die Tanzfläche schoben, einen anderen Menschen das Leben gekostet hatten. Dass sie Waffen gehalten und Unschuldige bedroht hatten, ohne Gewissensbisse. Was, wenn er Isolde verletzte? Das würde Steinberger sich nie verzeihen.

Dann war da die seltsame Sörgel mit ihren Geschichten von Leichen. Sie war irre, klarer Fall. Aber ihre Erzählungen mussten doch irgendeinen wahren Kern haben, so weit kannte er sich mit Irren aus. Er hatte sich von ihr zu diesem Asternbeet zerren lassen, und ihm war schnell klar geworden, dass sie zumindest in einem recht hatte: Hier hatte ein Mensch gelegen. Der Gedanke an einen flüchtigen Räuber, der von einem Balkon gesprungen war, war sofort in ihm aufgeblitzt und gleichzeitig mit diesem Gedanken der Name: Peter Quent. Er war ein Räuber, Dieb und Betrüger, ein sehr geschickter zudem. Die Liste der Verbrechen, die möglicherweise auf seine Rechnung gingen, war lang. Dass er nie zur Verantwortung gezogen wurde, zeigte nur, wie gerissen er vorging. Und dass es dabei nur einmal einen Toten gegeben hatte – nur einmal, von dem sie wussten – hieß nicht, dass es nicht wieder geschehen konnte. Quent kannte keine Grenzen, wenn es um seine Interessen ging.

Seit er wusste, dass Peter Quent hier lebte, sah Steinberger das Stift mit anderen Augen: Hier war viel Geld zu Hause. Und es war in den Händen von alten, kranken und schutzlosen Menschen, die leicht zu betrügen und leicht zu überwältigen waren. Das Altenstift war für einen gewieften Einbrecher oder Betrüger ein reich gedecktes Buffet. Die hysterische Reaktion der Verwaltungsdame hatte ihn in diesem Verdacht nur bestätigt. Quent unter diesen Alten, das war ein Fuchs im Kaninchenbau, ein Wolf im Haus der sieben Geißlein. Quent hier, nicht den Armen der Gerechtigkeit zugeführt, das war schlicht unerträglich.

Mauritius Steinberger war sich immer sicherer, dass er aufgerufen war, etwas dagegen zu unternehmen, zum Wohle der Allgemeinheit. Allerdings würde er mehr tun müssen, als einen Vortrag über sicheres Wohnen zu halten. Er hatte die Lage am Asternbeet noch einmal in Augenschein genommen und war zu dem Schluss gekommen, dass der Einbrecher, so er existierte und so es sich um Quent handelte, der auch nicht mehr der Jüngste war, maximal aus dem Fenster im ersten Stock hätte springen können. Dort lebte, seinen Recherchen zufolge, ein Paul Schwebel. Es wäre einfach, dem Mann einen Besuch abzustatten und sich bei ihm umzusehen. Ihn kennenzulernen. Zu hören, ob er Dinge von Wert besaß – worauf Steinberger hätte wetten mögen. Zu hören, ob er Dinge von Wert vermisste.

Trotzdem saß Steinberger auf seinem Balkon und zögerte. Sein Eifer gegen Peter Quent hatte ihn schon einmal zu weit geführt. Seinerzeit hatte er sich wieder aus der Sackgasse herausgearbeitet, hatte die auferlegte Therapie absolviert, den Karriereknick durch harte Arbeit wieder ausgebügelt, sich verlorenes Vertrauen zurückerobert. Er hatte den Platz in der Gemeinschaft wieder eingenommen, den er um ein Haar verloren hätte, aber damals war er noch jünger, härter, ein Macher. Jetzt war er, bei allem Respekt vor sich selbst: ein Greis. Was konnte er tun?

Da hörte er den Schrei. Er war nicht durchdringend, nicht besonders alarmierend. Und nur gerade laut genug, dass Steinberger den Kopf in die Richtung wandte und aus dem Fenster schaute. Im nächsten Moment sah er den Körper. Er fiel die Fassade hinunter und schlug auf dem Grün auf. Das Auge sah es und glaubte es nicht. Wie alle, die Zeuge der Szene geworden waren, starrte Mauritius Steinberger einige Momente auf die reglose Gestalt, von der keine Details zu erkennen waren, obwohl die Fantasie sich das Schlimmste ausmalte; es mussten mindestens sieben, acht Stockwerke gewesen sein. Da war kein Raum für Hoffnung. Und doch starrte man.

Bis endlich der professionelle Ruck durch ihn ging und er den Blick hob. Es dauerte einen Moment, bis er das offene Fenster im neunten Stockwerk gegenüber fand, den wehenden Vorhang. Und dahinter: War das eine Bewegung gewesen? Für einen kurzen Augenblick war er sich sicher: Er hatte Quents triumphierendes Gesicht gesehen. Waren seine Befürchtungen so schnell wahr geworden? Oder litt er unter Halluzinationen? Es gab nur einen Weg, das herauszufinden. Steinberger machte sich auf den langen Weg nach unten.

Er ging so schnell er konnte durch die Passage, sah durch die Glasscheiben die Schaulustigen, die draußen zusammenhinkten und -rollten. Er winkte ab, als der Besitzer des Seniorenladens ihn ansprechen wollte, und erreichte ganz außer Atem das gegenüberliegende Wohngebäude, als draußen bereits in die Smartphones gesprochen wurde. Die Polizei und die Feuerwehr würden nicht lange auf sich warten lassen. Er lauschte einen Moment ins Treppenhaus, ob er flüchtende Schritte hörte, doch es blieb still. Daher entschied er sich für den Aufzug. Vielleicht bekam er eine Chance, das Appartement zu inspizieren, ehe die Kollegen auftauchten. Als er in den Gang des neunten Stockes trat, öffnete sich eine Tür und Irina Staufert trat heraus, auf dem Arm einen Stapel Handtücher.

»Was machen Sie hier?«, fragte Steinberger die Etagenbetreuerin barsch.

»Arbeiten?« Sie schaute ihn verständnislos an. »Brauchen Sie etwas?«

Ohne weiteren Kommentar nahm er sie am Arm und zog sie zu der Tür, die er nach seiner Analyse der Architektur für die richtige hielt. »Machen Sie auf«, befahl er.

»Unfug.« Sie entzog sich seinem Griff und richtete sich entschlossen zu voller Größe auf. »Das ist das Zimmer von Herrn von Arx. Der ist meistens zu Hause. Warum klopfen Sie nicht einfach? Was wollen Sie denn von dem Herrn von Arx?«, fügte sie dann misstrauisch hinzu.

Steinberger entschied sich für die Schocktherapie. »Ihr Herr von Arx ist eben aus dem Fenster gesprungen und liegt tot auf dem Rasen.«

»Jessas.« Die Etagenbetreuerin wurde mit einem Schlag blass. Ihre Hand zitterte, als sie nach ihrem Generalschlüssel kramte. »Jessas Maria«, wiederholte sie wieder und wieder.

Dabei war ihr ganzes Suchen völlig unnötig, wie Steinberger merkte, als er ungeduldig um sie herum und nach der Klinke griff. Es war gar nicht abgesperrt. Was, fuhr es ihm kurz durch den Kopf, wenn der Mörder so dumm war, drinnen auf sie zu warten? Er verfluchte sich, nicht an den Totschläger gedacht zu haben, den er als Souvenir von einem Kleingangster erhalten und lange Jahre bei sich getragen hatte. Ersatzweise griff er sich aus dem Schirmständer gleich hinter der Tür einen Gehstock mit Metallgriff.

Hintereinander stürmten sie in das Appartement, das ein spiegelverkehrtes Abbild seines eigenen war, allerdings üppig mit schweren Eichenmöbeln eingerichtet. Steinberger zweifelte keinen Augenblick daran, dass jedes der wuchtigen Möbelstücke eine Antiquität war, das Blattgold auf den Bilderrahmen echt, die vielen herumstehenden Reiseandenken von künstlerischem Wert und die geschnitzten chinesischen Statuetten vermutlich aus Elfenbein. Das Fenster stand offen, der Vorhang, den er schon von drüben gesehen hatte, wehte im Wind. Die Tür zum Balkon dagegen war geschlossen. Steinberger inspizierte ihn trotzdem und fand ihn menschenleer und ohne Spuren. Nein, der Tote musste aus dem Fenster gestürzt sein.

Schnell registrierte Steinberger, dass es im Zimmer keine offensichtlichen Hinweise auf einen Kampf oder die Anwesenheit einer fremden Person gab: keine umgestürzten Möbel, keine zerbrochenen Vasen. Überall schien die Ordnung ungestört. Er entdeckte auch keine staubfreien Lücken auf den Möbeln, von denen kürzlich etwas entfernt worden wäre, keine leeren Stellen an den Wänden. Ein schneller, verstohlener Blick in die Schreibtischschublade zeigte ihm ein mit Scheinen prall gefülltes Portemonnaie, eine Schatulle mit Krawattennadeln, Manschettenknöpfen und einigen Krügerrand, die er mitgenommen hätte, wäre er in der Einbrecherbranche gewesen. Ebenso wie die Zigarren in der intarsiengeschmückten Box. Aber das war sein persönlicher Geschmack. Dennoch: Alles schien unverdächtig. Und leer.

»Was machen Sie da?« Die Stimme der Etagenbetreuerin war scharf vor Misstrauen.

Steinberger schloss die Lade rasch und stellte den Stock zurück. Eine Antwort sparte er sich. Stattdessen trat er an das Fenster. Mit der Hand hielt er den unruhig zuckenden Vorhang zurück. Er konnte die Menschen sehen, die auf den Balkonen gegenüber standen. Aber es war zu weit weg, um auch nur einen von ihnen mit Sicherheit zu erkennen. Schlagartig wurde es ihm klar: Er konnte Peter Quent nicht hier am Fenster gesehen haben. Er blinzelte und fuhr sich mit der Hand übers Gesicht. Er musste auf sich aufpassen.

Als er sich umdrehte, stand Irina Staufert mitten im Zimmer. Ihre runde Gestalt versperrte ihm den Weg zur Tür. Sie wirkte völlig desolat; noch immer hielt sie den Stapel Handtücher auf dem Arm, mit dem er sie auf dem Flur angetroffen hatte.

»Wir müssen die Polizei alarmieren.« Als er an ihr vorbei wollte, fielen ihr die Handtücher runter, und sie bückte sich, um sie umständlich aufzuheben. Er wollte helfen, sie wehrte ihn mit einer Geste ab. Ihre Hände zitterten noch immer. Irina Staufert stapelte ihre Handtücher neu und tupfte sich eine Träne aus dem Augenwinkel. »Wie konnte er das nur tun?«, fragte sie kopfschüttelnd.

»Sie meinen, es war Selbstmord?«, wollte Steinberger wissen. »Wie kommen Sie darauf?«

»Ich weiß nicht.« Mit feuchten Augen, schaute sie ihn an. »Muss doch einsam gewesen sein.«

»Einsam?«, wiederholte Steinberger. »Wer erbt denn das alles?«

»Was?«, murmelte die Etagenbetreuerin in ein frisch gezücktes Taschentuch. »Wieso erben?«

»Na, wenn er allein war, wie Sie sagen, und keine Familie hatte«, half Steinberger ihr nach. »Da fragt man sich doch, wer das erbt.«

»Sie stellen seltsame Fragen.« Irina Staufert musterte ihn voller Abneigung. »Das sollten Sie nicht tun.«

Er hob die leeren Hände in einer halb entschuldigenden, halb abwehrenden Geste. »Alte Polizistengewohnheit.«

»Wir müssen gehen«, murmelte sie. »Ich muss der Heimleitung Bescheid sagen.« Sie erinnerte sich ihrer Aufgaben. »Und Sie gehen jetzt auch.«

Steinberger trat nonchalant an die Wand mit den vielen goldenen Rahmen heran und stupste einen davon, eine kleine Landschaft im Abendlicht, mit dem Finger an, ehe er der Aufforderung nachgab. »Das Bild hing schief«, erklärte er. Dann räumte er das Feld.

Als sie auf den Flur traten, während die Etagenbetreuerin die Tür gewissenhaft abschloss und Steinberger noch dachte, dass das den Tatortbefund verfälschen würde, fiel sein Blick auf die Tür gegenüber. Statt des Normklingelschildes, wie es an den anderen Türen und auch seiner eigenen üblich war, hing dort ein poliertes Messingschild, ein kleiner metallener Schnörkel im Renaissancestil, auf dem eingraviert war: Peter Quent.

6

Die Kreativgruppe würde am Nachmittag beginnen. Daher beschloss Mauritius Steinberger, gleich nach dem Frühstück mit dem Bus in die Stadt zu fahren. Der Valznerweiher musste warten. Erst wollte er wissen, was seine ehemaligen Kollegen in Sachen Ewald von Arx unternahmen. Ab Frankenstraße könnte er in die U1 umsteigen und dann ganz bequem bis an den Jakobsplatz fahren, um das Präsidium zu besuchen. Das Mittagessen würde er in seinem alten böhmischen Stammlokal unterhalb der Burg einnehmen. Er wäre problemlos rechtzeitig zurück, um Isolde Hohoff beim Malen zu treffen. Er hatte sich vorgenommen, in einer nahe gelegenen Buchhandlung auch noch nach Bildbänden über Turner Ausschau zu halten. Alles ganz einfach.

Im Bus kam er sich seltsam vor; es dauerte mehrere Stationen, ehe nicht mehr alle Insassen grauhaarig waren und das Publikum sich wieder mischte. Als die ersten Mütter mit Kindern einstiegen, atmete er auf. Grüppchen arabischer Jugendlicher kamen dazu, afrikanische Familienväter, türkische Frauen mit schweren Einkaufstüten, dazwischen Geschäftsleute mit Rollköfferchen, die offenbar von der Messe kamen, Schüler aller Altersstufen, Menschen, Menschen. Gerade mal eine Woche, dachte der alte Kommissar, und schon bist du den Trubel nicht mehr gewohnt.

Im Präsidium angekommen atmete er auf; nicht alles war wie früher, aber die Atmosphäre war unverkennbar, die Nüchternheit, gegen die auch der pathetische Bundesadler über der Tür nicht ankam, das sachliche, verhaltene Grün und Beige. Büroatmosphäre ohne verniedlichende Dekorationen. Das war die Luft, die er zu atmen gewohnt war. Am Empfang legte er seinen alten Dienstausweis hin und nannte seinen Namen sehr laut. Es war kein unbekannter Name in diesen Kreisen, hier in Nürnberg zumal. Doch er rief nicht die Wirkung hervor, die Steinberger sich erhofft hatte.

»Der ist abgelaufen«, konstatierte der Beamte am Schalter und griff, ohne ihn anzusehen, zum Telefon. Ich hab das Lehrbuch geschrieben, mit dem du gelernt hast, wollte Steinberger schon kontern. Zumindest die Kapitel drei und sieben. Aber er ließ es, um das Gespräch verfolgen zu können. Es war kurz und endete damit, dass er warten sollte. Wie ein Tiger im Käfig pendelte Steinberger zwischen einem aktuellen Fahndungsplakat und einem Infoaushang mit Handreichungen für Seuchenfälle hin und her. Er wollte sich nicht setzen. Sich seine Unruhe anmerken lassen wollte er aber ebenso wenig. Der Mann, der ihm mit ausgestreckter Hand entgegenkam, war sein Amtsnachfolger, Aloysius Rohpol. Sie kannten sich von der Übergabe. Rohpol war aus der Landeshauptstadt gekommen; Nürnberg war der vorläufige Endpunkt seiner Karriere. Damals bei der Amtsübergabezeremonie, als er in der ersten Stuhlreihe saß, zwischen Männern in ungewohnten Anzügen und Buchsbäumen in Töpfen, hatte Steinberger der Antrittsrede von Rohpol gelauscht, bayerisch-zackig und knapp. Und er hatte gedacht, dass der Mann es versäumt hatte, den sanften Pol seiner Persönlichkeit zu entwickeln, jenen, welchen man brauchte, um Zeugen auf seine Seite zu bringen und Verdächtige im Verhör glauben zu lassen, man sei auf ihrer Seite. Rohpol hatte eine Seite, die war gut sichtbar, ein Pfeil, der nach oben zeigte, immer in Richtung Chefsessel. Steinberger hatte den Mann nie gemocht, jetzt war er froh, ihn zu sehen. Immerhin, man hatte keinen Lakaien geschickt.

Mit festem Handschlag und ebensolcher Stimme wurde er begrüßt und in ein leeres Büro dirigiert. Austausch von Erinnerungen, dann ein Moment der Stille. Allzu leicht würde man es ihm nicht machen. »Wegen des Toten im Stift gestern«, begann er. »Am Tiergarten«, fügte er hinzu.

»Richtig, richtig, Sie wohnen da, nicht wahr?« Sein Nachfolger klopfte mit der Spitze eines Kugelschreibers auf Papier.

Steinberger nickte. »Es ist sozusagen in meinem Vorgarten passiert.«

»Und man weiß gern, was im eigenen Garten vorgeht.« Der andere hörte auf zu klopfen und setzte sich mit einer energischen Geste zurecht. »Es gab keine Hinweise auf ein Fremdverschulden.« Auch er schaute Steinberger nicht an. »Keine Abwehrverletzungen, keine verdächtigen Traumata, dafür ein fortgeschrittenes Karzinom. Wir gehen von einem Suizid aus.«

Sie springen manchmal. Steinberger hatte Dorotheas Stimme noch gut im Ohr.

»Keine Fingerabdrücke im Zimmer oder auf dem Balkon, die dort nicht hingehören?«, wollte er wissen.

»Außer Ihren, meinen Sie?« Steinbergers Gegenüber sah ihn jetzt voll an. Sein Grinsen enthüllte alle Zähne.

Steinberger erwiderte es mit makelloser Prothese. Dann ließ er seine Gesichtsmuskeln ruckartig erschlaffen. Der Effekt hatte schon vielen Menschen Furcht eingeflößt. Diesem hier nicht. Er neigte sich lediglich vor, um sich eine Fluse vom Hosenbein zu zupfen. »Hatten Sie einen besonderen Grund, sich im Zimmer des Verstorbenen umzusehen?«

»Nachbarschaftshilfe«, blaffte Steinberger. »Habt ihr denn überhaupt Fingerabdrücke genommen?«

Der andere fasste ihn genauer ins Auge: »Was für welche hätten wir denn finden sollen?«, erkundigte er sich. »Welche vom Personal? Von der Familie? Von Nachbarn?« Er ließ nach jeder Frage eine kleine Pause und suchte Steinbergers Gesicht nach einer Reaktion ab, die ihm die Richtung verriet, in die Steinbergers Gedanken gingen. Für einen Moment war seine aufgesetzte Jovialität verschwunden.

Steinberger versuchte, nicht das Mindeste preiszugeben.

Sein Gegenüber beendete die ergebnislose Inspektion und seufzte. »Gibt es denn irgendwelche Gerüchte?«, wollte er wissen.

»Gerüchte?«, konterte Steinberger. Er war nicht hierher gekommen, um zu erzählen. Er war gekommen, um etwas zu erfahren.

»Sie wissen schon, wie bei dem Fall kürzlich in Unterfranken. Angebliche Sterbehilfe der unerwünschten Art auf der Pflegestation und so. Die Presse stürzt sich auf solche Fälle. In dem besagten Fall war es am Ende nur leeres Gerede, eine entlassene Hilfskraft, die sich rächen wollte.« Er gab sich mitfühlend. »Hatte tragische Folgen.«

Argwöhnisch überlegte Steinberger: Was sollte ihm da mitgeteilt werden? Hielten die ihn für ein Klatschmaul? Für einen senilen Idioten, der seine Mitmenschen nicht einschätzen konnte? Für einen potenziellen Unheilstifter? Oder, fuhr es ihm alarmiert durch den Kopf: Wussten sie bereits, dass Quent dort lebte? Vermutlich hatten sie von seiner Fehde mit dem Mann gehört. Steinberger war damals nur knapp an der Anzeige wegen Rufmordes vorbeigeschrammt. Wie viele echte und falsche Mitleidsbekundungen hatte er sich anhören müssen nach seiner Versetzung. Argwöhnisch musterte er das Gesicht seines Gegenübers. Aber das, glatt rasiert bis auf den Schnurrbart, tief liegende dunkle Augen, loses Wangenfleisch, gab nichts preis. Steinberger wartete.

Der andere setzte sich abrupt auf. Er schlug sich auf die Schenkel und lachte jetzt wieder. »Wissen, wann man abtreten muss, was? Wir dachten alle schon, Sie würden es nie packen. Und jetzt: Stiftsherr, mein Respekt.«

Die Audienz war offensichtlich beendet. Steinberger presste die Lippen zusammen.

»Zugegeben, Sie sind Besseres gewohnt. Es ist nicht Dubai, schätze ich.«

»Brunei«, verbesserte Steinberger automatisch.

»Stimmt es, dass sie da Kronleuchter aus massivem Gold haben? Die sie sich in die Zelte hängen?«

Steinberger ersparte sich die Antwort, die auch nicht erwartet wurde. Er stand auf.

Der andere war schon auf den Beinen. Er geleitete ihn mit Gesten zur Tür. »Draußen warten ein paar von den Jüngeren, die gern ein Autogramm in ihre Lehrbücher hätten, glaub ich. Sie sind ja eine Legende.«

Und Steinberger begriff, was Legenden vor allem ausmachte: Sie handelten von Toten. Von lange schon Toten.

7

Im Buchladen wurde er freundlicher behandelt, nette junge Damen führten ihn zu den Kunstbildbänden, die Steinberger in ihrer Vielzahl aber hilflos zurückließen. Er entschied sich schließlich für einen, dessen Cover ihm gefiel, sowie einen Postkartenkalender und ging mit dem Gefühl, das Falsche getan zu haben. Die Behandlung im Präsidium nagte an ihm. War er das wirklich: ein alter Narr, der nicht wusste, wann er aufhören musste? Einer, der Aufmerksamkeit brauchte und nicht wählerisch bei den Mitteln war? Die schwere Tüte an seinem Arm sagte: ja.

Aber er war, was er war: ein Profi, ein Jäger. Er witterte, wenn etwas nicht stimmte. Und in diesem Fall stimmte etwas ganz und gar nicht, das konnte er fühlen. Er beglückwünschte sich zu der Geistesgegenwart, mit der er dort drinnen bei den sogenannten Kollegen den Namen Quents unerwähnt gelassen hatte. Es war besser so; er würde damit allein fertigwerden müssen. Wenn seine Kollegen es für Selbstmord hielten, bitte. Er würde seine Ermittlungen auf eigene Faust führen. Sie warteten doch nur darauf, dass er sich zum Narren machte, auf den Tisch haute, sich beklagte, forderte. Damit sie ihn kaltstellen konnten. Er würde nichts dergleichen tun. Aber aufgeben würde er auch nicht. Das hier, das würde er auf seine Art lösen. Und zwar ab sofort. Er verschob den Besuch im Lokal, hungrig war er ohnehin nicht. Stattdessen würde er sich sein Handwerkszeug besorgen.

Der Entschluss erleichterte ihn so, dass er an der nächsten Ecke die Buchladentüte unauffällig auf eine Bank stellte,

so tat, als suchte er nach einem Taschentuch, sich schnäuz-
te und dann weiterging. Ohne den Ballast der Tüte, frei auf
seinem gewählten Weg.

Erst in Gostenhof blieb er stehen. Der Petra-Kelly-Platz
hatte sich wenig verändert, dieselbe begrünte, linke Kiez-
atmosphäre wie früher, die das ganze Viertel prägte, die
Mischung aus türkischen Kulturklubs und Szenekneipen,
Gemüsehändlern und Kinderläden, Galerien und Gold-
schmieden, aus Sozialkaufhäusern, Moscheen und kleinen
Eckgeschäften, die sich auf handgeschöpfte Schreibwaren
oder Lampen aus den Sechzigerjahren spezialisiert hatten.
Es machte Eindruck, dass in den Jahren seiner Abwesenheit mehr Geld in das Viertel geflossen war. Er wollte nicht
wissen, was eine Eigentumswohnung in einem der Altbau-
ten mit begrüntem, graffitigeschmücktem Hinterhof samt
ansässigem Künstler heute kostete. Aber es war nicht das,
was ihn hatte anhalten lassen. Sondern das untrügliche Gefühl, verfolgt zu werden.

Steinberger ließ seinen Blick über die lebhaften Straßen
schweifen, die Lokale. Niemand fiel ihm auf. Aber das boh-
rende Gefühl war da, wie lange schon? Er ging im Geiste den
Weg zurück, den er genommen hatte. Bis in die U-Bahn, bis
in den Bus. Sah noch einmal die Gesichter, hörte Gemurmel, erinnerte sich an Details wie Frisuren, Kappen, bunte
Kleidungsstücke. Keines tauchte hier wieder auf. Er war die
einzig stillstehende Figur in einem sich rasch und fröhlich
drehenden Universum. Er betrat ein Café, fragte nach der
Toilette, fand den zweiten Ausgang über den Innenhof, ging
in das querstehende Nachbargebäude und verließ es durch
die Vordertür. Diese Nebenstraße war leer.

Mit energischem Schritt ging er weiter. Der Weg war
nicht mehr weit. An den Rampen, diesem Niemandsland

nahe der Autobahn, gab es kaum Passanten, dort würde ihm jeder auffallen. Und seine Uhr sagte ihm, dass in dem MyPlace, wo er sein Staufach gemietet hatte, um diese Zeit Personal anwesend sein musste.

Doch seine Annahmen erwiesen sich als falsch. Die einstige Industriebrache zwischen Gleisen und Autobahn war zu einer belebten Baustelle geworden. Die Uhrzeit stimmte, doch der Empfang lag verlassen, ebenso die Aufzüge, die Parkplätze und die klinisch sauberen, fensterlosen Korridore im Inneren, von denen uniforme, abweisend geschlossene Türen abgingen. Das Ganze hatte den Charme eines Atombunkers. Nur ohne den Nervenkitzel einer Apokalypse. Er hatte sich hier schon beim ersten Besuch nicht wohlgefühlt. Er hatte auch nicht vorgehabt, je wieder herzukommen. Er vermutete, dass es den meisten Mietern ebenso erging. Wahrscheinlich zahlten sie ihre Miete Monat um Monat, Jahr um Jahr, bis sie endlich innerlich so weit waren, den Entrümpelungsservice zu rufen, den man hier vom Haus kostengünstig angeboten bekam. Er jedenfalls hatte diesen heimlichen Plan bereits gefasst. Was er nicht hatte abschätzen können, war, wie lange er brauchen würde, um sich zu erlauben, Brigittes Sachen einfach wegzuwerfen. All diese kleinen Möbel, die Bilder, der Nippes, die ihre Welt ausgemacht hatten und ihm, der selten zu Hause gewesen war, kaum vertraut vorkamen. Die Bücher, die ihm nichts sagten, die Kleider, die sie am Ende gar nicht mehr tragen konnte. Das gute Geschirr, das sie nur zu Weihnachten und an ihren Geburtstagen aufgetragen hatte, damit nichts davon kaputtging. Es war vollzählig eingecheckt in MyPlace. »Herzlichen Glückwunsch«, murmelte Steinberger, während er durch die Gänge ging und nach seiner Raumnummer suchte. Da war sie ja, die 187. Das Einzige, was ihn dort drin interessierte, war der Inhalt der Schuhschachteln, die er in das hintere Lagerregal geräumt hatte wie ein ordentlicher Buchhalter. Alles abgeschlossene Fälle. Bis auf einen.

Steinberger kramte nach dem Schlüsselbund, dann hielt er inne. Doch er hörte nur Stille, keine Schritte. Es musste Einbildung gewesen sein. Wer außer ihm sollte sich auch interessieren für die kleinen Notizbücher, in denen er alles festgehalten hatte, was sich während seiner kriminalistischen Untersuchungen ereignet hatte. Sie hatten ihm hervorragende Dienste geleistet. Manche hatte er wieder und wieder durchgeblättert, vor und zurück, bis die Bindung aufgegeben hatte und das Papier speckig geworden war. Er hatte es sich früh zur Gewohnheit gemacht, alles zu notieren, die Fragen, die ihm durch den Kopf schossen, die Antworten, die er erhielt, jedes kleine Detail an einem Tatort, noch das Nebensächlichste, wie den zweiten Vornamen eines Zeugen, ein Muttertagsgeschenk, die Texte von den Zetteln am Kühlschrank, das Datum eines Strafzettels und die Adressen und persönlichen Daten von jedem, jedem, jedem, mit dem er sprach. Es gab keine Nebensachen, es gab nichts Unwichtiges.

Alles, was in seinem Kopf war, war da aus gutem Grund, es hatte sich seinen Weg durch das Unbewusste bis in die Vorzimmer seiner Gedanken gegraben. Diese Leistung honorierte Steinberger, indem er sie notierte. Es war immer zu etwas gut gewesen. Manchmal lag der Schlüssel zu einem Fall in so einem Detail, manchmal war es einfach hilfreich, um eine Anklage wasserdicht zu machen, in anderen Fällen hatte es ihm geholfen, die Menschen zu verstehen und ihre Motive zu ergründen. Er liebte seine Hefte. Doch er hatte sich von ihnen getrennt. Er hätte sonst nie aufgehört, in ihnen zu blättern.

Seine Frau hatte manchmal ihre Hand auf seine blätternden Finger gelegt, wenn sie abends nebeneinander im Bett gelegen waren. Sie auf dem Rücken liegend, am Ende nur noch an die Decke starrend, weil die Bücher ihr zu schwer geworden waren. Er halb aufrecht sitzend, lesend und sich eifrig Notizen machend. Er erinnerte sich an ihre Hand. Die Haut sehr fein, fast durchsichtig, am Ende ein wenig gelb. Die Adern hatten sich darauf abgezeichnet wie auf Putz verlegte Kabel, dunkel und rund. Blaugrüne Flecken, die monatelang nicht weggingen, wo die Infusionen danebengelaufen waren. Ihre bis zuletzt schlanken, eleganten Handgelenke, meist umspielt von einer Rüschenmanschette.

Diese Hand hatte ohne Vorwarnung seine berührt, hatte sich leicht niedergelassen, das Blättern aufgehalten, es unmöglich gemacht. Meist hatte er eine Weile innegehalten, hatte versucht, die Unzufriedenheit und innere Unruhe niederzukämpfen und zu akzeptieren, dass er aufhören sollte. Manchmal hatte er kommentarlos das Heft weggelegt, das Licht ausgemacht, sich mit knappem Gruß auf die Seite gedreht. Manchmal war er, wenn ihr Atem ruhig und gleichmäßig ging, leise wieder aufgestanden, um im Wohnzimmer weiterzuarbeiten. Manchmal ...

Er schüttelte die Erinnerung ab, drehte den Schlüssel, öffnete die Tür. Der Weg durch die Kartons zum Regal war mühsam, aber er hatte schon von Weitem gesehen, was er suchte: die Jahreszahl 1992. Das Jahr des Bankraubs. Das Jahr, in dem der Junge auf dem Skateboard gestorben war, ohne dass je der Mörder überführt worden wäre. Das Jahr, ab dem er Peter Quent gejagt hatte.

Steinberger ärgerte sich einen Moment, dass er die Buchladentüte stehen gelassen hatte. Er hätte nur den Inhalt verschwinden lassen sollen. Die Tüte selbst könnte er jetzt gut gebrauchen. Als er sicher war, die wichtigsten Hefte beisammenzuhaben, stopfte er sie in seine Hosen- und Manteltaschen. Bis zur U-Bahn-Station Rothenburger Straße würde das schon gehen. Wieder hörte er draußen Schritte.

Er schlich zur Tür, lehnte sie an und lauschte. Doch wer immer es war, er bog in einen anderen Korridor ab. Noch immer leise, verschloss Mauritius Steinberger sein Abteil und machte sich auf den Weg nach draußen. Er hörte ein Türknarzen und einen Hall, dann einen Schlag. Die fremden Schritte ertönten wieder und beschleunigten. Sie waren jetzt hinter ihm. Vor ihm, in einiger Entfernung, der Ausgang. Er starrte die bunte Plastikmarkierung auf dem Boden an, die ihm den Weg wies, und beschleunigte, so gut seine Hüften das zuließen. Vier Stents, sagte eine Stimme in seinem Kopf. Vier Stents in den Koronararterien. Einfach nicht dran denken.

Wieder hatte er den Totschläger vergessen. Er schwor sich, dass es das letzte Mal wäre. Innerlich lockerte er seine Gelenke, spannte die Muskeln. Ging im Geist die Bewegungsabläufe durch. Er bekam das Bein nicht mehr sehr hoch, aber ein Tritt von ihm würde immer noch jede Kniescheibe zerschmettern. Er musste dem Angreifer nur zuvorkommen und durfte das Gleichgewicht nicht verlieren. Der Angreifer hinter ihm wurde schneller. Steinberger ebenfalls. Er begann zu zählen. Bei drei würde er unvermutet anhalten, den Verfolger auflaufen lassen, ihm den Ellenbogen in den Solarplexus rammen, sich herumwerfen, zutreten. Er durfte nicht zu Boden gehen. Er durfte keinen Schlag abbekommen, seine Knochen würden brechen wie Zweige.

»He, Sie!«

Steinberger verharrte so abrupt, wie er es sich vorgenommen hatte. Dem Mann hinter ihm gelang es gerade noch, nicht in ihn hineinzulaufen. »Ho, ho!«, rief er und riss die Arme hoch. Er war von schwabbeliger Statur, die von der Arbeitskleidung mit den vielen Taschen und Schlaufen nur mühsam zusammengehalten wurde. Eine Rolle schwarz behaarter Bauch quoll zwischen der Cargohose und der Dienstjacke heraus. In einer der erhobenen Hände hielt der Mann ein Klemmbrett. Sein Gesicht war bleich, als lebte er hier unter dem Kunstlicht, die schwarzen Haare halblang und fettig. »Sie ...«, keuchte er. Jetzt neigte er sich vor und stemmte die Hände auf die gebeugten Knie, um besser zu Atem zu kommen. »Sie haben sich nicht angemeldet.«

Steinberger tastete mit zitternden Fingern in seinen prallvollen Taschen nach seinem Geldbeutel mit der kleinen Ausweiskarte.

»Alles klar«, sagte der andere, nachdem er sie gemustert hatte. »Einen schönen Tag noch.«

Steinberger nickte huldvoll und versuchte, sich nicht anmerken zu lassen, wie außer Atem und erregt er war. Vor seinen Augen kreisten lilafarbene Ringe, die sich ausdehnten und sein Gesichtsfeld auszufüllen drohten. Unauffällig tastete er nach der Wand. Hier entlang musste es raus gehen.

»Wir passen gut auf Ihr Zeug auf!«

Warum rief der Mann ihm das nach? War das ein Servicespruch, den er aufsagen musste? Steinberger bekam nicht genug Speichel zusammen, um eine passende Antwort zu geben. Langsam wurden die kreisenden Ringe kleiner, grüner, lösten sich in schwarzes Konfetti auf, und er konnte wieder sehen.

Draußen am Tor, im gleißend-silbrigen Herbstsonnenlicht, saß Dorothea Kranz. Bei seinem Anblick stand sie auf.

8

»Sie haben Ihre Tüte stehen lassen«, sagte sie. Eine Hand vor den Augen gegen das Sonnenlicht, hielt sie ihm mit der anderen die Plastiktüte hin.

»Wieso verfolgen Sie mich?« Steinberger setzte seine Füße breit, um nicht zu wanken.

»Wollen Sie Ihre Bücher denn nicht wiederhaben?«

Dieser Dutt, diese Kleinmädchenstimme. Unwirsch riss Steinberger ihr die Tüte aus der Hand.

»Es ist alles noch da«, beteuerte sie überflüssigerweise. »Ich war in der Buchhandlung, wissen Sie. Aber ich war nicht sicher, ob Sie angesprochen werden wollten.« Sie neigte den Kopf. »Sie waren neulich nicht sehr höflich, als ich auf Frau Hohoff und Turner zu sprechen kam, wissen Sie noch? Aber als ich den Bildband sah, ich meine, der kostet locker fünfzig Euro. Da bin ich Ihnen halt nach.«

»Durch ganz Gostenhof«, stellte er trocken fest.

Sie lachte. »Man wird doch noch neugierig sein dürfen.« Gut gelaunt blinzelte sie in die Sonne. »Ich hab hier übrigens auch einen Raum«, stellte sie fest. »Wir hätten uns also genauso gut rein zufällig begegnen können.«

Steinberger gab sich dieser Logik geschlagen. »Sie?«, fragte er, während er begann, seine Hefte in die Tasche umzupacken. So war es schon viel besser.

»Ja«, erklärte sie. »Für meine Bilder. Ich male mehr, als ich zu Hause aufbewahren kann. Das ist für alle Künstler ein Problem, die kein Atelier haben.«

Die Selbstverständlichkeit, mit der sie sich eine Künstlerin nannte, verwunderte Steinberger. Andererseits konnte er nicht ausschließen, dass diese Malmaus tatsächlich etwas draufhatte. Nachher in der Gruppe würde er es ja vielleicht feststellen können.

Noch immer kurzatmig richtete er sich auf. »Ich bin auf dem Heimweg«, stellte er fest. »Kann ich Sie begleiten?«

»Wie ein echter Kavalier«, neckte sie ihn, nahm aber seinen Arm. »Rothenburger Straße, umsteigen am Plärrer.«

»Ich weiß, ich weiß.«

»An der Frankenstraße dann ab in die Greisenbahn.«

»Heißt das so?«

»Das erzählen mir meine Kursteilnehmer. Ich würde so etwas nie sagen.«

»Man ist so alt, wie man sich fährt, was?«

Sie gönnte ihm ein Schultertätscheln für diesen Kalauer.

Zwei Stunden später, im Malatelier Zimmer 007 sitzend, vor sich eine farbbespritzte Tischplatte, ein leeres Blatt und einen Farbkasten, der ihn an Kindergarten denken ließ, bezweifelte Mauritius Steinberger den Wahrheitsgehalt dieser Aussage wieder. Da war keine gemeinsame Ebene, noch nicht einmal ein gemeinsames Trittbrett. Dorothea Kranz sprach von Dingen, die ihm nicht das Geringste sagten: dass er sich ausdrücken solle. Dass er es fließen lassen solle. Es zulassen. Ja, so weit käme es! Eine konkrete Aufgabe zu stellen, weigerte sie sich hingegen konsequent. Isolde Hohoff sekundierte ihr: Das sei doch gerade das Interessante, dass man an die Oberfläche kommen lasse, was verborgen sei.

Mauritius Steinberger fand, die meisten Dinge seien aus gutem Grund verborgen. Gier, Wut, Mord, ganz, wie sie es bei ihrer ersten Begegnung aufgezählt hatte. Und gehoben werden sollten diese Gefühle nur, wenn ihre Existenz in irgendeiner Form justiziabel war. Ansonsten blieb alles besser schön, wo es war. Wenn er jetzt irgendetwas in sich aufsteigen ließe, würde er vermutlich ein Porträt von Quent malen, mit Teufelshörnern und einem sehr scharfen Dreizack in der Hand. Er versuchte zu scherzen: »Wenn ich mich frei ausdrücke, könnte das sehr unhöflich werden.«

Zwei Damen mit flatternden Schluppenblusen begannen miteinander zu tuscheln.

Dorothea Kranz hingegen strahlte. »Das ist ja das Tolle an der Malerei«, erklärte sie, »dass es da auf höflich oder unhöflich einfach nicht ankommt. Im Gegenteil, aus der ungefilterten Wucht unserer Gefühle können wahre Meisterwerke entstehen. Sie sind die Basis jeder wahren Leistung. Goyas Zeichnungen würde man wohl kaum als höflich bezeichnen, oder?«, fragte sie in die Runde. »Oder die Bilder von James Ensor. Oder von Edvard Munch. Sein *Schrei* oder die nackte *Madonna* wurden von vielen Zeitgenossen sogar als ziemlich unhöflich empfunden.«

Isolde Hohoff lachte. Steinberger, dem die Namen alle nichts sagten, lachte vorsichtig mit.

»Wir machen hier keine Konversation«, feuerte Dorothea Kranz ihre zaghafte Runde an. »Wir schaffen wahre Kunstwerke.« Sie kam zu ihm und drückte ihm einen Bleistift in die Hand. »Setzen Sie ihn aufs Papier und sehen Sie, was passiert.«

»Und wenn nichts passiert?«

Sie lächelte. »Es wird etwas passieren.«

Isolde Hohoff neigte sich zu ihm und flüsterte ihm zu: »Im Zweifelsfall: einfach mal kreisen lassen. Wie einen Adler.«

Mauritius Steinberger dachte an den Adler über dem Eingang zum Präsidium. Dann starrte er auf das weiße Papier, einen Bogen, wie er ihn zuletzt als Schüler vor sich gehabt hatte. Sie hatten eine Vase abmalen müssen, im richtigen perspektivischen Winkel. Dazu einen Apfel, eine Stange Lauch und ein Glas. Eine rundliche Vase, die ihm bis zum Ende der Stunde nicht in der richtigen Weise rund gelingen wollte. Und was zum Teufel hatte der Lauch dort zu suchen gehabt?

Dann betrachtete er seine Hand mit dem Stift. Darauf stand Faber-Castell HB. Immerhin ein einheimisches Produkt, befand er. Das war doch zu loben. Ob B für Bleistift stand? Und wofür war dann das H? Die Zigarettenmarke fiel ihm ein, mit dem wütenden Männlein, das ihn immer an seinen Vater erinnert hatte. Seine Hand kreiste.

Er hatte gar nicht gemerkt, dass sie damit angefangen hatte. Doch jetzt kreiste sie. Zaghaft zuerst, ganz langsam, dann zunehmend sicherer. Wie ein Adler, hatte Isolde gesagt. Aber zu seiner Überraschung dachte Mauritius Steinberger in diesem Moment nicht an Adler, die kreisend in die Lüfte stiegen und Ausschau hielten, auch nicht mehr an Bleistifte oder an Zigaretten und ihren kreisförmig aufsteigenden Rauch. Er starrte die Bögen und Spiralen an, die unter seiner Hand entstanden, und dachte, zu seiner Überraschung, an Eislaufen. An langsame, von Kufen gezogene Kreise auf dem Eis. Stumpf vom Schneestaub inmitten des Geglitzers. Er sah eine sanfte Uferlinie vor sich, Schilf unter dem Schnee, vereinzelte Bäume. Die könnte er dazumalen. Seine Hand hob sich und zögerte. Oder lieber die Kufen oder doch ...

»Schlittschuhe?«, fragte ihn eine Stimme. Seine Hand rutschte aus. Eine dunkle Schramme aus Graphit fuhr zwischen die Linien, wie eine Wunde oder ein Sprung.

»Entschuldigung.« Peter Quent lüftete seinen Hut, legte ihn auf dem freien Platz zu Steinbergers Rechten ab und setzte sich. »Ich dachte, ich versuche es auch einmal, mit Ihrer Erlaubnis.« Er nickte Dorothea Kranz zu.

Die beeilte sich, ihn willkommen zu heißen und mit Werkzeug zu versorgen. »Gleich zwei Männer an einem Tag«, stellte sie fest. »Wir wachsen über uns hinaus.« Die Schluppenblusendamen kicherten.

Isolde Hohoff neigte sich von links über Steinbergers Bild. »Interessant, dass Sie das mit Eislaufen assoziieren«, meinte sie zu Quent, die Linien studierend. »Mir kam es eher vor wie ein Wolkengebilde.«

»Aber da ist doch eindeutig der Stiefel, zumindest die gebogene Kufe«, widersprach Quent fröhlich und deutete auf die Figur, die er meinte.

Steinberger, zwischen den beiden eingeklemmt, war noch immer verwirrt von dem Geschehen, doch nicht gewillt, Peter Quent auch nur ein Stück weit recht zu geben. Wie durch einen Nebel sah er, was sich auf dem eben noch jungfräulichen Teich, den er auf sein Blatt gemalt hatte, für eine Szene abspielte. Eben fasste Quent wie zufällig Isolde Hohoffs Hand an, jetzt strich er mit dem Finger über den Ring, den sie trug, massives Gold mit einem nicht gerade kleinen Diamanten. Den hätte er wohl gerne.

Ich kenn dich, dachte Steinberger. Laut sagte er: »Das wird nichts«, zog sein Blatt unter den kommunizierenden Fingern seiner Nachbarn hervor und riss es mehrmals entzwei.

Sofort hatte Dorothea ihm ein neues hingelegt. »Das wird«, widersprach sie ihm fröhlich. »Turner hat auch nicht an einem Tag gelernt. Stimmt's, Herr Steinberger?«

»Turner?«, erkundigte sich Isolde Hohoff.

Steinberger räusperte sich. »Mein Lieblingsmaler«, bekannte er. »Vor allem die Seestücke.« Getreulich gab er wieder, was Dorothea Kranz ihm auf dem langen Heimweg alles erzählt hatte. »Sie sind mir lieber als die Alpenbilder. So dynamisch, aber dabei positiv und voller Licht.«

»Turner malte die Sonne«, stimmte Isolde Hohoff ihm zu.

»Und wann hätte ein Maler das vor Turner je getan?«, fragte Dorothea Kranz behutsam dazwischen und nickte Steinberger zu, als wüsste der, wovon sie sprach. »Von Lorrain einmal abgesehen?«

»Van Gogh?«, krähte Quent dazwischen.

Und Steinberger, der keine Ahnung hatte, ob die Bemerkung klug oder dumm war, hatte das Vergnügen, an den Gesichtern sämtlicher anwesender Damen ablesen zu dürfen, dass sie wohl eindeutig Letzteres gewesen sein musste. Das freudige Gefühl, das ihm dieser Umstand einflößte, ließ ihn so mutig sein, Isolde Hohoff direkt im Anschluss an die Stunde zu einem Kaffee einzuladen.

9

Die Ärztin wollte sich zuvor noch frisch machen. Also unternahm Steinberger einen kleinen Spaziergang, immer in Blickweite zur Terrasse des hauseigenen Cafés. In Gedanken führte er bereits das Gespräch mit Isolde Hohoff, so, wie es laufen musste. Er würde ihre Hand nehmen und sie warnen. Warnen vor Räubern und Betrügern wie Quent. Sie verstünde ihn sehr gut. Sie wäre ihm dankbar. Er konnte sich ihre beherrschte und doch bewegte Stimme genau vorstellen. Fast glaubte er, sie zu hören. Es dauerte einen Moment, bis er begriff, dass gerade etwas ganz anderes an sein Ohr drang: das laute Schimpfen eines Mannes. Die Stimme kam ihm nicht bekannt vor. Sie klang gehässig und scharf. Mauritius Steinberger versuchte, sich zu konzentrieren, doch es gelang ihm nicht zu verstehen, was der Mann sagte.

Eine Frau antwortete ihm, defensiv, schrill. Die hohen Töne drangen problemlos in Steinbergers alte Ohren: »Ich mach das, wie ich es für richtig halte.«

Der Mann erwiderte etwas. Sie entgegnete: »Du hast doch keine Ahnung.« Offenbar stand sie kurz vor den Tränen.

Die nächsten Worte des Mannes konnte Steinberger verstehen: »Dumme Fotze.«

»Lass mich in Ruhe!« Die Frauenstimme wurde noch einen Tick lauter und höher. »Bleib einfach weg!« Jetzt weinte sie wirklich.

Das Gerede des Mannes war zu einem dumpfen Murmeln herabgesunken. Unwillkürlich ging Steinberger in die Richtung, in der die beiden sich befinden mussten. Schon sah er durchs Gebüsch ihre Umrisse auf der Bank unter einem brennend herbstroten Ahorn. Den Mann, der jetzt aufstand, mürrisch gegen einen Stein kickte, kannte er tatsächlich nicht. Er mochte Mitte oder Ende zwanzig sein. Das schwarze Haar trug er lang, in einem Pferdeschwanz zusammengefasst. Seine Kleidung war schwarz, bis auf einen fast albern langen Schal in dunklem Violett und weiße Turnschuhe. Die Schuhe, fand Steinberger, als der junge Mann an ihm vorbeiging und verschwand, zerstörten den Gesamteindruck des Outfits. Aber vielleicht waren sie auch ironisch gemeint. Er wusste nicht mehr, wie die Jugend von heute das hielt.

Die Frau war Dorothea Kranz.

Steinbergers erster Impuls war, sich davonzumachen. Diese sehr private Szene ging ihn nicht das Geringste an. Am Ende würde er in die schmutzigen Untiefen irgendeines Liebeskummers gezogen.

Die Kunststudentin schluchzte so heftig, dass der Dutt auf ihrem Scheitel gefährlich wackelte. Er war ohnehin immer in Gefahr, abzurutschen. Steinberger musste feststellen, dass der Anblick ihn rührte.

Innerlich seufzte er. Doch er flüchtete nicht. Steif setzte er sich neben sie, nicht sicher, wie sie seine Anwesenheit aufnehmen würde. Sie schaute auf.

Er wagte es, die Mundwinkel andeutend hochzuziehen, hob dann eine Braue.

Sie gab einen Laut von sich, als hätte sie Schluckauf. Dann wischte sie sich die Augen. »Männer«, stellte sie fest.

»Wissen Sie, ich bin ja schon alt und mit den modernen Gepflogenheiten nicht mehr vertraut«, begann Steinberger. »Aber Sie sollten sich so nicht anreden lassen.«

Ein erneuter Schluckauf, vielleicht auch ein Schnauben. »Da sagen Sie was Wahres.«

»Was wollte der ... Herr denn?«, fragte er vorsichtig.

Sie richtete sich auf und starrte in sein Gesicht, als wollte sie den Grund seiner Seele erforschen. »Mir Vorschriften machen wollte er.« Sie schnaufte. »Warum glauben Männer eigentlich immer, dass Frauen nicht wissen, was sie tun?«

»Wie? Ich ...«

»Ich weiß nämlich genau, was ich tue. Ich bin gut in dem, was ich tue.«

Steinberger kapitulierte vor ihrer Verve. »Scheint mir auch so«, brummte er vage.

Sie entließ ihn nicht aus ihrem Blick. Ihre Augen waren verweint, die Wangen nass, der Dutt mittlerweile knapp über das Ohr gerutscht; die feuchten Härchen um ihre Stirn kringelten sich. Alles sehr reizvoll, stellte Steinberger fest, dankbar, dass er keine Neigung zu Lolitas hatte. Sie schob die Unterlippe vor. »Sie lügen. Sie halten mich für eine Zeichenmaus.«

Malmaus, hätte Steinberger sie beinahe korrigiert. Er zuckte innerlich zusammen. »Im Leben nicht.«

»Geben Sie es ruhig zu.« Sie tastete nach der Malmappe, die neben ihr auf der Bank lag, fischte hinein und zog ein Blatt heraus. »Da!«, verkündete sie triumphierend.

Steinberger nahm es in die Hand. Es war eine Bleistiftskizze seines Gesichts, gehüllt in ein starkes Hell-Dunkel. Alle Linien waren energisch gezogen, als könnten sie nur so und nicht anders sein. Und sie zeigten eindeutig ihn und niemanden sonst. Kraft und Kargheit gingen von der Zeichnung aus. Er hätte es nicht in Worte fassen können, aber er empfand zwischen sich und diesem Abbild eine Verwandtschaft, die über die bloße Ähnlichkeit hinausging. Sie kam ihm nahe auf eine fast unhöflich intime Weise. Das ließ ihn erschrecken, in mehrfacher Hinsicht.

»Sie können was«, gab er unumwunden zu.

Sie riss ihm die Skizze weg, schniefte und verpackte sie wieder. »Das sagen Sie nur so«, erklärte sie. Im nächsten Moment aber hatte sie ihm die Arme um den Hals geworfen und ergab sich einem zweiten Weinanfall. Gerade, als er sich entschlossen hatte, sie seinerseits in die Arme zu nehmen, löste sie sich von ihm. Steinberger atmete erleichtert auf, als er erneut in ihr Gesicht sah: Das Schlimmste war vorbei. »Ich brauche Ihnen wohl nicht zu raten, den Kerl sausen zu lassen, oder?«, fragte er.

»Sie sind süß.« Damit küsste sie ihn auf die Stirn und stand auf. »Wir sehen uns Mittwoch. Oh, da ist Ihr Date.« Sie winkte mit erhobenem Arm und gestikulierte. Als Steinberger sich umdrehte, sah er Isolde Hohoff auf der Terrasse stehen. Sie winkte zurück.

»Ein reizendes Mädchen«, erklärte die Ärztin, als er eilig an ihre Seite gehumpelt war – sein Knie war beim Sitzen auf der Bank steif geworden. »Sie hat ein Talent im Umgang mit Menschen.«

Steinberger wog seine Antwort wohl ab, während er ihr einen Stuhl zurechtrückte und sie Platz nehmen ließ. Sie trug einen seidenen Schal, den sie vorher nicht angehabt hatte und der sich nun leicht im Luftzug wölbte, was er für ein gutes Zeichen hielt. Hatte sie sich etwa für ihn schön gemacht?

»Ich fand eigentlich immer, dass Sie diejenige sind, die besonders gut mit Menschen umgehen kann«, begann er dann. »Sie haben Brigitte und mir damals sehr geholfen.«

»Das freut mich.« Sie nahm das Kompliment mit geneigtem Kopf entgegen. »Obwohl ich damals, ehrlich gesagt, nicht den Eindruck hatte.«

»Oh«, beeilte er sich zu versichern, »Brigitte war so froh, Sie zu haben.«

»Ich habe da auch eher an Sie gedacht.«

Das ließ ihn verstummen. Zum Glück kam die Bedienung und fragte nach ihren Wünschen.

»Ein wunderbarer Park, nicht wahr?«, versuchte er dann einen neuen Gesprächsansatz. Vom Park würde er auf das Heim zu sprechen kommen, vom Heim auf seine Bewohner, von der Bewohnerschaft auf jenen speziellen Bewohner, das war sein Plan.

»Herr Quent sagt«, begann Isolde Hohoff, »dass Sie ...«

»Herr Quent?«, unterbrach er sie unhöflich. »Herr Quent wagt es, irgendwelche Ansichten über mich zu haben? Entschuldigen Sie.« Er versuchte, sich zu beruhigen, suchte nach Worten. »Sie kennen Herrn Quent gut?«, erkundigte er sich dann vorsichtig.

»Wir sind seit einem halben Jahr Stiftsnachbarn«, erklärte sie. »Ich lebe seit fast zwei Jahren hier, er kam im März. Wir haben einige gemeinsame Interessen – kultureller Art.«

»Ich verstehe.« Er starrte auf die Tischplatte und bemerkte kaum, wie seine Bestellung darauf gestellt wurde: ein kleiner Kaffee, schwarz, und ein Stück Schwarzwälder Kirschtorte. Frau Hohoff bekam einen Tee und eine Zitronentarte.

»Herr Quent und ich haben über Sie gesprochen. Er meinte«, hob sie vorsichtig wieder an. »Ihre Vergangenheit als Polizist würde es Ihnen schwer machen, neue Bekanntschaften zu schließen. Würde Sie misstrauisch machen.«

»Sagt er das?« Steinberger starrte noch immer auf den dampfenden Kaffee.

»Ja.« Isolde Hohoff löffelte Kandis in ihren Tee. »Und ich gebe zu, ich war geneigt, ihm zu glauben. Ich hatte Sie ebenfalls als sehr zurückhaltend erlebt.« Sie schaute ihn jetzt direkt an. »Ich bin froh zu sehen, dass sich das geändert hat.«

»Immerhin sitzen wir hier, nicht wahr?« Steinberger erholte sich langsam von seinem Ärger. Gut, sie kannte Quent. Aber sie war auch froh, ihn zu kennen. Das war die Botschaft, die bei ihm ankam. Jetzt lachte sie sogar.

»Ich meinte zwar die junge Dame von eben und ihre offenbare Vertrautheit miteinander. Aber ja: Immerhin sitzen wir hier.«

Sie unterhielten sich beim Kuchen über ihren Kurs, über Dorothea und das übrige Personal, über das Kulturangebot im Heim und die sonstigen Annehmlichkeiten. »Mögen Sie den Zoo?«, fragte der alte Kommissar.

»Sehr.« Sie nickte. »Ich habe mir eine Jahreskarte gekauft.«

»Ich ebenfalls«, fiel er ein.

»Und ich bin Futterpatin der Giraffen.« Sie lächelte stolz, während sie in ihrem Tee rührte, damit die letzten Zuckerstücke schmolzen.

»Der Giraffen?«, entfuhr es ihm erstaunt.

Sie hob den Kopf. »Bei meiner Statur muss man zwangsläufig eine Liebe für große Höhen und grobe Knochen entwickeln, schätze ich. Das wird eine Frage der Selbstliebe.« Ihr Blick wanderte zu ihrer Hand.

»Aber Sie sind ...«, entfuhr es ihm. Das »wunderschön«, tropfte langsamer nach. Er holte angstvoll Luft. »Die. Giraffen. Meine. Ich.« Vor lauter Furcht, sie könnte etwas dazu sagen, fuhr er einen Tick zu hastig fort: »Als Kind habe ich die erste halbe Stunde im Zoo immer geschmollt. Weil wir wieder mal an dem Souvenirstand vorbeigegangen waren, ohne dass ich irgendetwas bekommen hätte, keine Holzfigur, kein Pappbilderbuch, nichts, nicht mal eine Breze. Das war immer der Grund meines größten, frischesten Schmerzes.«

Sie schmunzelte. »Das tut mir aber leid.«

Er ging auf ihren scherzenden Ton ein. »Sie können ja nichts dafür. Meine Eltern fanden, so ein Spieltier zu kaufen wäre reine Geldverschwendung. Ich würde ja gleich die Originale zu sehen bekommen. Das sei teuer genug gewesen. Sie hatten meistens recht. Spätestens bei den Affen war ich vollkommen abgelenkt.«

Jetzt lachte sie. »Die Affen. Wenn man dort den Blick weg vom Gehege auf die gaffende Menge richtet, dann fragt man sich, wer hier eigentlich das Tier ist.«

»Genau! Alle waren sich so sicher, dass sie der Gipfel der Schöpfung seien, und die sich lausenden, gähnenden und zeternden Affen seien eine Lachnummer. Dabei war die Ähnlichkeit frappierend, nicht wahr? Wobei, das ist mir vermutlich erst aufgefallen, als ich später mit meinem Sohn hierherkam.« Er erinnerte sich mit einem Mal deutlich an diese Besuche. »Mochten Sie auch die Aquarien im Menschenaffenhaus so gerne?«

»Fast am liebsten. Die Gorillas und Orangs dagegen haben mir leidgetan.«

»Ja. Aber die Pinguine!« Seine Erinnerungen reisten von Gehege zu Gehege, auf unvorhersehbaren Pfaden. Zu den Nilpferden, den Seehunden, den Delfinen. Plötzlich hielten sie inne. »Komisch, als mein eigener Sohn alt genug war und immer unbedingt ein Spieltier haben wollte, wenn wir in den Zoo kamen, hab ich zu ihm Nein gesagt.« Er schaute auf. »Es waren die Delfine. Er wollte immer einen Delfin haben, einen möglichst großen.«

»Vielleicht haben Sie es abgelehnt, weil Sie wussten, dass etwas Besseres kommt als ein luftgefüllter Plastiksack?«

Er hätte ihr gerne geglaubt, war sich aber nicht sicher, ob es stimmte. »Als Brigitte dann einen Plüschdelfin für sein Grab besorgte, dachte ich, sie kritisiert mich damit, irgendwie. Als hätte ich ...« Er hielt inne.

Sie neigte sich vor. »Ihre Frau hat viel mit mir über Ihren Sohn gesprochen. Michael, nicht wahr?«

Er nickte. »Michael.« Der Name kam nicht leicht über seine Lippen.

»Sie hat mir erzählt, dass er in Kalifornien so glücklich war. Er habe dort frei lebende Delfine gesehen, sagte sie, beim Tauchen, und begeistert davon erzählt. Sie meinte, sie habe deshalb dieses Tier gewählt, als Erinnerung an seine beste Zeit.«

Steinberger ließ diese Information sacken. Ihr Sohn, Michael, war schon als Student in die USA gegangen. Er hatte in Berkeley studiert, irgendwas mit Computern, soweit es ihn betraf, das sich Neurolinguistik nannte. Michael war ein großer Sportler, Taucher, Segelflieger, Kletterer. Mauritius Steinberger war sehr stolz auf ihn gewesen, ohne viel von seinem Leben zu wissen.

»Sie meinen, das hatte alles gar nichts mit mir zu tun?« In seinem Ton schwang Erleichterung, aber auch Bitterkeit.

Jetzt neigte sie sich vor und legte ihre Hand auf seine. »Ihre Frau«, meinte sie behutsam, »sagte, der Tod von Michael habe Sie sehr getroffen. So sehr, dass es Sie fast Ihren Job gekostet hätte.«

Verwirrt schaute er sie an. »Wovon reden Sie da?« Er schüttelte den Kopf.

Isolde Hohoff ließ seine Hand los und begann, in ihrer Handtasche zu kramen. Wie nebenbei fuhr sie fort: »Ihre Frau erzählte mir, dass Sie seinerzeit einen Fall mit einem toten Jungen gehabt hätten. Und dass die Erinnerung an Ihr eigenes totes Kind Sie so verletzt hätte, dass Sie überreagiert hätten. Sie hätten sich so in die Suche nach dem Mörder gestürzt, sich so hineinverbissen in Ihren Kummer, dass Sie beinahe suspendiert worden wären. Weil Sie einfach nicht einsehen wollten, dass Sie den falschen Mann verdächtigten. Weil Sie nicht zugeben konnten, dass es für den Tod eines jungen Menschen keine gute Erklärung geben könnte.«

»Das hat meine Frau gesagt?« Er fasste es nicht. Mauritius Steinberger hob den Kopf, um durchzuatmen und ein paar neutrale Bilder in seinen Kopf zu lassen: das Grün des Parks im altgoldenen Nachmittagslicht, die Fackeln der japanischen Ahorne, das Violett der Berberitzen, die blinkenden Fensterscheiben, Fetzen klassischer Musik von drinnen. Nichts half, die aufsteigende Wut zu beschwichtigen. »Himmelherrgott, Michael war ein erwachsener Mann, der beim Klettern abgestürzt ist. Die Tour war seine Entscheidung gewesen, er hatte sich übernommen. Da brauchte man keine Gründe zu suchen. Ich habe meinen Frieden damit gemacht. Und ich hab das auch damals nie mit meiner Arbeit vermischt. Wie auch? Was zum Teufel soll der Sportunfall eines reifen Mannes zu tun haben mit einem Fünfzehnjährigen, der von einem Mistkerl hinterrücks überfahren und dann liegen gelassen wird? Wo ist denn da die Logik?«

Isolde Hohoff ließ sich Zeit. Aus ihrer Handtasche hatte sie ein Päckchen Zigarillos gezogen und ein goldenes Feuerzeug. Umständlich zündete sie sich eines an.

Steinberger setzte sich sehr gerade hin. »Der Tote, von dem wir reden, hat nicht das Geringste mit meinem Sohn zu tun. Er wurde heimtückisch um sein Leben gebracht. Und mein Festhalten daran zu wissen, wer die Schuld an diesem Tod trägt, ebenfalls nicht. Ich hatte einen Verdächtigen, und ich hatte gute Gründe für meinen Verdacht.«

Isolde Hohoff stieß gelassen eine Rauchwolke aus. »Ihre Frau meinte, diese Gründe waren vielleicht eher persönlicher als professioneller Art.«

Ihre Stimme versetzte ihn mit einem Mal zurück in jene Zeit der gemeinsamen Gespräche, in die abgedunkelte Praxis, zu der Kerze auf dem Tisch und der stickigen Krankenluft. »Persönlicher Art«, wiederholte er bissig. »Das mag schon sein. Aber vielleicht hätte meine Frau weniger über unseren Sohn schwadronieren sollen, sondern lieber darüber nachdenken, wie es auf mich gewirkt hat, dass sie mich betrogen hat, mit einem Mann, vor dem ich sie gewarnt habe, von dem ich ihr gesagt habe, dass er ein gefährlicher Krimineller, dass er ein Mörder sein könnte. Aber sie hat ja nicht hören wollen. Sie hat ihrem Urteil mehr vertraut als meinem.«

»Herr Quent«, sagte sie und aschte auf ihren Kuchenteller. »Wir reden hier doch von Peter Quent. Er war Ihr Verdächtiger, nicht wahr?« Sie hielt inne. Nur langsam schien die Botschaft bei ihr anzukommen. Zum ersten Mal, seit er sie kannte, die Gespräche von damals mit eingeschlossen, sah er sie überrascht: »Ihre Frau hatte ein Verhältnis mit Peter Quent?«

»Das hat Brigitte Ihnen nicht erzählt? Tja. Hätte sie mal sollen. Es hätte vieles erklärt, finden Sie nicht?«

»Allerdings«, meinte Isolde Hohoff, die ihren Tee hatte kalt werden lassen. Sie ließ sich gegen die Lehne ihres Stuhles fallen und betrachtete ihn mit ihren milchblauen Augen. »Wenn das mal kein persönliches Motiv ist.«

Die Bedienung kam und stellte ihnen einen Aschenbecher hin.

10

Irina Staufert stand einen Moment vor der Tür, ehe sie ihren Generalschlüssel zückte und öffnete. Ein letzter Blick den Korridor hinauf und hinunter versicherte ihr, dass sie alleine auf dem Flur war. Rasch trat sie ein. Sie machte kein Licht. Tief atmete sie die Luft des Zimmers ein. Noch immer roch es nach seinen Havannas. Und nach der Politur für seine Echtholzmöbel. Und auch nach ihm. Ein schwerer Herrenduft, so, wie sie ihn mochte, altmodisch und herb. Ihre Brust hob und senkte sich. Dann riss sie sich zusammen. Sie wusste, wo der Umschlag war; er hatte ihr das Versteck oft genug gezeigt. Seine Familie sollte nichts von ihr erfahren. Er wollte das Andenken an seine tote Frau nicht trüben, hatte er ihr erklärt. Seine Söhne würden es nicht gutheißen, wenn eine andere den Platz ihrer Mutter einnähme.

Irina hatte zwar gemutmaßt, dass es eher um Geld als um Andenken ging. Denn natürlich würden die Söhne es nicht gut finden, wenn der Vater das Geld, das sie für ihr Erbe hielten, für eine Geliebte ausgab. Irina wusste, wie Söhne dachten. Ihr eigener missratener Sprössling betrachtete alles, was sie verdiente, als sein Eigentum. Sie konnte es so gut vor ihm verstecken, wie sie wollte. Manchmal drohte er ihr auch, damit sie ihm etwas aushändigte.

Aber ihr war es recht, wenn sie nur Bargeldgeschenke von ihrem Liebhaber erhielt. So konnte ihr eigener Sohn ihr den Zusatzverdienst, von dem er nichts ahnte, nicht abluchsen. Und die Wahrscheinlichkeit, dass die Heimleitung von ihrer Beziehung erfuhr, blieb ebenfalls geringer.

Ewald von Arx war nicht der Erste gewesen. Und wenn schon, sagte sie sich trotzig, während sie sich im Dunkeln durch das Appartement tastete. Sie war deshalb noch lang keine Prostituierte. Sie hatte nie mehr als einen Verehrer zur selben Zeit. Und es war immer Sympathie im Spiel. Irina Staufert hatte ältere Männer gemocht, so lange sie sich erinnern konnte. Männer mit grauen Schläfen, die das Leben kannten, solche, die nicht mehr angeben und kämpfen mussten, sondern gelassen waren und freundlich. Von der anderen Sorte hatte es in ihrer Familie zur Genüge gegeben. Um Alkoholiker machte sie einen Bogen. Sie schätzte gute Manieren. Und Geld, ja, warum nicht Geld? Was half es zu leugnen, wie viel einfacher mit Geld alles wurde?

Sie ließ sich gern den Hof machen. Welche Frau, die gezwungen war, den ganzen Tag in einem Dienstbotenkittel herumzulaufen, freute sich nicht, wenn jemand bemerkte, dass unter der Arbeitskleidung ein begehrenswertes Wesen steckte? Und sie ließ sich nur auf die Höflichen ein, die mit Anstand Einsamen, die sich um sie bemühten. Von Anfang an stellte sie klar, dass das Einkommensgefälle zwischen einem Stiftsherren und einem Zimmermädchen für ihren Verehrer gewisse Verpflichtungen mit sich brachte. Sie nannte keine Preise, Gott bewahre. Sie überließ es seiner guten Erziehung zu entscheiden, wie viel er sich ihre Gesellschaft kosten lassen wollte. Und wenn einer großzügig war, dann fühlte Irina sich frei, ihre Lebenslust ebenso großzügig mit ihm zu teilen. Sie gab, er gab, beide von Herzen, so war das. Irina war eine treue Seele.

Sie nahm die eingegangene Verpflichtung ernst. Herrn von Arx' Vorgänger zum Beispiel besuchte sie noch heute auf der Pflegestation, auch wenn er sie nach seinem zweiten Schlaganfall vermutlich nicht mehr erkannte. Trotzdem setzte sie sich für ein halbes Stündchen zu ihm und erzählte ihm aus ihrem Leben, von ihrem Sohn, der schon wieder wegen seiner Dealerei vor Gericht musste. Und von Herrn von Arx und seinen vielen Geschäftsreisen in alle Welt, von denen er so viele kostbare Andenken mitgebracht hatte.

Da war die Kommode. Vorsichtig zog Irina Staufert die Schublade heraus. Sie fand die Brieftasche und die Schatulle; beides fasste sie nicht an. Sie war keine Diebin, sie wollte nur, was ihr zustand. Bei jeder Bewegung knisterte unter ihrem Kittel der seidene Unterrock, den Herr von Arx ihr geschenkt hatte, mit den passenden Dessous. Der Stoff glitt über ihre Haut und bestätigte ihr, dass sie mit vollem Recht hier war. Sie holte sich den Lohn für die Zuneigung, die sie Herrn von Arx wahr und wahrhaftig entgegengebracht hatte. Er hatte das gewusst. Wie oft hatte er ihr Gesicht in seine Hände genommen, ihren Namen gesagt, sie auf den Scheitel geküsst – niemand außer ihrer Mutter hatte Irina je auf den Scheitel geküsst – und gesagt, dass sie das Geschenk seiner alten Tage sei. Und jedes Mal hatte sie sich glücklich an ihn gekuschelt. Denn er hatte recht. Und jetzt wollte sie ihr Gegengeschenk.

Daran war nichts Verbotenes, sagte Irina sich. Sie war wütend auf die Polizei, die ihr das Gefühl gegeben hatte, etwas zu verheimlichen. Aber sie hätte doch unmöglich aussagen können, dass Herr von Arx ihrer Ansicht nach keinerlei Grund für einen Selbstmord gehabt hatte. Es hätte sie ihren Job gekostet. Und vielleicht war sie ja doch kein ausreichender Grund für ihn gewesen, am Leben zu bleiben? Sie hatte geglaubt, ihn zu kennen. Aber kannte man die Männer je? Am Ende fanden sie immer einen Grund, dich zu verlassen. Das hier war doch wohl der beste Beweis. Aber es gab den Umschlag, der war echt. Er war real.

Er hatte ihr den Umschlag des Öfteren gezeigt. »Falls mir mal etwas passiert«, pflegte er zu sagen. »Es liegt ein Brief für dich dabei.« Sie hatte das tabakfarbene Kuvert mit dem eleganten Goldrand gesehen, das ihren Namen in seiner Handschrift trug. Und auch das Bündel Geldscheine, in Seidenpapier eingeschlagen. Es waren Fünfhunderter gewesen. So viel, wie er erübrigen konnte, ohne dass die Söhne misstrauisch wurden. Und genug, dass er ihr gegenüber kein schlechtes Gewissen hatte. »Es soll dir gut gehen, Irinachen.«

Sein Wunsch in Gottes Ohr. Der Umschlag war unter den Boden der Schublade geklebt. Ihr kleines, süßes Geheimnis hatte er es genannt. Irina musste lächeln bei der Erinnerung daran. Und wie er seine Zunge in ihr Ohr gesteckt hatte. Sie tastete über den Boden der Schublade und riss den Umschlag ab, damit keine Spuren zurückblieben, faltete ihn einmal und steckte ihn in den Ausschnitt ihres Kittels, direkt in den BH.

Der war elfenbeinfarben, passend zum Unterrock, mit feiner Spitze. Sie hatte den Atem angehalten, als er ihr das Ensemble geschenkt hatte. Erst hatte sie böse werden wollen, weil Reizwäsche etwas für Nutten war. So hatte ihre Mutter es sie gelehrt. Dann hatte sie sich umbesonnen. Was für ein köstliches Gefühl, in ihrer herkömmlichen Arbeitskluft durch die Gänge zu gehen und zu denken: Niemand ahnt, was ich darunter trage. Alle sehen sie nur die brave Etagenbetreuerin, dabei ... oh, là, là!

Nur der Neue, dieser Polizist, der hatte ihr das Gefühl gegeben, er sehe durch sie hindurch bis auf ihr frivoles Geheimnis. Als er verlangt hatte, dass sie gerade dieses Zimmer aufsperren sollte, oj, was war sie erschrocken. Und dann der Schock: Ewald hatte sich selbst getötet. Warum hatte er das getan? War sie nicht der Trost seiner alten Tage gewesen? Es war nicht fair von ihm, so ohne Abschied zu gehen. Ob er ihr vor seinem Tod noch einen weiteren Brief geschrieben hatte? Auch diese Frage ließ ihre Nerven vibrieren. Die Dunkelheit prickelte vor ihren Augen, kaum, dass die Schatten im Zimmer Konturen annehmen wollten. Unsicher tastete sie sich zurück zur Tür. Die Vorhänge waren zugezogen. Sie konnte die Umrisse der Möbel kaum erahnen. Einmal stieß sie sich schmerzhaft an einer Kante, etwas wackelte, sie hörte das Kippeln, streckte blind die Hände aus. Knapp fing sie etwas auf, was sich nach einigem Betasten als eine der südamerikanischen Masken herausstellte. Sie hatte sich nie gemerkt, ob Majas, Inkas oder Azteken sie hergestellt hatten. Unheimliche Dinger, aber sehr kostbar, hatte Ewald gesagt, wie die meisten seiner Sachen. Zum Glück war nichts kaputtgegangen. Irina lauschte. Auf dem Flur wurden Stimmen laut. Zwei Bewohner, wie sie nach einer Weile erkannte; es ging um die Qualität des heutigen Konzertabends; das würde ein längeres Gespräch werden.

Irina, die die Spannung kaum noch aushielt, entschied, sich in das Bad zurückzuziehen. In dem fensterlosen Raum würde sie gefahrlos Licht machen können. Sie schloss die Tür und drückte den Schalter. Fast zu spät fiel ihr ein, die Lüftung abzustellen; das Geräusch der anlaufenden Ventilatoren verstummte abrupt. Irina lauschte, aber draußen schien niemand etwas bemerkt zu haben. Aufatmend setzte sie sich auf die geschlossene Toilettenschüssel. Sie konnte ein leises Lächeln der Vorfreude nicht unterdrücken, als sie den kleinen Briefumschlag öffnete. Zur Buße bekreuzigte sie sich rasch zweimal. Dann hob sie die Lasche auf. In dem Umschlag lag ein Zwanzigeuroschein. Sonst nichts.

Irina Staufert fluchte so laut, dass sie über sich selbst erschrak. Angespannt hockte sie auf der Toilettenschüssel und wartete darauf, dass es klingelte oder an die Tür schlug. Erst als lange nichts geschah, atmete sie wieder aus. Ihre Gedanken rasten derweil im Kreis: Diebe, sagte eine Stimme. Jemand musste ihr zuvorgekommen sein und das Geld gestohlen haben, jemand, der wusste, dass sie kommen würde und sie jetzt verhöhnte mit den Brosamen, die er für sie zurückgelassen hatte. Eine andere Stimme schrie: Hund! Bastard! All die Monate hatte er mit den Scheinen vor ihrer Nase herumgewedelt, und jetzt das: eine Ohrfeige. Das Geld für einen Nuttenjob am Straßenrand. Das also war sie ihm wert gewesen. Die Wut war so groß, dass Irina blass wurde. Sie wusste nicht, was sie denken sollte. Alle Versprechen gebrochen. Oder alles geraubt? Sicher war nur eines: Sie war verarscht worden vom Leben. Wieder einmal.

Irina Staufert drehte sich um, hob den Klodeckel und übergab sich. Als sie fertig war, starrte sie hilflos auf die Bescherung. Sie würde spülen müssen. Und danach rasch verschwinden. Es konnte klappen. Aber all die Mühe – für nichts! Es schrie und wehklagte erneut in ihr. Wieder flammte die Wut auf. Alles umsonst, aber das würde sie nicht hinnehmen. Sie würde sich schadlos halten. Irina öffnete die Toilettentür und hastete im spärlichen Licht der Badbeleuchtung zurück in das Appartement. Sie öffnete die Schublade erneut: Da lag die Börse, wie immer gut gefüllt. Ob die Polizei alles registriert hatte? Durfte sie es wagen? Nach kurzem Zögern nahm sie zwei Hunderter heraus. Die Schmuckstücke ließ sie liegen. Fieberhaft überlegte sie.

Dann fielen ihr die Masken ein. Ewald von Arx hatte sie einmal für sie heruntergenommen, um sie ihr aus der Nähe zu zeigen. Eine davon hatte sich öffnen lassen. Hinter dem Gesicht mit den großen toten Lapislazuliaugen war ein Hohlraum verborgen gewesen, und in diesem Hohlraum hatte etwas gelegen. Es hatte so schön geschimmert.

Wenige Minuten später brach sie auf. Sie löschte das Licht. Draußen war es ruhig. Als Irina Staufert sich bereit fühlte, betätigte sie die Spülung. Ein Teil ihres Lebens wurde mit einem Rauschen in die Kanalisation gezogen. Sie schaute nicht zurück. Mit schnellen Schritten ging sie zur Tür. Einmal auf dem Flur, wäre ihre Anwesenheit wieder völlig erklärbar. Sie war der gute, unsichtbare Geist des Stiftes. Als sie schon fast am Aufzug war, hörte sie die Schritte hinter sich.

Angespannt drehte sie sich um. Doch es war nicht dieser grässliche Polizist. Sie blickte in ein freundliches Männergesicht.

»Ob Sie mir wohl helfen könnten?«, fragte Peter Quent.

11

Mauritius Steinberger musste zweimal an die Tür von Paul Schwebel klopfen, ehe er ihn antraf. Es war Sonntag, und offenbar ging der Mann zur Messe. Am Nachmittag allerdings öffnete er. Steinberger stellte sich als neuer Nachbar vor, der willig war, dem Kulturkreis beizutreten, sich aber vorher noch einige Informationen dazu wünschte, ein paar Einblicke in, wie er sagte, »das gelebte Leben« in diesem Gremium, dem Schwebel, seinen Informationen zufolge, als literarischer Berater angehörte.

Schwebel bat ihn herein. Es war das erste Zweizimmerappartement, das Steinberger zu sehen bekam. Und es ging, genau, wie er es berechnet hatte, hinaus auf das Asternbeet mit den verdächtigen Spuren. Wer immer dort hineingesprungen war, hätte von Schwebels Balkon kommen müssen.

Der so völlig andere Eindruck, den Schwebels Räumlichkeiten im Vergleich zu seinen eigenen machten, rührte nicht von der Größe her und auch nicht von der Lage im ersten Stock, die alles etwas dunkler wirken ließ. Sie resultierte von der Einrichtung. Fast alle Wände waren vollgestellt mit Bücherregalen, hinter deren Glastüren sich dicht an dicht die Buchrücken drängten. Das einzige andere Möbelstück, das Steinberger sah, war ein schmales Schlafsofa mit orientalischem Überwurf. Darauf, davor auf dem Boden und auf einigen kleinen Tischchen, deren Existenz sich erst auf den zweiten Blick offenbarte, stapelten sich weitere Bücher. Schwebel schlief offenbar alleine, falls er überhaupt schlief. Die riesigen Augen hinter den dicken Brillengläsern ließen ihn eher wie ein Nachttier aussehen. Eine ewig lesende Eule. Zwischen den Büchern standen, ebenfalls auf dem Boden, benutzte Gläser und Teller, volle Aschenbecher und leere Weinflaschen.

Steinberger suchte sich seinen Weg durch das Chaos, stellte sich vor den Bücherschrank, legte den Kopf auf die Schulter, als wollte er entziffern, was auf den Rücken stand, und wippte auf den Zehen. »Haben Sie die alle schon gelesen?«, fragte er.

Schwebel lachte keckernd. »Manche warten noch auf ihren Moment«, gab er zu. »Aber der wird kommen. Er wird kommen. Für jedes Buch gibt es den richtigen Augenblick. Und dann werde ich gerüstet sein.«

Steinberger nickte zerstreut und trat näher, um doch den einen oder anderen Namen zu entziffern. »Kesten«, murmelte er. »Sagt mir was.«

»Ich bin unter anderem spezialisiert auf Nürnberger und Fürther Schriftsteller«, erklärte Schwebel. »Das ist dieses Regal hier. Darf ich?« Er trat neben Steinberger, nötigte ihn sanft beiseite und öffnete die Tür. »Es ist dem Lokalpatrioten in mir gewidmet. Die beiden Städte haben vielleicht nicht die größten Autoren deutscher Sprache hervorgebracht, aber ich liebe sie nun einmal.«

»Ich bin Clubfan«, erwiderte Steinberger, »ich weiß, was Sie meinen.«

»Sehen Sie hier.« Schwebel öffnete vorsichtig eine Tür und zog einen Band heraus: »Sigmund von Birken: *Die Truckene Trunkenheit.*« Stolz hielt er das Buch in beiden Händen; seine Finger streichelten es. »Es ist der einzige Druck von 1658. Eine Kostbarkeit.«

»Dieser Birken hatte was gegen das Rauchen, wie?« Steinberger steckte die Hände in die Hosentaschen. Ein schneller Blick offenbarte ihm vier überquellende Aschenbecher. Es lag nahe zu vermuten, dass Schwebel dieses Buch nicht wegen seines Inhaltes schätzte. »Ist es wertvoll?«

»Sehr.« Paul Schwebel streichelte den Band ein letztes Mal und stellte ihn an seinen Platz zurück. »Alle meine Babys sind das. Aber ich habe eine erstklassige Alarmanlage. Darauf hat die Versicherung bestanden. Es hat mich einiges gekostet, die Stiftsleitung dazu zu überreden, mir den Einbau zu genehmigen.«

»Hätte die nicht eben losgehen müssen?«, erkundigte Steinberger sich. Jetzt bemerkte er die Kamera, die im geschnitzten Rahmen des Schranks integriert war. Sie wirkte tot. Daneben war noch etwas eingebaut; er vermutete einen Bewegungssensor. Oder ein Gerät, das auf Erschütterungen am Schrank reagiert oder das Öffnen der Türen. Er machte ein paar Schritte in den Flur, blickte in die Runde, fand weitere Kameras über dem Spiegel und eine im Musikzimmer, die zuerst wie ein Rauchmelder ausgesehen hatte. Und natürlich hätte ihm das Tastenfeld neben der Tür auffallen müssen. Es verfügte über ein teuer wirkendes Display, das im Augenblick aber ebenfalls nichts anzeigte.

»Oh!« Paul Schwebel winkte ab. »Tagsüber schalte ich sie nicht ein. Sie ist so sensibel, dauernd geht sie los. Den Alarm hört hier zwar keiner, aber mein Hörgerät spielt jedes Mal verrückt, muss irgendeine Interferenz sein.« Er tippte sich an eines seiner behaarten Ohren. »Außerdem vergesse ich die Kombination andauernd.«

Steinberger vermutete, das erklärte den Zettel mit den vier großen roten Zahlen, der direkt über dem Tastenfeld gut sichtbar an die Wand geklebt war.

»Na, dann ist ja alles bestens«, meinte er ironisch. »Sie vermissen auch sicher nichts.« Er hob den Ton am Ende des

Satzes leicht an. Schwebel mochte ihn als Frage interpretieren oder nicht.

Der Mann mit den dicken Brillengläsern starrte an Steinberger vorbei. »Manchmal«, sagte er langsam, »vermisse ich Wodan. Meine Dogge.« Die Erinnerung brachte ihn dazu, sich auf das Sofa zu setzen. Mit einem Plumps landete er dort und brachte mit der Erschütterung zwei kleinere Bücherstapel zum Einsturz. Sie fielen auf den Boden zu Schwebels Füßen. Steinberger bemerkte zum ersten Mal, dass der Mann karierte Pantoffeln trug.

Jetzt schaute er zu Steinberger auf, seine Augen schwammen hinter der Brille wie zwei Kugelfische im Glas. »Wodan vermisse ich wirklich sehr.«

Steinberger tätschelte ihm zum Abschied die Schulter.

12

Mauritius Steinberger bemühte sich um Überblick:

Da war Paul Schwebel, bei dem einzubrechen ein Kinderspiel wäre. Und ein lohnendes dazu. Ob tatsächlich etwas abhandengekommen war, war angesichts des Chaos in der Wohnung schwer zu sagen; vermutlich würde Schwebel selbst einen Verlust nur zufällig bemerken, wenn er das betreffende Buch suchte. Die Alarmanlage jedenfalls war kein Hindernis für einen versierten Dieb, ach was, versiert. Jeder Laie, der einmal bei Schwebel zu Besuch war, brauchte sich nur den Code neben der Tür abzuschreiben.

Ewald von Arx wiederum schien in den Tod gesprungen zu sein. Steinberger wollte nicht völlig ausschließen, dass er gestoßen worden war. Aber wenn das Motiv dafür auch bei von Arx ein Einbruch gewesen wäre, dann war nicht zu erkennen, was dort fehlen sollte. Er machte sich eine Notiz, mit den Erben zu sprechen.

Mauritius Steinberger überlegte. Jeder Vorfall für sich war wenig bemerkenswert; gemeinsam jedoch machten sie ihn nervös. Nach seiner Erfahrung war nichts wirklich Zufall im Leben, nicht im beruflichen Leben jedenfalls. Angesichts des Umstandes, dass Peter Quent in der Nähe war, schien ihm das ganze Geschehen hochverdächtig. Auch wenn er noch nichts Konkretes in der Hand hielt. Er würde wachsam sein müssen.

Die Türglocke schrillte.

Als Mauritius Steinberger auf das energische Klingeln hin öffnete, stand Dorothea Kranz in marineblauem Minirock und fast ebenso langem türkisfarbenen Schlabberpulli vor ihm. Zu seiner Überraschung trug sie einen kobaltblauen Strohhut.

»Die Abschiedsfeier für Herrn von Arx findet gleich in der Kapelle statt«, erklärte sie auf seinen erstaunten Blick hin.

»Ich wusste gar nicht, dass Sie ihn kannten.«

»Er war der einzige Mann, der regelmäßig an unserem Kreativkreis teilnahm. Bis Sie kamen.« Sie trat in seinen Wohn-Schlaf-Raum. »Hoppla. Die hatten Sie aber nicht alle in der Hosentasche.« Sie betrachtete das Durcheinander von Kartons und äußerlich gleich aussehenden schwarzen Notizbüchern, die auf dem Boden und allen verfügbaren freien Flächen Stapel bildeten.

»Ich hab sie mir liefern lassen.« Mauritius Steinberger schaute nur kurz auf. »Ich muss ein paar Dinge nachprüfen.« Er sagte nicht, welche.

Angefangen hatte er mit der Frage, ob es irgendwelche Hinweise darauf gab, dass Peter Quent sich je im Antiquitätenhandel versucht hatte, mit Kunstraub oder dem Verkauf wertvoller Bücher. Gab es irgendwelche Hinweise, dass er Kontakte zu den einschlägigen Hehlern gehabt hätte, zu Sammlern oder dubiosen Experten?

Bald allerdings war Steinberger dazu übergegangen, sich noch einmal zu vergewissern, dass sein damaliger Verdacht, Peter Quent sei ein Bankräuber und Mörder, bereits ausgereift und faktenbasiert gewesen war, ehe er herausgefunden hatte, dass Brigitte ihn betrog und mit wem. Tatsächlich, stellte er zu seiner Erleichterung fest, lagen zwischen den Ereignissen zwei Jahre. Zwei Jahre, in denen er unmöglich von Eifersucht getrieben worden sein konnte, während er Quent verfolgte. Es war ihm wichtig gewesen, das festzustellen.

Er hatte sich alles herausnotiert und würde Isolde Hohoff demnächst mit den Ergebnissen konfrontieren. Er legte Wert darauf, dass sie kein falsches Bild von ihm bekam. Sie sollte ihn nicht für einen eifersüchtigen Berserker halten.

Tatsächlich fand er es schwierig, sich zu erinnern, wie es war, Quent zu verfolgen, ehe er von Brigittes Affäre mit ihm erfuhr. Er war schon so lange und mit so intensiver Wut hinter Quent her, dass er gar nicht mehr wusste, wie es gewesen war, ohne dieses Gefühl zu leben. Oder auch wie eins zum andern gekommen war. Schwer vorstellbar, dass es einmal eine Zeit gegeben hatte, da er dem Mann mit professioneller Neutralität gegenüberstand, einfach mit dem wachsamen Instinkt des Ermittlers. Ihm schien, der Mann hatte ihn immer schon wütend gemacht, hatte von Anfang an eine besondere Saite in ihm berührt.

Aber das war vielleicht Einbildung. Eine Projektion, wie die Psychologen sagten. Der Psychologe, den man ihn ein halbes Jahr aufzusuchen gezwungen hatte, nachdem man ihm den Fall des Bankraubs weggenommen und ihm mit weiteren disziplinarischen Maßnahmen gedroht hatte, dieser Psychologe hatte das Wort oft benutzt. Mauritius Steinberger hatte den Mann fast so gehasst wie Quent. Der Psychologe hatte ihm auf den Kopf zugesagt, dass Steinberger ihm gegenüber so empfinde. Er hatte auch das eine Projektion genannt. Steinberger hatte ihn damals gefragt, wie man es nennen würde, wenn er ihm die Fresse poliere. Der Psychologe hatte gelacht. »Eine Riesendummheit«, hatte er gesagt. »Weil ich eine Ausbildung in Krav Maga habe.«

Was danach kam, nannte der Psychologe damals »Fortschritte machen«.

»Sie sind richtig beschäftigt, was?« Dorothea stand da und blinzelte ihn an.

»Alte Geschichten«, sagte er knapp.

»Uh, alte Geschichten.« Sie war nicht beeindruckt.

Er legte das Notizbuch, das er gerade in Händen hielt, auf seinen Schoß. »Es geht um einen Fall, der in den frühen Neunzigern liegt. Da waren Sie noch nicht geboren.«

»Aber fast«, meinte sie. »Lassen Sie hören.« Sie setzte sich mit gekreuzten Beinen auf den Boden. Was der Rock preisgab, bedeckte sie, indem sie den Pulloverzipfel darüberzog. »Also?«

»Wenn Sie mir mehr über den Pferdeschwanzjungen erzählen.«

Sie hob die Hände. Steinberger wertete das als ›abgemacht‹.

»Hören Sie, ich hab mir damals an der Sache die Finger verbrannt. Ich habe nicht von einem Verdächtigen abgelassen, obwohl meine Vorgesetzten mich zurückpfiffen. Am Ende wurde ich strafversetzt und der Kerl hätte mich beinahe wegen Rufmord verklagt. Ich durfte mich ihm nicht mehr nähern, musste den Fall völlig aufgeben.«

»Obwohl Sie sich sicher waren? Krass.« Sie überlegte. »Und jetzt greifen Sie den Fall wieder auf, weil ...?«

Er zögerte.

»Verstehe«, sagte sie.

»Gar nichts verstehen Sie.«

»Was ist so schwierig dran? Sie sind ihm wiederbegegnet, hier im Stift natürlich.« Sie strahlte vor Freude über ihre eigene Klugheit. »Es ist vermutlich ...«

»Sagen Sie es nicht«, unterbrach er sie. »Ich will keine schlafenden Hunde wecken.«

Sie imitierte ein Wuffen und ein Schnarchen. »Nun lachen Sie doch mal«, forderte sie ihn auf. Als sein Gesicht mürrisch blieb, seufzte sie. »Dann eben nicht. Aber es ist ziemlich sonnenklar, oder? Es geht natürlich um Peter Quent.« Sie überlegte. »Kann ich helfen?«

»Sie haben mir mit Frau Hohoff schon genug geholfen, danke. Jetzt werde ich von der Dame psychoanalysiert.«

»Tun Sie nicht so, Sie stehn doch drauf.« Dorothea war nicht von ihrer guten Laune abzubringen.

»Und jetzt Sie. Der Pferdeschwanzjunge.«

Sie lachte. »Er heißt Dirk. Und er ist schon fast dreißig.« Sie überlegte. »Wir haben uns im Studium kennengelernt. Er hat sehr interessante ...« – einen Moment lang suchte sie nach einer Formulierung – »Ansichten.«

Steinberger schnaubte. »Bei einem Mann kommt es nicht auf die Ansichten an.«

»Mag schon sein. Aber seine Videoinstallationen sind der Hammer.«

»Videoinstallationen.«

»Ja, er war damit sogar schon mal in Kassel. Auf der Dokumenta«, fügte sie hinzu, als sie sein verständnisloses Gesicht sah. »Das muss man sich mal vorstellen. Er wird irgendwann mal ganz groß rauskommen.«

»Wenn Sie es sagen.«

»Unser Professor hält sehr viel von ihm.«

»Und Sie?«, wagte Steinberger zu fragen.

»Ich hab ihm vorgeschlagen, er solle sich hier im Stift bewerben. Für die Multimediawand. Kennen Sie so was? Im Rathsberger Stift in Erlangen gibt es schon so eine.« Sie beschrieb ihm gestenreich die Bildschirmwand, auf der vor allem Landschaften und Kunstwerke gezeigt wurden.

»Ein wenig langsamer als in echt, damit es sich wie ein intensives Erlebnis anfühlt. Die Leute selber können ja nicht mehr, sagen wir, auf den Kilimandscharo steigen. Dafür dürfen sie es dort nacherleben.«

Mauritius Steinberger schnaubte. »Was sich heutzutage alles Erlebnis schimpft. Hingucken alleine ist kein Erlebnis, nur ein billiger Ersatz. Die Leute sollten besser rausgehen in die Natur. Und wenn es nicht mehr der Kilimandscharo ist, dann eben der Burgberg. Den Komposthaufen im eigenen Garten zu besteigen ist mehr Erlebnis, als in die Glotze zu starren.«

»Ich hab's ja gesagt, Sie sind witzig.« Dorothea Kranz lachte. »Dirk hat sich leider aus der Bewerberrunde für den Auftrag rauskatapultiert. Er hatte erotische Meditationen vorgeschlagen. Weil doch auch alte Menschen Geschlechtswesen seien. Das war der Heimleitung dann zu heikel.« Sie überlegte. »Aber Sie haben vielleicht recht. Es ist im Grunde mit Pornos das Gleiche, nicht wahr? Filmchen angucken ist nur ein billiges Surrogat für das Eigentliche. Vermutlich wäre es besser, diesen Leuten ein echtes Kontakterlebnis zu verschaffen.«

Steinberger räusperte sich. Er versuchte, möglichst trocken zu klingen. »An der Frauentormauer kümmert man sich seit Jahren darum«, sagte er. »Und ab einem gewissen Alter kommt man sehr gut mit einmal Pediküre die Woche zurecht.«

Sie konnte sich kaum halten vor Lachen. Als sie sein Gesicht sah, legte sie die Hand vor den Mund. »Entschuldigung, manchmal geht es mit mir durch.«

»Wollten Sie nicht zu einer Trauerfeier?«

Zu seiner Überraschung reagierte sie auf den Wink und stand auf. »Kommen Sie nicht mit?«

»Warum sollte ich?«

»Macht man das nicht als Polizist, wenn man den Verdacht hat, dass jemand ermordet wurde? Um zu sehen, ob es den Mörder an den Sarg seines Opfers treibt?«

»Es ist sehr fraglich, ob Herr von Arx ermordet wurde«, wehrte Mauritius Steinberger ab.

»Herr Quent wird jedenfalls da sein. Frau Doktor Hohoff auch. Sie haben beide mit von Arx Bridge gespielt. Das sollten Sie übrigens lernen, wissen Sie?«

»Wer war der Vierte?«, erkundigte Steinberger sich.

»Das wechselte«, meinte Dorothea Kranz obenhin. »Aber meistens war es Frau Dette. Die Große, die immer Kreuzworträtsel löst.«

Steinberger glaubte sich an eine Gestalt aus dem Speisesaal zu erinnern. Medaillon vor der Brust, laute Stimme, lässige Gestik, eine Art, mit den Fingern zu winken, die geringschätzig wirkte und tänzerisch zugleich. Damals hatte sie ihn an Quent erinnert.

»Die gehen alle zu den Dienstagsturnieren«, unterbrach Dorothea seine Überlegungen. »Sollten Sie vielleicht auch erwägen.«

»Dienstags lese ich.«

»Es gibt am Montag einen Anfängerkurs.«

»Montags bin ich im Zoo.«

»Heute nicht.«

Mauritius Steinberger knurrte. Aber wo sie recht hatte, hatte sie recht. Sein schöner Stundenplan war Makulatur. Seit er hier lebte, hatte er sich kaum einen Tag daran gehalten. Ein unerträglicher Zustand, an dem nur einer schuld war: Peter Quent. Er erhob sich. »Vielleicht sollte ich tatsächlich zu dieser Trauerfeier gehen. Das halbe Stift scheint ja da zu sein.«

Dorothea Kranz wusste, wann sie gewonnen hatte. Sie lächelte nur vornehm und hielt ihm die Tür auf.

13

Der Mann war am frühen Vormittag des 4. August in die Filiale der Raiffeisen Spar+Kreditbank in Lauf getreten. Bis heute wusste niemand, wie er Kenntnis davon erlangt hatte, dass im Tresor zweihunderttausend Euro Bargeld mehr lagerten als sonst, weil ein örtlicher Unternehmer seine Reserven liquide gemacht hatte, um einen Zahlungsengpass zu überbrücken. Der Mann trug überweite Jogginghosen, eine Windjacke und eine Wollmütze, die er, kurz bevor die veraltete Videokamera ihn erfassen konnte, über sein Gesicht herunterzog, wobei sich erwies, dass es sich um eine Skimaske mit Sehschlitz handelte. Die anwesende Bankangestellte, ein junges Mädchen kurz nach Ende der Lehre, stand so unter Schock, dass ihre Aussagen kaum zu verwerten waren. Stundenlang spielten sie ihr Stimmproben vor, fragten nach Akzenten, Dialekten, Besonderheiten. Sie wollte sich auf nichts und niemanden festlegen, war zu keiner Kooperation fähig. Vielleicht spielte der Schlag auf den Kopf eine Rolle, den sie erhalten hatte, unmittelbar, nachdem sie den Filialleiter unter einem Vorwand herbeitelefoniert hatte, der als Einziger im Besitz der Safekombination war. Als der Filialleiter eintraf, war die Angestellte ohnmächtig, gefesselt, geknebelt und bekam nichts mehr mit davon, dass sie mit dem Tode bedroht wurde für den Fall, dass ihr Chef den Safe nicht öffnen wollte. Der Filialleiter, der eine Tochter im selben Alter hatte, gehorchte nach der ersten Aufforderung. Dann wurde er neben seiner Untergebenen an ein Schreibtischbein gefesselt.

Beide wurden zeitweise von der Polizei verdächtigt, mit dem Räuber unter einer Decke zu stecken. Das Mädchen litt noch zehn Jahre später unter Migräneanfällen und machte mehrere Umschulungen. Sie lebte wieder bei ihren Eltern. Der Filialleiter bot der geteilten öffentlichen Meinung im Ort die Stirn. Er ging schon in der Woche darauf wieder zur Arbeit, besuchte seine Stammtische und empfing seine Kunden. Vermutlich war es kein Ausdruck einer mehrheitlichen Position in Lauf, sondern das Ergebnis einer böswilligen Intrige, dass er gebeten wurde, das Amt als Kassenwart des Sportvereins abzugeben. Doch brachte das Ereignis zum Vorschein, unter welchem Druck er stand. Er erhängte sich am Birnbaum in seinem Garten. Seine Frau zog nach Nordrhein-Westfalen.

Der Mann, der an dem Tag mit einer Sporttasche, darin eine gute Viertelmillion, aus dem Hinterausgang der Bank marschierte, blieb verschwunden. Das Geld war weder gezählt noch markiert. Ein fremdes Auto war niemandem aufgefallen. Zeugen meinten zwar gesehen zu haben, wie ein Mann in Freizeitkleidung mit Sonnenbrille in einen blauen Wagen stieg. Aber das hätte an diesem Ferienmorgen fast jeder Mann in Lauf sein können. Interessant wurde die Aussage erst, als eine halbe Stunde später der Notruf kam, dass an der B 14 zwischen Strengenberg und Rückersdorf ein Skater angefahren worden war. Der Fahrer eines Getränkelasters hatte ihn im Gras neben der Fahrbahn entdeckt. Steinberger hatte rein routinemäßig darauf reagiert. Der Vorfall musste auch nichts mit dem Raub zu tun gehabt haben. Aber alles am Unfallort sorgte dafür, dass er eine Gänsehaut bekam: das völlige Fehlen von Bremsspuren vor dem Aufprallpunkt. Die starken Bremsspuren nach dem Aufprallpunkt. Die tiefen Rillen im Bankett, wo das Auto gehalten hatte, ehe es mit durchdrehenden Reifen, Kiesel und Lehmerde verspritzend, weitergefahren war. Das Lehmfragment neben dem toten Jungen, das aus dem Profil einer Sportschuhsohle gefallen sein musste, als jemand sich neben den Sterbenden gestellt und ihn betrachtet hatte, ehe er geflüchtet war. Der Arzt würde später sagen, dass der Junge zu dem Zeitpunkt vielleicht noch bei Bewusstsein war. Er starb im Krankenhaus an den Folgen einer inneren Blutung, die man eine halbe Stunde zuvor noch hätte stoppen können. Steinberger stand an dem Tag dort am Straßenrand und wusste, dass er ein Puzzleteil in den Händen hielt. Es wunderte ihn nicht, als die Kollegen von der Kriminaltechnischen Untersuchung ihm mitteilten, dass am Skateboard des Jungen blaue Lackreste gefunden worden waren.

Blau leuchteten die Fenster der Kapelle, blau, orange und gelb inmitten der nüchternen Atmosphäre. Mauritius Steinberger hörte das »Wir erheben uns« des Pfarrers, dem nur wenige folgten. Unter anderem Irina Staufert, Peter Quent und er selbst. Frau Dette, die Rätselfrau mit der ausladenden Gestik, saß in einem Rollstuhl. Frau Sörgel mit dem Goldhelmhaar klammerte sich an ihren Rollator. Hinter ihr hatte sich der Rucksackmann platziert, sein Gepäck zwischen den Füßen auf den Boden gestellt. Isolde Hohoff hatte sich etwas abseits gesetzt, mit gefalteten Händen, und schien Zwiesprache mit sich selbst zu halten, die sie auch jetzt nicht unterbrach. Ein älterer Herr, der abwesend wirkte, hatte vermutlich von der Aufforderung gar nichts mitbekommen. Dorothea Kranz ging hinüber, um ihm das heruntergefallene Gesangbuch wieder in den Schoß zu legen. Es folgte Gemurmel, in das Steinberger nur vage einstimmte. Mit so was kannte er sich nicht aus. Als alle sich wieder setzten, folgte er erleichtert.

Peter Quent fuhr damals einen blauen Lada mit einem jüngst erneuerten Kotflügel. Er hatte seinerzeit behauptet, er habe die Reparatur schon im Juli vornehmen lassen, auf einer Urlaubsreise in Ungarn. Die Werkstatt, die er angab, konnte ermittelt werden, führte aber keine ordentlichen Bücher, und der Besitzer hatte gewechselt. Quents Aussage konnte nicht widerlegt werden. Umfragen bei Werkstätten in der Umgebung brachten keine Ergebnisse. »Glauben Sie wirklich«, hatte Quent ihn damals gefragt, »ich würde zu einem Bankraub mit meinem eigenen Wagen vorfahren?«

Sie sangen ein Lied, dann sollten sich alle zum Friedensgruß die Hände reichen. Dorothea musste Steinberger knuffen, damit er sich nach links wandte und ihren Händedruck an den zerstreuten Mann vier leere Stühle links von ihm weitergab. Manche Gottesdienstbesucher waren so eifrig, auch die Stuhlreihen vor und hinter sich zu grüßen. Steinberger sah davon ab. Jetzt übernahm eine Dame mit einem Cello den Vortragspart. Mit gespreizten Beinen saß sie neben einem Blumenarrangement mit Kerze, das in Abwesenheit der Leiche wohl Ewald von Arx symbolisieren sollte.

Wie waren sie auf Peter Quent gekommen, damals? Die Sekretärin des in Geldnöte gekommenen Unternehmers hatte seinen Namen ins Spiel gebracht, viele Wochen später erst. Sie hatte ihn einige Monate vor dem Raub kennengelernt und eine Beziehung mit ihm begonnen. Als er diese beendet hatte, war ihr wieder eingefallen, dass sie ihm von den aufgelösten Aktienpaketen erzählt hatte. Sie hatte sich damals

Sorgen um ihren Arbeitsplatz gemacht. Peter Quent hatte sich alles angehört und sie prompt getröstet. Er hatte angedeutet, dass sie sich mit ihm an ihrer Seite nie mehr Geldsorgen machen müsste. Sie hatte es gerne gehört und hatte angesichts dieser aussichtsreichen Zukunft die jahrelange Affäre mit dem Prokuristen der Firma beendet, der ja doch verheiratet war. Dass Quent Schluss machte, kam für sie aus heiterem Himmel. Und im Gefolge der Gedanke, dass sie ausgenutzt worden sein könnte. Sie ging zur Polizei. Die ging zu Quent.

»Wären Sie bei einer Frau geblieben«, fragte Quent ihn im Verhör, »die Sie von Anfang an mit einem anderen betrogen hat, nur so zur Sicherheit?«

Es war ein wenig unklar, wie Peter Quent sein Geld verdiente. Er verkaufte mal Geldanlagen, mal Fertiggaragen, mal teure kleine Geräte, mit denen man bestimmen konnte, wo im Haus Wasseradern verliefen.

»Ich benutze es selbst«, sagte Quent. »Alle Möbel in meinem Haus sind danach ausgerichtet. Seit mein Bett so steht, dass keine Wasserader es mehr kreuzt, hat sich mein Leben verändert.«

Schließlich öffneten sich die Türen der Kapelle. Auf dem müder werdenden Atem der Musik trieben sie hinaus in den Nachmittag. Isolde Hohoff hatte sich bekreuzigt und die Griffe des Rollstuhls der Rätseldame ergriffen. Steinberger trat beiseite, um die beiden vorbeizulassen; sie dankte ihm mit einem leichten Nicken und schob ihre Gefährtin davon. Das Häufchen der Gedenkenden zerstreute sich. Irina Staufert, mit leicht geröteten Augen, schien es eilig zu haben. Sie war in Zivil, vielleicht begann ihre Schicht bald. Steinberger fragte sich, ob sie die Abschiedszeremonien für all ihre Bewohner besuchte. Wie viele mochten das sein? Eine im Monat? Zwei? Und bekam sie den Aufwand wohl vom Stift bezahlt?

Einige der Kunden von Firmen, für die Peter Quent gearbeitet hatte, waren irgendwann Opfer von Raub oder Betrugsmaschen geworden.

»Nehmen Sie ein paar beliebige Firmen«, entgegnete Quent. »Ja, nehmen Sie die Raiffeisenbank, das Laufer Unternehmen, nehmen Sie den Lada-Konzern. Und jetzt überprüfen Sie, wie viele von deren Kunden schon das Opfer von Betrug wurden. Nehmen Sie die katholische Kirche, nehmen Sie Rewe. Nehmen Sie die Stadtwerke, um Himmels willen. Was glauben Sie, kommt dabei heraus?«

Es hatte einsame Abende in Steinbergers Leben gegeben, da hatte er die Statistik zu erstellen versucht. Jetzt beobachtete er, fast unabsichtlich, wie Quent draußen Irina Staufert am Arm festhielt und ihr etwas sagte. Sie schien zu zögern. Er insistierte. Sie nickte schließlich. Als sie wegging, blickte Quent auf die Uhr. Steinberger beschloss, noch ein wenig in der Nähe zu bleiben und zu sehen, was passieren würde.

»Hat Ihnen die Predigt gefallen?«, fragte Dorothea Kranz. »Sie wirkten ein wenig abgelenkt.«

»Ich hab mir die Fenster angesehen. Sicher Kunst, oder?«, fragte er, um seinerseits sie abzulenken.

»Kann man drüber streiten.«

»Sie meinen, Turner hätte es besser gemacht?« Er versuchte, sie in ein Gespräch zu verwickeln, um ungestört Quent im Auge behalten zu können.

»Hören Sie«, begann Dorothea Kranz. »Ich muss jetzt los. Ich hab noch eine Arbeit, wissen Sie?«

»Würden Sie mir das Porträt verkaufen, das Sie von mir gemalt haben?«

»Im Ernst?« Sie hielt inne. Jetzt leuchtete ihr Gesicht auf.

»Ja.« Er spähte über ihre Schulter zu Quent hinüber. »Ja, ich halte das für eine gute Idee.«

Sie zog kurz die Stirn kraus. »Ich müsste da aber noch ein wenig dran arbeiten.«

»Denken Sie sich schon mal einen Preis aus.«

»Sie sind wirklich sicher? So was ist nicht billig, wissen Sie?«

»Oh, na ja.« Darüber hatte er noch nicht nachgedacht. »Ist ja nur einmal im Leben, stimmt's?« Er hatte keine Zeit, sich darüber Sorgen zu machen. Irina Staufert war zurück. Sie ging nicht zu Quent, sondern in Richtung des Ausgangs. Aber ihr Blick in seine Richtung war eindeutig gewesen. Und Quent hatte sich prompt in Bewegung gesetzt und ging wie zufällig in dieselbe Richtung davon.

»Ja, dann.« Steinberger schickte sich an, den beiden hinterherzugehen. »Malen Sie schön.«

Ehe sie etwas erwidern konnte, hatte er sich auf den Weg gemacht.

14

Quent und die Staufert gingen in den Zoo. Als hätten sie von Steinbergers Stundenplan gewusst und ihm diese kleine Genugtuung verschaffen wollen. Die Schlangen an den Kassen waren zum Glück kurz. Dennoch war es schwer, die beiden im Auge zu behalten, da sie sich in unterschiedlichen Reihen anstellten. Erst drinnen, und erst, nachdem beide sich ein paarmal umgesehen hatten, ob keine Bekannten aus dem Stift unterwegs waren, gingen sie Seite an Seite weiter.

Steinberger hatte ihnen den Rücken zugedreht; halb verdeckt von einem Bündel Luftballons in Delfin-, Löwen- oder Einhornform, hatte er vermeintlich das Angebot an T-Shirts und Stofftieren studiert. Doch wie früher ging er mit leeren Händen weiter. Ob Quent etwas gekauft hätte, hätte er ein Kind gehabt?

Es ging vorbei an den Kängurus, vorbei an den Giraffen. Quent und seine Begleiterin schienen sich auch für Affen nicht zu interessieren. Sie machten sich an den Anstieg zu den Raubtiergehegen. Das war eine Richtung, die er gern einschlug. Steinberger folgte ihnen in einigem Abstand. Quent hatte der Staufert seinen Arm angeboten. Sie hatte ihn zögernd genommen, schien sich aber zunehmend zu entspannen. Neben dem Steinbockgehege kam den beiden mitten auf den Stufen des Gehwegs ein Nager entgegen. Ein Murmeltier, schätzte Steinberger, oder ein Erdmännchen, was wusste denn er. Das Tier sah aus, als gehörte es in ein Gehege, doch es saß da, rotzfrech, und ließ sich von Quent, der sich vorgeneigt hatte, mit irgendetwas füttern.

Die Staufert lachte. Steinberger drehte sich halb zur Seite und studierte die trägen Bewegungen eines Steinbocks an der Futterraufe, bis er sicher war, dass sie ihren Weg fortsetzten.

Die Menschen mochten Quent, das hatte er immer wieder feststellen müssen. Vor allem die Frauen. Eine hatte Quent einmal ausgehalten. Ein Audi A4 gehörte zu den kleinen Geschenken, die sie ihm machte. Quent hatte die Hände gehoben, als Steinberger ihn im Verhör darauf ansprach: »Hätte ich sie fortjagen sollen, nur weil sie mehr Geld hatte als ich?«

Was er wohl von der Staufert wollte? Geld konnte es kaum sein.

Sie entschieden sich gegen die streng riechenden Mähnenwölfe und wandten sich stattdessen nach rechts. Steinberger sah noch, wie Quent in Richtung der Raubtiergehege wies, doch die Staufert schüttelte den Kopf. Sie gingen weiter. Steinberger tat, als würde er sich etwas auf der Eistafel des Imbissstandes aussuchen, um ihnen auf den folgenden stilleren Waldwegen einen unauffälligen Vorsprung zu gönnen. Er traf sie vor der Glaswand des Seelöwenbeckens wieder. Natürlich, alle Frauen mochten die Seelöwen, Brigitte hatte sie geliebt. Was war das nur an den Frauen, fragte Steinberger sich, dass es sie so zum Wässrigen zog?

Quent besaß ein Rettungsschwimmerabzeichen, das wusste er. Laut seinem Lebenslauf, den Steinberger bis weit in Quents Jugendjahre hinein rekonstruiert hatte, hatte er als junger Mann sogar einmal eine Saison als Rettungsschwimmer an einem Hotelstrand in Bibione gearbeitet. Ob er mit Brigitte später mal da gewesen war? Sie hatte von einem Urlaub am Meer geträumt. Doch er hatte sich zeitlebens lieber von Stränden ferngehalten. Sie verbrachten ihre Urlaube in den Alpen. Aber selbst Bergseen, ja sogar Badeteiche und Baggerseen verursachten Steinberger ein unangenehmes Gefühl.

Die beiden ließen sich schließlich auf einer der wie in einer Arena angeordneten Bänke oberhalb des Beckens nieder, obwohl keine Fütterungszeit war. Sie plauderten. Man kam sich näher, wie Steinberger es für sich formulierte. Es war ein Paradebeispiel dafür, wie man so etwas machte. Das Ganze vollzog sich vor seinen Augen, als schnurre da ein Uhrwerk. Er fühlte seine Magensäure aufwallen. So musste es gewesen sein, als Brigitte auf Quent traf. Alpengeplagt, voller Meeres-Sehnsüchte, vernachlässigt von einem Mann, dem die Arbeit wichtiger war als sie, wie sie das nannte. Sie hatte nie verstehen wollen, worum es bei dem, was er tat, ging.

Sicher hatte es bei den beiden genauso begonnen, vielleicht sogar genau hier. Erst flanierte man, dann berührte man einander sacht an der Hand; man ging etwas trinken, schaute sich beim Essen in die Augen, dann auf den Mund. Danach ging es weiter. Steinberger schnaufte. Nicht mal er hatte den Schwung in Brigittes Bewegungen übersehen können, den Umstand, dass sie sang, während sie sein Abendessen zubereitete. Um es ihm dann hinzustellen und telefonieren zu gehen. Er war kein Narr. Er hatte die Observation selbst durchgeführt. Sie hatte keinerlei Vorsichtsmaßnahmen ergriffen. Mit ihrem kleinen Fiat war sie direkt von ihrer ehelichen Wohnung zu Quent gefahren. Und hatte den Wagen stundenlang in der Einfahrt stehen lassen. Als er sie darauf angesprochen hatte, hatte sie kommentarlos ihren Koffer gepackt.

Ein paarmal hatte sie nach ihrem Auszug noch mit ihrem Mann Mittag gegessen. Hatte sich kopfschüttelnd angehört, was er über Quent zu sagen hatte. Hatte ihn mitleidig angesehen, als dächte er sich das alles nur aus, um sie zurückzubekommen. Wie einen armen Narren hatte sie ihn behandelt. Zwei Jahre später war sie wieder da.

Er kam von der Arbeit, sie stand in der Küche, als wäre nie etwas gewesen. Sie verlor nie ein Wort darüber. Gleich darauf hielten die Medikamente Einzug in ihr Leben. Der Krebs kam, zog sich zurück, kam wieder. Das waren die letzten Jahre.

Steinberger sagte sich gerne, dass sie zu ihm gekommen war, als es ernst wurde. Quent war gut genug gewesen für die Schönwetterzeiten. Doch er war ihre Wahl gewesen, als es um Leben und Tod ging. Er sagte sich, dass er stolz darauf war. Manchmal fragte er sich, was ihm fehlte zum Schönwettermann. Vielleicht der Umstand, dass er Frauen nicht in den Zoo ausführte. Quent war aufgestanden und hatte Irina Staufert ein Eis gekauft. Er packte es für sie aus und ließ sie beißen. Sie erlaubte ihm, sie zu füttern wie ein Kind.

»Da lernt man was dazu«, murmelte Steinberger grimmig. Er war näher an das Paar herangerückt, nicht nahe genug allerdings, um zu hören, was sie redeten. Als Irina Staufert plötzlich aufstand, um zu gehen, konnte er gerade noch hinter einer Familie mit Kinderwagen in Deckung gehen. »Schau mal, die Otter«, säuselte die Mutter.

Steinberger unterdrückte eine Reaktion. Als er aufschaute, hatte Quent sich umgedreht und starrte ihm direkt ins Gesicht.

15

»Ich mag ja die Eisbären«, sagte Peter Quent und lehnte sich zurück. »Ich hab mir eine Jahreskarte gekauft, um sie jederzeit sehen zu können.«

Mauritius Steinberger ließ sich vorsichtig neben ihm nieder. »Als ich Sie kennenlernte, hätten Sie sich das gar nicht leisten können«, stellte er fest. »Geschweige denn ein Appartement in diesem exklusiven Stift.« Als Quent nicht antwortete, fuhr er fort: »Schulabbrecher, drei Ausbildungen geschmissen, herumgetingelt mit irgendwelchen Jobs, das halbe Leben lang. Privatinsolvenz, dann wieder eine Firma, dann die nächste Pleite. Ich kenne die Liste Ihrer Gläubiger. Wo hätte das Geld denn hergekommen sein sollen.«

»Sie sind ein Spießer«, stellte Quent zufrieden fest. »Ein Lebtag lang dieselbe Scheiße als Beruf, hernach die Rente als Belohnung. Das war nie meins.« Er wölbte die Brust mit einem tiefen Atemzug. »Ich hab viel gelernt, viel gesehen und mich nie auf eine öde Stelle in irgendeinem langweiligen Betrieb beworben, wo ich ein Rädchen im Getriebe geworden wäre. Das lag mir nicht. Ich hab mir meine Stellen immer selber geschaffen, mich neu erfunden, wenn es nötig war.«

»Klingt wie aus einem Werbeprospekt«, stellte Steinberger trocken fest.

Ein Seelöwe tauchte auf, stieß seinen ächzenden Ruf aus, wedelte mit den Flossen und brachte die Besucher zum Lachen. Auch Quent. »Werbung hab ich auch mal gemacht«, fuhr dieser gemütlich fort. »In den Achtzigern, da war das noch ein gutes Geschäft. Man konnte praktisch tun, was man wollte; die Leute fraßen alles.«

»Ihr Partner knabbert jedenfalls bis heute an den Schulden, die Ihr gemeinsames Grafikbüro gemacht hat. Und Sie waren plötzlich weg.«

»Noch immer im Dienst, was?« Quent lehnte sich zurück. »Aber das ist ja nichts Neues. Ich inspiriere Ihre Fantasie auf eine fast schon tragische Weise.« Er breitete beide Arme über die Banklehne aus.

Steinberger versuchte, sich nicht provozieren zu lassen. »Also, woher ist das Geld für das Stift?«

Quent wandte ihm abrupt den Kopf zu. »Geerbt.« Er ließ die letzte Silbe in der Luft hängen.

»Von wem?«, hakte Steinberger nach.

»Finden Sie's raus.« Quent schlug die Beine andersherum übereinander. »Sie sind der Polizist. Obwohl, warten Sie mal: Das stimmt ja nicht: Sie sind pensioniert. Und mich dürfen Sie, wenn man es genau nimmt, nicht einmal ansprechen. Oder ist die Verfügung außer Kraft?« Er schüttelte den Kopf wie über eine merkwürdige Erinnerung. »Steinberger, Sie sind jetzt schon so lange der Krebs an meinem Arsch.« Er griente, als er sah, wie der alte Kommissar das Gesicht verzog. »Aber hören Sie mich jammern, dass Sie mein Leben zerstört haben?«

Steinberger schnaufte empört auf. Quent wandte sich ab. Bitter murmelte er: »Ich hab mich dran gewöhnt. Was blieb mir auch übrig.« Eine Weile schwieg er. Als er fortfuhr zu sprechen, klang seine Stimme beiläufig. »Eisbären sind großartige Tiere. Einzelgänger. Wie wir. Unruhig. Sie legen weite Strecken zurück, unglaublich weite.«

Steinberger hatte keine Lust, sich das anzuhören. »Werden Sie nicht gefühlsselig, Quent.«

»Manchmal frage ich mich schon, wohin wir unterwegs sind. Sie nicht? Ich meine, schauen Sie uns an. Da umkreisen wir einander und lauern; Sie folgen mir durch den halben Zoo.« Er machte eine dieser lässigen, wegwischenden Gesten, die Steinberger so hasste. »Dabei ist vermutlich alles, was wir je gesagt oder getan haben, längst verjährt, vom Winde verweht, vergessen, außer von uns beiden. Und wir werden auch bald in der Grube liegen. Manchmal fragt man sich angesichts der Vergänglichkeit ...« Er beendete den Satz nicht und ließ offen, was er sich fragte.

»Mord verjährt nicht.« Steinberger ließ sich nicht beirren.

»War das, was Sie da so hartnäckig verfolgen, nicht bloß ein Unfall?« Quent lächelte. »Wenn ich mich recht an die Berichterstattung in den Medien damals erinnere.«

»Ich hab die Reifenspuren damals gesehen. Ich weiß, dass Sie angehalten haben. Sie haben in den Rückspiegel geschaut, zu dem Jungen. Haben ihn liegen sehen. Er hat sich noch bewegt, nicht wahr? Wir wissen das, wir haben Lehmspuren gesehen, im Schotter.«

Die Erinnerung wallte wieder auf, ein heißes Brennen in Steinbergers Magen, ein scharfer Schmerz den linken Arm hinauf. Er erinnerte sich an alles überscharf, an die Wärme, die vom Boden aufgestiegen war unter der Augustsonne, an das grelle Zirpen auf der benachbarten Wiese, wie ein mächtiger Pulsschlag, der nicht verstummen wollte, an den Geruch nach warmem Teer und Staub und Blut. An den Himmel, fast unerträglich blau. An sein eigenes Gefühl, basierend auf ein paar Bröckchen Lehm, aber nur ein Gefühl. Und er durfte es niemandem anvertrauen, dass der Mörder ausgestiegen war und genau dort gestanden hatte, wo er jetzt stand, dass er gesehen hatte, was er in dem Moment sah. Wie konnte man so etwas wissen? Eine Ahnung von Spuren im Schotter? Ein Frösteln in der Augustwärme? Nackter Wahnsinn, vom ersten Moment an?

»Sie sind sogar ausgestiegen, nicht wahr?«, platzte es aus Steinberger heraus. Was für eine Erlösung, es zum ersten, zum allerersten Mal aussprechen zu dürfen. »Sie sind hingelaufen. Sie haben überlegt.« Er hielt inne. Hatte er Quent zusammenzucken sehen? Oder war das nur das Flimmern in seiner eigenen Optik, ausgelöst durch den Schmerz. Er musste atmen. Steinberger schloss die Augen. Erst nach einer Weile fuhr er fort. »Dann sind Sie zurückgerannt. Und aufs Gas gestiegen, Quent. Dann erst. Das soll kein Mord sein? Wie soll man es sonst nennen?« Stille. Der schrille, zirpende Puls in seinen Ohren ließ nach. Steinberger atmete langsam aus und öffnete die Augen wieder.

Quent sah ihm voll ins Gesicht. Er ignorierte Steinbergers Anschuldigungen und gab ihm nur einen seltsamen Blick. »Stimmt«, gab er zu. »Wenn man einen umbringt, ihm das Leben nimmt, ist das nichts, was einfach so vergeht, nicht wahr. Das bleibt fürs Leben.« Sein forschender Blick wurde Steinberger unangenehm, doch dieser wollte nicht als Erster beiseitesehen.

Irgendwann lachte Quent auf. Er wechselte die Blickrichtung und das Thema. »Wenn ein Eisbär hungrig ist«, sagte er, wieder in seinem alten beiläufigen Plauderton, »kann er es andererseits stundenlang an einem Wasserloch aushalten, um auf eine Robbe zu warten. Er riecht sie, sogar durch Meter von Wasser und Eis hindurch. Vielleicht geht es uns ja ähnlich.«

»Was wittern Sie denn so derzeit, Quent? Worauf springt Ihr Appetit gerade an? Reiche alte Damen? Gebrechliche Herren mit Barvermögen?«

Wieder die gleiche Geste. »Was mich antreibt, haben Sie noch nie begriffen, Steinberger.«

Der alte Kommissar wurde wütend. »Was Sie antreibt, das ist nur zu offensichtlich, Quent. Sie selbst und immer wieder Sie selbst. Ihr eigener Vorteil, das ist alles, was für Sie zählt. Geld, Geld und nochmals Geld. Die ganz gewöhnliche Gier.«

»Hat Brigitte das von mir gesagt?«

Steinberger zuckte zusammen. Bislang war Quent noch nie so tief gesunken, den Namen seiner Frau zu erwähnen. Er hätte den anderen Mann am liebsten geschlagen. »Sie musste es mir nicht sagen. Ich habe alles begriffen, als sie zu mir zurückkam. Sie sind nicht der Mann, der einer Frau Halt bieten kann in schlechten Zeiten. Das hat Brigitte gespürt.«

»Mir hat sie gesagt, dass sie mich nicht belasten will mit allem, was kommen wird. Sie sagte, sie wolle mich beschützen. Ich sollte der Mensch sein, der sie so in Erinnerung behält, wie sie war, als sie wirklich lebte. Wie sie hätte sein können, wenn das Leben es besser mit ihr gemeint hätte. Sie sagte, ich müsse all das unverletzt in mir bewahren. Sie wollte es so.«

Steinberger versuchte, sich nicht anmerken zu lassen, wie tief diese Sätze ihn getroffen hatten. »Nun, ich schätze mal, es fiel Ihnen nicht schwer, ihr diesen kleinen Gefallen zu tun. Er brachte ja keinerlei Mühen mit sich.«

Quent ließ sich Zeit mit der Antwort. »Sie wissen nichts«, sagte er. »Gar nichts wissen Sie.« Völlig unerwartet stand er auf und ließ Mauritius Steinberger alleine zurück.

16

»Sie ist tot, was soll ich Ihnen denn noch sagen. Tot! Mausetot!«

Die alte Frau Sörgel war nicht zu beruhigen, so sehr Irina Staufert es auch versuchte. Die Dame versperrte der Etagenbetreuerin mit dem Rollator den Weg und gestikulierte so wild, dass sie der Staufert fast das Tablett mit den Trinkbechern aus der Hand geschlagen hätte. Die war nicht erbaut. Eben noch im siebten Himmel mit einem charmanten Mann, musste sie sich jetzt wieder mit den Alltagsproblemen herumschlagen. Es war wirklich ein Jammer, dass die Männer im Stift alle so alt waren. Vom Heiraten wollten die meisten nichts mehr hören. Von anderen Dingen schon. Irina Staufert fand das in solchen Momenten ungerecht. Sie hörte sich die Sorgen der alten Sörgel mit leicht verrutschtem Lächeln an.

Diesmal ging es nicht um den Kaminkehrer oder andere schwarze Männer, die sie bedrohten; es ging um ihre Nachbarin, Frau Dette, die in ihrem Lehnstuhl ermordet worden sein sollte. »Glatt erwürgt. Man ist nirgends mehr sicher! Die Welt ist verrückt!«

»Nu, nu, Frau Sörgel, woher wissen Sie denn das überhaupt, dass die Frau Dette tot ist?«

Die Alte war nicht zu beruhigen. »Weil ich einsam bin, einsam bin ich. Drum lauf ich durch die Welt. Und da seh ich allerlei.«

»Frau Sörgel, haben Sie wieder die Leute belästigt?« Irina Staufert seufzte. »Sie wissen doch, dass Sie nicht immerzu herumlaufen und bei allen klingeln sollen.«

»Ich klingel doch nicht, wenn ich meine Freundin besuchen gehe.«

Das war allerdings nur zu wahr, Irina Staufert wusste es. Mit Klingeln hielt Frau Sörgel sich nur bei Stiftsbewohnern auf, die sie nicht kannte. Bei anderen kam es schon vor, dass sie einfach die Klinke drückte und unangemeldet im Raum stand. Manchmal mitten in der Nacht. Das war alles sehr unangenehm. Und die Klagen, dass die Dame nicht mehr in den betreuten Bereich gehörte, sondern auf eine Pflegestation, häuften sich. Aber im Moment war einfach kein Platz frei im Demenzbereich. Sie mussten alle warten und geduldig sein.

»Wissen Sie was, wir gehen jetzt einfach gemeinsam zu Frau Dette, und dann sehen wir ja«, schlug die Etagenbetreuerin vor. Vielleicht, wenn sie Glück hatte, konnte sie Frau Sörgel sogar für eine Weile bei der kreuzworträtselbegeisterten Dette parken. Damit wäre allen geholfen. Der Weg war nicht weit, Frau Dette wohnte ebenfalls im achten Stock, zwischen der Sörgel und diesem Polizisten. Auf ein Klingeln allerdings reagierte sie nicht.

»Wie soll sie denn aufmachen?«, echauffierte Frau Sörgel sich. »Sie ist doch tot. Mausetot.« Langsam wurde es der Staufert doch mulmig. Sie überlegte, klingelte ein zweites Mal und drückte dann die Klinke. Es war nicht abgesperrt. »Hallo?«, rief sie schon vom Flur aus. »Frau Dette? Ich bin's, Irina. Ich mach mir ein bisschen Sorgen.« Sie sah den Rollstuhl der Dame, zur Balkontür ausgerichtet. Frau Dette saß darin. Ihr weißer Schopf ragte über die Lehne; ihr Kopf hing zur Seite. Ob sie schlief?

»Frau Dette? Geht es Ihnen gut?« Wachsende Sorge mischte sich in Irina Stauferts Stimme. Hinter sich hörte sie den Rollator in das Appartement fahren. »Bleiben Sie zurück!«, rief sie über die Schulter. Frau Dette hatte die Augen geschlossen. Ihr Mund stand ein klein wenig offen. Sie schnarchte nicht. »Um Gottes willen, Frau Dette?« Endlich wagte Irina Staufert, die Frau an der Schulter zu fassen. Sie blieb reglos. Doch sie war noch warm. »Was um …?«, flüsterte Irina Staufert und setzte zu einem Kreuzzeichen an. »Jessas Maria.«

In dem Moment gingen Frau Dettes Augen auf. Aus dem Mundwinkel zischte sie: »Ist sie weg?«

Irina Staufert zuckte zurück. »Was?«

»Ob sie weg ist, diese Nervensäge? Einfach bei mir reinzuschneien! Der hab ich einen schönen Schreck eingejagt, was?« Sie grinste kurz, verzog aber sofort das Gesicht, als von draußen Frau Sörgels drängende Stimme kam: »Ist sie tot? Ist sie es?«

»Der werd ich's geben.« Frau Dettes Gesichtszüge erstarrten wieder. Sie schloss die Augen, ließ den Kopf zur Seite fallen und öffnete erneut leicht den Mund.

»Frau Dette, das ist doch keine Lösung.« Der Appell verhallte wirkungslos. Frau Dette machte keine Anstalten, ihr Toter-Mann-Spiel aufzugeben.

Irina Staufert seufzte. Für die Betreuung von Frau Sörgel würde sie an diesem Nachmittag wohl eine andere Lösung finden müssen.

17

Steinberger fand das Puzzleteil an einem Dienstag, als er wieder einmal in das Bücherregal seines Vaters griff. Magda Szabó: *Das Schlachtfest*. Ein seltsamer Titel, eine seltsame Wahl. Müßig überflog er den Lebenslauf der Autorin auf der Rückklappe. Eigentlich war er müde. Er hatte die letzten Abende lange wach gelegen, um in seinen schwarzen Notizbüchern zu blättern. Das Kompendium für Isolde Hohoff war bald zusammengestellt. Nur die wichtigsten Fakten. Die Daten, die ihn entlasteten von dem Vorwurf, Quent aus reiner Eifersucht nachgestellt zu haben. Aber damit hatte er es nicht gut sein lassen. Vielmehr hatte er seine alte Gewohnheit wieder aufgenommen, abends im Bett liegend seine Notizen durchzugehen.

Am Abend zuvor hatte er einige Seiten durchgeschmökert, die drei Jahre nach dem Bankraub entstanden waren. In der Zeit hatte er Quent aus der Ferne beobachtet und alle Hinweise darauf zusammengetragen, dass dieser weiterhin ein Leben als Betrüger führte. Er hatte Quents Gewohnheiten erforscht. Eine davon war es, wochenends immer wieder denselben Kiosk am Dutzendteich aufzusuchen. Er tat das über all die Jahre hinweg, die Steinberger ihn beobachtete. Seltsame Treue für einen Mann, der sich alle paar Jahre neu erfand, der die Frauen, die Jobs, die Wohnungen wechselte wie andere ihre Unterwäsche. Steinberger war beim Lesen ganz zufällig darauf gestoßen, kurz vor dem Einschlafen, vielleicht hatte die Müdigkeit seinen Geist aufnahmefähig dafür gemacht. Er hatte seinerzeit mit der Verkäuferin an diesem Stand gesprochen, ihr unauffällig ein Gespräch aufgehängt über dies und jenes und das Leben. Sie hatte damals Liebeskummer gehabt. Ihr Mann, der Schuft, Gott möge ihn strafen, hatte sie frisch verlassen. Steinberger hatte sich seinen Namen nie gemerkt, er hatte nicht einmal bewusst registriert, dass er ihn aufgeschrieben hatte. Stefan Szabo. Steinberger saß da, den Roman auf dem Schoß und begriff: Szabo war ein ungarischer Name!

Er stemmte sich hoch und ging zu dem Haufen mit den ersten Aufzeichnungen. Er musste wühlen, die gebückte Haltung ließ ihn schwer atmen. Aber er wurde fündig. Da war sie, Quents Aussage zu der Autoreparatur. Und dort die Recherche, die er angestellt hatte: Der neue Besitzer der Werkstätte war ein Stefan Szabo.

Ein Bild schoss Steinberger durch den Kopf: Quent, im Besitz einer guten Viertelmillion und eines Unfallwagens, der ihn für lange Zeit hinter Gitter bringen konnte. Vielleicht war gar nicht so viel nötig gewesen, um den Ungarn dazu zu bringen, dass er den Wagen in seine Heimat fuhr und reparieren ließ. Hatte Quent ihm das Geld für den Kauf der Werkstatt gleich mit auf den Weg gegeben? Sein Atem ging schneller, er musste ins Bad, nach seinen Tabletten suchen. Er trank Wasser aus dem Hahn dazu; eine Weile ließ er es vor sich hin rauschen. Feuchte Luft atmete sich besser, sagte sein Arzt. Im Großen und Ganzen sei die Lunge gut in Schuss. Für sein Alter. Für einen Raucher. Vier Stents, die Hüfte, die Lunge. Überall Verfall. Steinberger stützte sich mit beiden Händen auf das Waschbecken, um sein Gesicht nahe an den Spiegel heranbringen und betrachten zu können. Das war es also gewesen, was Brigitte gesehen hatte, wenn er sich im Krankenhaus über sie gebeugt hatte. Ein Mann, der gut war für die Mühen der Ebenen. Aber nicht für die Gipfel des Glücks. War es das? Er spürte etwas in seiner Kehle aufsteigen und fingerte auf der Ablage nach den Magentabletten. Gegen Sodbrennen halfen Antazida. Gegen Erinnerungen half zunehmend weniger. Aber Wehmut konnte er sich jetzt nicht leisten. Er war auf einer Spur. Die Identität dieses Szabo konnten seine alten Kontakte ihm überprüfen. Ein paar Gefallen würde er einfordern müssen. Doch in einigen Tagen hätte er sicher die Information.

Würde es reichen?, fragte er sein Spiegelbild. Oder machst du dir wieder etwas vor? Trägst du bis an dein Ende fleißig Erkenntnisse zusammen wie ein Eichhörnchen seine Nüsse? Um am Ende wieder festzustellen, dass es vergebens war, dass ein größeres Raubtier dich um alles gebracht hat? Mauritius Steinberger wankte zurück in den Flur. Er öffnete einen der Küchenoberschränke in der kleinen Kochzeile. Er war leer, wie alle Küchenschränke, bis auf eine Flasche Scotch und ein paar Gläser. Zwei Fingerbreit schenkte er sich ein, kein Eis, nur ein Spritzer Wasser. Das half gegen Erinnerungen. Das Sodbrennen musste sehen, wie es damit klarkam. Den Geschmack in seinem Mund auskostend, betrachtete er das Durcheinander in seinem Zimmer.

Ging er nicht völlig falsch vor? Was, wenn er alles auf den Kopf stellen musste, nicht die Vergangenheit erforschen, sondern die Gegenwart im Auge behalten? Auf die Zukunft setzen? Darauf, dass Quent nicht würde widerstehen können und ein neues Verbrechen beging? Hier, direkt unter seinen Augen? Wäre das nicht aussichtsreicher? Er nahm einen zweiten, schnellen Schluck, der im Magen brannte.

Was zum Beispiel, fragte Steinberger sich, während er den dritten Schluck trank, weil es jetzt eh schon egal war, was hatte Quent mit der Staufert zu schaffen? Sie siezten sich nach wie vor, aber ihm war aufgefallen, dass die Etagenbetreuerin neulich mit erhitztem Gesicht und verrutschtem

Kittel aus dem Aufzug getreten war, in dem sich sonst nur Quent befunden hatte. War das nur eine Altersleidenschaft? Oder benutzte Quent die Frau? Immerhin hatte sie Zugang zu den meisten Zimmern, kannte alle Bewohner. Zog Quent ihr bei einem Schäferstündchen die Details darüber aus der Nase, wo sich ein Einbruch lohnte? Steinberger setzte zu einem letzten Schluck an, fand das Glas leer, zögerte kurz, stellte es dann aber in die Spüle, wo schon vier weitere Gläser warteten.

Vielleicht sollte er nicht in seinem Zimmer hocken, sondern draußen auf der Pirsch sein. Wie ein Tiger im hohen Gras der Savanne. Steinberger lächelte bei dem Gedanken.

18

Der kommende Freitag war der erste ohne goldenes Herbstwetter. Steinberger war früh dran. Sein ursprünglicher Plan war es gewesen, in Ruhe einen Gang um den Weiher zu unternehmen. Dabei hätte er sich innerlich auf das Treffen vorbereiten können. Aber der Himmel war grau, an einigen Stellen des Ufers stand sogar ein wenig Nebel. Alle Farben wirkten kalt und winterlich. Beim Blick auf die Wasserfläche musste der alte Kommissar unwillkürlich denken, wie er wohl aussähe, wenn es so weit wäre und alles wäre zugefroren. Nur noch Weiß, Grau, Silber, Stille. Kälte. Und das Geräusch von knackendem Eis. Schon jetzt wirkten die kleinen Wellen, die zwischen das dürr gewordene Schilf schwappten, unangenehm braun und kühl. Ihm war, als könnte er es über seine Haut laufen fühlen: kaltes Wasser. Mauritius Steinberger fragte sich, woher die Bilder kamen, sinnlos, anlasslos. Er hatte nichts übrig für depressive Stimmungen. Langsam wurde er wohl alt. Er schüttelte den Gedanken ab.

Auf den Terrassen des Inselcafés am Valznerweiher waren weite Bereiche nicht in Betrieb, so Steinbergers Lieblingstische unter den Trauerweiden. Nur unter den sechs grünen Schirmen im Kern der Anlage wurde bedient; die meisten Gäste hatten es vorgezogen, sich in den Wintergarten zu setzen.

Steinberger klopfte mit dem zusammengerollten *Kicker* gegen seinen Schenkel und überlegte. Isolde Hohoff wirkte auf ihn wie eine sportliche Dame. Er beschloss, im Außenbereich auf sie zu warten und ihr dann die Wahl zu überlassen.

Aufatmend ließ er sich in die bunten Polster sinken. Isolde hatte versprochen, ihn mit den Grundzügen von Bridge vertraut zu machen. Er hatte ihr nämlich gestanden, dass er sich sonst nicht in den Anfängerkurs wage. Er seinerseits hatte vor, sie mit den Grundzügen von Peter Quents Akte vertraut zu machen. Die Ärztin und dieser Mann saßen einander jeden zweiten Dienstag beim Kartenspielen gegenüber. Das musste er unterbinden, wenn es irgend möglich war. Vielleicht würde er es sogar schaffen, in ihr eine Verbündete gegen Quent zu gewinnen. Der Mann hatte es trotz seiner undurchsichtigen Beziehung zu Irina Staufert nicht aufgegeben, die Ärztin mit seinem Charme zu beglücken.

Steinberger schaute sich um. Im Moment waren nur drei weitere Tische besetzt. Offensichtlich alle von Heimbewohnern. Eben kam eine Gruppe Radfahrer dazu, Lycrainsekten gleich, die die Helme abnahmen und sich für den Nachbartisch entschieden, um dort die Vorzüge bestimmter Räder beim Überqueren von spanischen Pässen zu diskutieren. Steinberger wandte den Kopf weiter. Am übernächsten Tisch saßen zwei alte Männer mit den obligatorischen runden Schultern, großen Nasen und zu weit gewordenen Jacketts. Sie brüllten einander an. »Heidegger«, schrie der eine. Er trug eine dicke, verschmierte Hornbrille. Die weißen Haare standen in Büscheln über seinen Ohren ab. »Heidegger hat das gesagt.«

»Was?« Der andere hielt eine schaufelgroße Hand an sein Ohr, das aussah wie aus Gummi. Er hatte eine fleckige Glatze und trug ein Einstecktuch.

»Heidegger. Hat. Das. Gesagt.« Dem Büscheligen ging die Geduld aus. »Stell das verdammte Ding endlich an.«

»Was soll ich?«, brüllte der Glatzfleckige zurück, dass Steinberger unwillkürlich zusammenzuckte.

Die Radfahrer drehten sich nicht einmal um.

»Dein verdammtes Hörgerät anstellen, wenn du es schon drin hast.«

»Ist doch an.«

»Ist es nicht.« Der Büschelige wirkte müde. »Sonst hättest du doch gehört, was ich gesagt habe.«

Der Glatzfleckige drehte den Kopf, als suche er nach Empfang. »Hä? Was hast du gesagt?« Verärgert tippte er sich gegen sein Ohr. »Nuschel doch nicht immer so. Immer musst du nuscheln.«

Der Buschige funkelte durch seine Brille, so gut es ging. »Ich nuschele nicht«, stellte er klar.

»Was?«

»Ich. Nuschele. Nicht!«

Der Glatzfleckige kicherte. »Immer beleidigt. War schon am Institut so. Immer sofort beleidigt.«

Der Büschelige machte ein Gesicht wie ein Magenkranker und schwieg.

»Was hast du gesagt?«, erkundigte sich sein Freund.

»Ich habe nichts gesagt.«

»Hat Heidegger das gesagt? Glaub ich nicht.« Der Glatzfleckige stampfte unter dem Tisch mit den Beinen wie ein ungeduldiges Kind.

Der Büschelige starrte ihn lange durch seine Brille an. Dann holte er tief Luft. »Der Mensch ist nicht der Herr des Seienden. Er ist der Hirte des Seins.« Der Satz war laut genug, um noch bei Steinberger als Luftzug anzukommen, und hätte den Glatzfleckigen aus seinem Stuhl blasen müssen.

Doch der lachte nur erfreut. »Das ist von Heidegger!«, krähte er.

»Sag ich doch die ganze Zeit!«

»Was sagst du?«

An dieser Stelle beschloss Steinberger, nach drinnen umzuziehen.

»Wollen Sie schon gehen?« Isolde Hohoff stand neben seinem Tisch.

»Wie? Nein, äh, guten Tag vor allem. Einen wunderschönen guten Tag.« Er versuchte, sich zu sammeln. »Ich wollte nur gerade nach drinnen umziehen. Es wurde hier draußen ein wenig laut.«

Just in diesem Moment hatten die beiden Alten ihren Kaffee hingestellt bekommen und waren vollauf damit beschäftigt, Würfelzucker auszupacken und nach Kaffeelöffeln zu tasten. Zu hören war nur das fachmännische Gemurmel der Spanienurlauber. Und die leicht keifende Stimme der Wirtin, die mit einer Bekannten am Geländer stand und sich über unverschämte Kundschaft beschwerte. Steinberger fragte sich, ob das wohl klug war. Andererseits, die meisten waren wohl so schwerhörig, man hätte ihnen Beleidigungen ins Gesicht brüllen können, ohne dass sie es verstanden hätten.

»Tatsächlich«, meinte Isolde Hohoff und lauschte mit geschlossenen Augen auf den Wind in den Bäumen, das Schnattern einiger Enten und die fernen Stimmen.

»Ich meine: Eben war es hier noch sehr laut«, erklärte er lahm. »Ein philosophischer Disput. Über Heidegger.«

»So was bringt das Blut in Wallung.« Isolde Hohoff kräuselte die Lippen.

Steinberger wies in Richtung des Wintergartens. »Wollen wir also reingehen?«

»Schade, gerade hatte ich mir gedacht: Wie schön, ein mutiger Mann, der sich nicht von jedem Windhauch vertreiben lässt.«

Steinberger setzte sich wieder hin. Die Wirtin löste sich von ihrer Bekannten und kam an ihren Tisch, um nach den Wünschen zu fragen. Steinberger war kurz versucht, eine der kleinen Unverschämtheiten zu begehen, über die die Dame gerade so lautstark geklagt hatte. Aber Isolde Hohoff zuliebe nahm er davon Abstand und orderte einfach einen schwarzen Kaffee. »Für Sie grünen Tee?«, fragte er in Richtung der Ärztin. »Mit Kandis?«

»Ist das das Polizistenauge?«, fragte sie. »Das sich die Details merkt?«

Ich bin nicht mehr im Dienst, wollte Steinberger schon antworten. Doch angesichts des Gesprächs, das er mit ihr bald zu führen gedachte, erschien ihm der Einstieg unklug. Er entschied sich für ein vielsagendes Lächeln.

»Die Sprache ist das Haus des Seins«, brüllte es vom übernächsten Tisch herüber.

»Laut, in der Tat«, gab Isolde Hohoff zu und lehnte sich zurück. »Aber geben wir der guten Luft eine Chance. Und wo Heidegger recht hat, da hat er recht. Die Sprache ist das Haus des Seins. Wo leben und wirken wir, wenn nicht in der Sprache? Was wäre ich als Ärztin gewesen ohne ein Diagnosegespräch?«

Steinberger musterte sie vorsichtig. Er kannte diesen Heidegger nicht, aber er ahnte, was sie meinte. Brigitte hatte sich begeistert in das Sprachhaus begeben, das die Ärztin ihnen angeboten hatte, hatte geredet und erzählt, gemutmaßt und geklagt. Ihr hatte das gutgetan. »Ich wünschte nur«, brummelte er mit aufgesetzt schlechter Laune, »dieses Haus wäre besser schallisoliert.« Volltreffer, sie lachte.

Als sie fertig war, neigte sie sich vor. »Und Sie wollen also Bridge lernen?«

Steinberger versuchte, Zeit zu gewinnen. »Als ich im Stift ankam, da dachte ich zuerst: Weitermachen wie bisher, einfach weitermachen. Alles im Griff haben. Aber das genügt nicht. Es geht auch gar nicht. Ich war ja bis vor Kurzem noch berufstätig. Ich hatte ein ganzes Haus zu versorgen ...«

»... und eine kranke Frau«, warf Isolde Hohoff ein.

Er hob die Arme. »Alle Hände voll zu tun. Das füllt man nicht ebenbürtig aus mit Spaziergängen und Lesen. Ich muss etwas Neues beginnen.«

»Bravo!« Frau Hohoff deutete Applaus an. Sein Kaffee kam, ihr Tee. »Ehrlich gesagt, fand ich es schon bemerkenswert, dass Sie sich in den Kreativkreis gewagt haben.«

»Ja, nicht wahr?«, entfuhr es ihm.

»Ich habe Sie dort diese Woche vermisst.«

Er machte sich im Geist eine Notiz, nie wieder so schlampig zu sein. »Mir war nach der Abschiedsfeier in der Kapelle nicht danach«, sagte er schnell. »Ich weiß, ich weiß, man soll dort Gefühle herauslassen. Aber das Tempo war mir dann doch zu hoch.«

»Sie sind dann lieber in den Zoo.«

Er hob den Kopf. »Woher wissen Sie das?«

»Herr Quent hat es mir erzählt. Er fehlte auch, und ich hab ihn zur Rede gestellt. Er hat erwähnt, dass er Sie im Tiergarten getroffen hat.«

»Hat er das?« Mauritius Steinberger wurde wieder vorsichtig. Er hatte nicht vergessen, dass Frau Hohoff Interessen mit Peter Quent teilte. Kulturelle, hatte sie gesagt.

Sie nahm ein Schlückchen von ihrem Tee, schaute eine Weile in die Tasse und begann dann: »Herr Steinberger, Peter Quent ist sich des Umstandes sehr bewusst, dass zwischen Ihnen beiden eine gewisse«, sie zögerte, »Spannung besteht.«

»Hhh!« Mehr brachte Steinberger dazu nicht heraus.

Sie zog den Rock über ihren Knien zurecht. »Herr Quent lebt schon länger im Stift, und ich kenne ihn. Er ist ein stiller, aber positiv eingestellter Mensch. Er hat seinen Frieden mit den Dingen längst gemacht. Ich denke, er möchte keinen Krieg.«

Mauritius Steinberger musste an sich halten, um nicht jede Taktik aufzugeben. Er zwang sich, bis drei zu zählen: »Haben Sie je erwogen, dass Ihr Bild von dem Mann falsch sein könnte?«

Sie betrachtete ihn, offen, ohne zu werten. »Er hat mir nie einen Anlass dazu gegeben.«

»Und dass er Sie manipuliert, hierherzukommen, um bei mir Schönwetter für ihn zu machen, das beunruhigt Sie nicht?«

»Er hat mich um nichts gebeten. Sie haben mich zu diesem Treffen eingeladen, Herr Steinberger. Und ich habe mich völlig frei dafür entschieden, diese Einladung anzunehmen.« Sie verstummte auf eine Weise, die ihn vermuten ließ, sie könnte diese Entscheidung inzwischen bereut haben. Er musste es anders anfangen.

Mauritius Steinberger kaute auf der Innenseite seiner Lippe herum. »Ich könnte Ihnen das Foto des Unfalls zeigen«, begann er.

»Ich bin sicher, es war ein sehr tragischer Unfall.« Wieder hatte er das Gefühl, dass etwas Unmerkliches in ihr vorging, still, aber nachdrücklich. Und es machte ihn rasend.

»Allerdings. Es war ein Unfall mit Fahrerflucht. Der feige Verursacher stieg noch aus, um sein Opfer zu inspizieren. Und ergriff dann doch die Flucht.«

Sie spielte mit den Fingern an ihrem Teelöffel herum. »Das ist in der Tat tragisch. Und ich kann verstehen ...«

»Der Unfallwagen war blau. Peter Quent fuhr einen blauen Wagen. Der rechte Kotflügel war frisch repariert worden. Das kann man fühlen, wissen Sie. Man muss sich nur neben das Auto knien und mit der Hand unter den Kotflügel fassen, an die Innenseite, dann weiß man es sofort. Bei neuen Teilen ist sie ganz glatt.« Er hielt inne. »Quent hatte nichts von einer Reparatur gesagt, bis ich ihn darauf ansprach. Dann behauptete er, die Sache wäre schon vor Wochen bei einem Unfall in Ungarn passiert. Er nannte die Werkstatt. Sie hatte keine Unterlagen, der Mechaniker gab aber an, dass Quent da gewesen sei. Ich weiß seit heute, dass der Mann ein guter Bekannter von Quent war. Auch das hat Quent nie erwähnt.«

Der Teelöffel rutschte von der Untertasse, sie nahm ihn, betrachtete ihn und legte ihn zurück. »Sie ermitteln noch in dieser Sache?«

»Das ist nicht der Punkt.«

»Herr Steinberger.« Isolde Hohoff schob ihre Teetasse samt Löffel zur Seite, um sich zu ihm neigen zu können. »Ihre Frau hat mir seinerzeit sehr, und ich meine wirklich sehr viel über die Sache erzählt. Es ging sie ja unmittelbar an. Ich wusste damals nicht, wie unmittelbar.« Sie hielt inne. »Ich habe über das nachgedacht, was Sie gesagt haben: dass Ihre Frau eine Affäre mit Quent hatte. Sie hat sich für Quent entschieden trotz des Verdachts, den Sie gegen ihn hegten. Das finde ich sehr aufschlussreich.«

»Sie meinen, sie wollte es mir heimzahlen?«

Ihre Augen blieben ganz ruhig. »Ich meine, sie hatte eine Entscheidung zu treffen, die nicht leicht war.«

»Und sie hat sich entschieden. Sie hat sich falsch entschieden.« Steinberger versuchte, es nicht zu bitter klingen zu lassen.

»Sie hat sich entschieden ohne den Hauch eines Zwei-fels.« Isolde Hohoff schlug mit der flachen Hand auf den Tisch.

Am übernächsten Tisch war die Debatte nicht ausgestan-den. »Was für ein Haus?«, brüllte der Büschelige.

Die Sprache, hätte Steinberger am liebsten zurückge-schnauzt. Was könnte man mit Sprache nicht alles machen, in der Tat: »Ja, Schatz«, »Gute Nacht, Schatz«, »Ich war bei Sabine«, »Was soll sein?«, »Es gibt heute Brokkoli« – all die Sätze, aus denen seine Frau für ihn das Haus gebaut hatte, das er für sein Heim hielt. Alles Lügen. »Sie hat sich falsch entschieden«, wiederholte er stur.

»Brigitte war eine Frau von großer Intuition. Sie hatte ihre Instinkte.«

»Ihre Instinkte.« Das kam bitterer heraus, als Steinber-ger es sich vorgenommen hatte.

Isolde Hohoff schaute ihn merkwürdig an. »Ihre Instink-te, richtig. Und natürlich das richterlich bestätigte Urteil des bayerischen Polizeiapparates«, fügte sie hinzu. »Was zumindest Ihnen etwas bedeuten sollte. Aber ich will nicht kleinlich sein.«

»Und die Fakten, das neue Faktum, zählt das gar nicht?«, fragte Steinberger.

»Fakten.« Isolde Hohoff schmeckte das Wort auf der Zunge. »Es geht um Aussagen, nicht wahr, um Deutungen. Worte, nichts als Worte. Quents Wort, Ihres. Das des Me-chanikers. Alles steht und fällt mit Worten.« Sie machte eine Pause. »Das Haus der Welt.«

»Da irren Sie sich«, fuhr Steinberger auf. »Und Hei-degger gleich mit. Die Welt ist nicht in Worten daheim, sie besteht zum Teufel noch mal aus Fakten. Und die sind nicht zu missdeuten. Als Ärztin sollten Sie das wissen. Oder haben Sie geglaubt, der Krebs meiner Frau würde mit sich reden lassen?«

»Ich habe geglaubt, dass Sie endlich aufgehört hätten, sich und anderen wehzutun.« Isolde Hohoff stand auf.

Er streckte die Hand nach ihr aus. Es tut mir leid, wollte er sagen. Ich wollte Ihnen nicht wehtun, ganz bestimmt nicht. Ich will niemandem wehtun. Ich will nur einen Verbrecher seiner Strafe zuführen. Jemand muss das machen. Er fasste nach ihrem Handgelenk. »Die Wahrheit ist nicht nur Gerede«, sagte er stattdessen.

Sie stand vor ihm. Einen Moment sah es so aus, als wollte sie ihm mit der freien Hand über die Wange streichen. »Die Wahrheit«, sagte sie, »ist nichts für Naive. Man kann nicht einfach die Hand ausstrecken und meinen, man muss sie nur fest genug am Schwanz packen. Sie beißt.«

Er erhob sich ebenfalls. Einen Moment verharrten sie so, ehe er endlich ihr Handgelenk losließ.

Als sie sich anschickte zu gehen, tat das unerwartet weh. Verzweifelt suchte Steinberger nach etwas, womit er sie festhalten könnte, etwas, das sie dazu brächte, stehen zu bleiben, sich umzudrehen, ihn noch einmal anzusehen.

»Quent hat eine Affäre mit Irina Staufert«, sagte er.

Es hatte nicht die Wirkung, die er sich erhofft hatte. Isolde Hohoff ging fast ohne Innehalten weiter.

19

Mauritius Steinberger saß in Trainingshose und Unterhemd auf seiner Hantelbank und stemmte Gewichte. Schweiß lief ihm übers Gesicht und die Brust. Er biss die Zähne zusammen. Er brauchte den Schmerz. Er half ihm beim Nachdenken. Er half ihm beim Vergessen. »Einundzwanzig«, zählte er und schloss die Augen, um nicht zu sehen, dass seine Haut wie zäher Teig an ihm herabfloss. Auch das würde ihn nicht zum Aufgeben bringen.

Als er den Schrei hörte, hielt er ihn zuerst für den gequälten Protest seiner Sehnen. Doch dann wiederholte er sich: hoch, schrill, eines Fernsehkrimis würdig.

Mauritius Steinberger zögerte nicht, sich von der Bank zu schwingen, im Vorbeigehen ein Küchenhandtuch zu pflücken, um sich im Gehen das Gesicht abzuwischen, und auf den Flur zu treten. Der Schrei war aus der Nachbarwohnung gekommen; die Tür stand offen.

Als er eintrat, blickte er in das entgeisterte Gesicht von Irina Staufert. Sie hatte beide Hände auf den Schultern von Frau Dette liegen, die in ihrem Rollstuhl am Schreibtisch saß.

»Entschuldigen Sie«, flüsterte sie. »Es ist nur …«

Steinberger trat näher. Frau Dette saß mit zurückgefallenem Kopf, offenem Mund und offenen Augen in ihrem Stuhl. Ihr Blick war so starr und gläsern wie der des ausgestopften Rauhaardackels, der auf einem weißen Sockel neben der Terrassentür saß. Nun waren Herrin und Hund wieder vereint.

Seine zwei Finger auf ihrer Halsschlagader spürten keinen Puls. Ihre Haut fasste sich bereits kühl an. Steinberger wandte sich der Etagenbetreuerin zu. »Der Tod ist immer ein erschreckender Anblick«, sagte er milde.

»Nein, nein, das war unprofessionell.« Sie schluckte. »Aber ich ...« Ihr Blick ging zu dem Sideboard, wo in einer geschliffenen Karaffe eine bernsteinfarbene Flüssigkeit stand. Sherry, dachte Steinberger, der hinüberging, um ein Glas für die kalkbleiche Staufert einzuschenken. Whisky, stellte er dabei fest, als das Aroma ihm in die Nase stieg. Und er bedauerte, Frau Dette nicht besser kennengelernt zu haben. Sie schien einen ausgezeichneten Geschmack besessen zu haben.

Irina Staufert trank, als wäre es Wasser. »Es ist nur, sie hat das neulich schon mal gemacht. Hat sich tot gestellt«, fügte sie hinzu, als sie Steinbergers verständnisloses Gesicht sah. Sie versuchte, es ihm zu erklären. »Deshalb«, schloss sie nach einer Weile, »hab ich mir nichts Böses gedacht, als sie so merkwürdig in ihrem Stuhl hing. Ich mache noch einen Scherz und fasse sie an. Da merke ich es. Und da musste ich schreien. Tut mir leid.« Ihr Blick wanderte schuldbewusst zur Tür. Erst jetzt bemerkte Steinberger die alte Frau Sörgel mit ihrem Goldhelm. Hinter ihr drängten sich die ersten Nachbarinnen aus dem Stock. Steinberger ging hinüber, sagte »Rufen Sie die Heimleitung« und schloss ohne weitere Bemerkung die Tür vor sämtlichen Nasen.

Mit raschen Blicken schaute er sich um. Das Zimmer, keine Überraschung, sah aus wie sein eigenes. Frau Dette hatte ein Krankenbett mit Galgen anstelle einer Schlafcouch, doch sie hatte eine geblümte Tagesdecke darübergelegt. Der Rest des Zimmers war eine bunte Mischung aus Möbeln, die einmal in verschiedenen Zimmern gestanden hatten: eine Kirschholzkommode. Ein halbwegs modernes Bücherregal, in dem aber vorwiegend Fotos standen, dazu Bände mit der Aufschrift »Um die Ecke gedacht« und ein Kreuzworträtsellexikon. Eine Standuhr mit Schlagwerk, ein großes Gemälde im Goldrahmen mit einer schlecht gemalten Landschaft in Öl in grellen Farben, einige kleine Rahmen, meist Blumenbilder, ein Tisch mit Resopalplatte, an dem sie gerade saß und auf dem ihr jüngstes Kreuzworträtsel just angefangen war. Steinberger entdeckte den Bleistift, mit dem sie die letzten Eintragungen gemacht hatte, auf dem Fußboden unter ihrem Stuhl.

»Haben Sie den hinuntergestoßen?«, fragte er Irina Staufert.

»Ich, ich weiß nicht?«, erwiderte sie verdattert. Sie verfolgte jede seiner Bewegungen argwöhnisch. »Was suchen Sie?«

Er beantwortete ihre Frage nicht. »Jetzt stehe ich Ihnen schon zum zweiten Mal im Zimmer eines Verstorbenen gegenüber«, sagte er stattdessen.

»Sie haben mich gezwungen, in das Zimmer von Herrn von Arx zu gehen.« Sie war auf der Hut.

»Sie kannten sich dort aber gut aus.« Er erinnerte sich an die sichere Art, mit der sie sich dort bewegt hatte. Dann wanderte sein Blick zu der Whiskykaraffe. »Sie kennen sich überall gut aus.«

»Das ist meine Arbeit.«

»Ihre Arbeit? Oder sind Sie einfach neugierig?«

»Arbeit.« Sie kniff die Lippen zusammen. Dann fixierte sie ihn. »Bei Ihnen ist es schmutzig. Sie spülen nicht ab. Ich weiß so was. Ist Arbeit.«

Ihre Worte und ihr Blick erinnerten ihn daran, dass er in Unterwäsche war. So war es schwer, ihre Worte zu widerlegen. Aber er konnte es nicht ändern. Bis die Heimleiterin eintraf und die Polizei käme, würde er sich hier nicht wegbewegen. Schon gar nicht der Staufert das Feld überlassen. Allerdings, musste er zugeben, hätte sie der alten Dette etwas getan, um sie zu berauben, hätte sie wohl kaum um Hilfe gerufen. Unauffällig versuchte er, ihre Kitteltaschen zu mustern. Es konnte sich nichts Großes darin befinden. »Wissen Sie, wo Frau Dette ihren Schmuck aufbewahrt hat?«

»Im Bad, warum?«

Gefolgt von ihren Blicken ging er die gerade mal drei Schritte in den Flur bis zur Badtür, die nur angelehnt war. Er schaltete das Licht ein und sah sofort die Schatulle auf dem geschnitzten Schränkchen, deren stoffgepolsterte Laden sämtlich offen standen und die überquoll. Von hier aus konnte er zwei, drei hochinteressante Goldringe mit Steinen erkennen und mehrreihige Perlen, die er, wäre er ein Einbrecher, kaum liegen gelassen hätte.

»Stimmt bei Frau Dette denn irgendetwas nicht?«, kam die Stimme von Irina Staufert aus dem Wohnzimmer.

»Sie ist tot«, stellte er klar.

Ohne zu blinzeln schaute sie ihn an. »Das ist hier normal«, sagte sie. »Ist mit Frau Dette etwas Besonderes?«

Die Frage war nicht unberechtigt, das musste er zugeben. Die Ankunft der Heimleiterin enthob ihn einer Antwort. Irina Staufert ging an die Tür, um die Dame hereinzubegleiten und zu informieren. Die beiden debattierten leise im Flur, welche Angehörigen zu verständigen wären und wie der behandelnde Arzt hieß, der am besten den Totenschein ausstellen könnte. »So bald schon wieder eine Abschiedsfeier.« Die Heimleiterin klang bedauernd.

»Vielleicht können wir dasselbe Blumengesteck verwenden?«, versuchte Irina Staufert sie zu trösten.

»Also, ich weiß nicht.«

Steinberger hatte das Gefühl, sich einmischen zu müssen. »Es wird eine Weile dauern, bis die Polizei die Leiche freigibt«, prophezeite er. »Setzen Sie lieber nicht auf die alten Blumen.«

»Warum in aller Welt sollte die Polizei die Leiche zurückhalten?«, fragte die Heimleiterin und kam näher. Sie warf einen Blick in die Runde. »Frau Dette war schwer herzkrank. Sie war Diabetikerin und hatte Lungenprobleme.« Sie seufzte. »Eine lebenslange Kettenraucherin. Also ich will dem Arzt ja nicht vorgreifen, aber all das hier« – sie wies auf die friedliche Szene im Zimmer: eine Frau an ihrem Tisch, beim Lösen ihrer geliebten Kreuzworträtsel – »also da würde ich sagen, sie ist sanft entschlafen.«

Steinberger folgte ihrem Blick und konnte nichts entdecken, was ihrer Einschätzung widersprochen hätte. Jede Blumenvase, jede Nippesfigur stand an ihrem Platz, kein Möbelstück war verrutscht. Nicht einmal ein Bild hing schief.

»Sanft entschlafen«, murmelte er. Im selben Moment entdeckte er etwas, das ihn innehalten ließ.

20

Mauritius Steinberger zog sich in sein Zimmer zurück. Er teilte seine Entdeckung mit niemandem, nicht einmal mit den Kollegen, die nur kurz und routinemäßig bei ihm als nächstem Nachbarn hereinschauten. Danke der Nachfrage, aber er hatte nichts Ungewöhnliches gehört oder gesehen. Nicht vor dem Tod von Frau Dette jedenfalls. Sein Bedauern darüber war echt. Hätte sein eigener Puls wegen der Übungen nicht so laut in seinen Ohren geklopft, hätten die Gewichte nicht so gescheppert, wenn er sie in die Halterungen zurückwarf, und wäre sein Atem nicht so schnell gegangen, vielleicht hätte er etwas hören können. Trotz der gut isolierten Wände hier.

Das Stift war mit Bedacht gebaut, was Lärmschutz anging. Sonst wären die Bewohner einander wegen der Lautstärke ihrer Fernseher wohl schon längst an die Gurgel gegangen. Steinberger hatte vom Klopfkrieg einer alten Dame gegen ihre Nachbarin gehört, die ihr TV-Gerät den ganzen Tag auf Anschlag laufen ließ. Zeternd war sie durch die Gänge gelaufen und hatte sich bei jedem über die Lärmbelästigung beschwert. Schließlich war sie dazu übergegangen, den Fernsehterror, der sie vom Genuss des eigenen *Tatort*-Schauens so impertinent abhielt, mit rhythmischem Klopfen gegen die Wand zu beantworten, wann immer ihre Emotionen überschäumten. Sie hatte sich extra dafür einen Schrubber gekauft. Die Gegenklagen waren nicht ausgeblieben. Am Ende stellte sich heraus, dass es die ganze Zeit ihr eigenes Radio gewesen war, das die Dame regelmäßig vergessen hatte abzustellen. Nein, die Wände hier waren leider recht dicht.

Steinberger hatte daher nichts von dem gehört, was im Appartement von Frau Dette vorgegangen sein musste. Aber er konnte es sich vorstellen. Und diese Vorstellung durchströmte ihn voller Energie. Er konnte nichts dafür: Es war die Gewohnheit der Jagd.

Er war Frau Dette in den wenigen Wochen, die er hier lebte, des Öfteren begegnet, bei fast jeder Mahlzeit: Er wusste, wo sie saß, hatte sich auch bereits ein paarmal mit ihr unterhalten und kannte ihre Liebe zu Bridge, zu ihrem verstorbenen Rauhaardackel und zu Kreuzworträtseln. Als er sie das erste Mal wahrgenommen hatte, bei seinem ersten Besuch im Speisesaal, als er nach Peter Quent Ausschau hielt, war ihm ihre Gestik aufgefallen. Sie wies auf ein extrovertiertes, verspieltes Wesen. Und das war Frau Dette gewesen. Ein wenig zu exzentrisch für seinen Geschmack, aber er respektierte ihre eigenwillige Art. Außerdem hatte er bei ihrer ersten Begegnung gedacht, dass an der Goldkette vor ihrem nicht unerheblichen Busen ein Medaillon pendelte. Es handelte sich aber um die Hülse für eine zusammenlegbare Lesebrille. Frau Dette konnte ohne die Gläser nicht das geringste Geschriebene erkennen und brauchte sie für ihre Rätsel, deshalb trug sie sie stets um den Hals. Nicht jedoch bei ihrem Tod. Die praktische Brille, die man zusammenklappen und in der vergoldeten, mit Strasssteinen geschmückten Hülle versenken konnte, hatte ihre Tochter ihr geschenkt. Frau Dette war entzückt davon gewesen, wie von allem Ungewöhnlichen. »Jetzt bin ich keine von den Matronen mehr, die überall verzweifelt nach ihrer Brille suchen, obwohl sie sie in ihrem Haar tragen«, hatte sie erklärt.

Steinberger hatte die Kapsel samt Kette in Frau Dettes Zimmer auf dem Nachttisch liegen sehen. Frau Dette jedoch hatte an ihrem Schreibtisch gesessen. Wie konnte sie dort ohne ihre Brille ihr Rätselheft ausgefüllt haben? Es war ein Ding der Unmöglichkeit. Und die Schlussfolgerung war klar: Jemand hatte sie an diesen Tisch geschoben und die harmlose Szene vorgetäuscht. Jemand, der sie zuvor ermordet hatte.

Blieb nur die Frage: Wer? Und warum?

Mauritius Steinberger glaubte, auf die erste Frage eine Antwort zu haben. Aber was war der toten Frau Dette nur geraubt worden? Nach wie vor schien nichts von Wert zu fehlen. Und doch wusste Mauritius Steinberger, dass da etwas sein musste.

Er hatte jetzt bereits zwei Todesfälle, von Arx und die Dette, von denen er letzteren mit Sicherheit als Mord einstufen konnte. Ein Einbruchsversuch war ebenfalls zumindest wahrscheinlich, der bei Schwebel. Es lag nahe zu vermuten, dass es in allen Fällen um Raub ging.

Was alle drei Fälle kurioserweise gemeinsam hatten, war, dass auf den ersten Blick nichts fehlte. Waren alle Einbrüche misslungen? Bei Schwebel und von Arx war das denkbar. Möglicherweise war der Einbrecher gestört worden, war vor Schwebel geflüchtet und hatte von Arx, weil Flucht im neunten Stock nicht möglich war, aus dem Fenster gestoßen. Aber bei der Dette hätte er doch erfolgreich sein müssen.

Steinberger erinnerte sich an seinen Plan, mit den Erben des Herrn von Arx zu sprechen. Jemanden musste es da doch geben, auch wenn er laut der Aussage von Irina Staufert sehr einsam gewesen war. Auch den Nachlass von Frau Dette sollte er sich ansehen. Irgendeinen Vorwand würde er für beides finden müssen. Und vielleicht sollte er auch noch einmal mit Schwebel sprechen. Irgendwo musste sich doch ein Anhaltspunkt finden lassen. Und der, da war er sicher, würde ihn zu Quent führen.

21

»Schade«, verkündete Dorothea Kranz in der Kreativrunde. »Es regnet. Eigentlich hatte ich heute mit Ihnen allen noch einmal hinausgehen wollen in die Natur. Jetzt müssen wir uns von etwas anderem inspirieren lassen.«

»Gehen wir doch in die Bibliothek«, schlug jemand vor. »Dort gibt es jede Menge Bildbände.«

»Stimmt.« Dorothea dachte nach. »Wir könnten uns von der Tradition anregen lassen.«

»Vielleicht könnten Sie uns einen kleinen Vortrag halten?«, schlug eine der Schluppenblusendamen vor. »Ich finde ja, das Bildungsmäßige kommt hier ein wenig zu kurz.«

»Ach, schlaue Vorträge gibt es mehr als genug auf Youtube«, erwiderte Dorothea. Aber sie gab so weit nach, dass sie sich bereit erklärte, typische Bilder aus allen Kunstepochen auszuwählen, damit ihre Schüler sich damit »auseinandersetzen« konnten, wie sie sagte. »Herr Steinberger, würden Sie Ihren schönen Turner-Band für uns beisteuern?«, fragte sie.

Steinberger glaubte nicht, dass das bei Isolde Hohoff noch verfangen würde, die ihn weitgehend ignorierte. Doch er konnte sich schlecht weigern.

Als Steinberger seine Zimmertür aufschloss, bemerkte er, dass die Tür zu Frau Dettes Appartement offen stand. Er schaute hinein und fand ein Paar in den Fünfzigern, das dabei war, Frau Dettes Habseligkeiten in Kartons zu packen.

»Nicht da rein, das sind die Sachen für das Rote Kreuz«, sagte die Frau und zeigte auf einen Karton weiter hinten. »Was die Annette kriegt, kommt da drüben rein.«

»Das will die Annette haben?« Der Mann schaute die kleine Putte aus Porzellan, die sich zu einem Reh niederbeugte und dabei ihren nackten Hintern präsentierte, zweifelnd an.

»Das ist Hutschenreuther«, sagte die Dame.

»Hutschenreuther, Meißner, ist heute alles nix mehr wert. Sieht man jeden Tag im Fernsehen. Brauchst nur *Bares für Rares* zu schauen.« Er tat dennoch wie geheißen, wickelte die kleine Figur in Zeitungspapier ein und versenkte sie in einem Karton. Als er sich aufrichtete, bemerkte er Mauritius Steinberger in der Tür. Der entschuldigte sich und stellte sich als Nachbar vor. Er erfuhr, dass er Frau Dettes Tochter und den Schwiegersohn vor sich hatte. »Von Ihnen war die hübsche Brille«, sagte er und hatte mit dieser Bemerkung das Herz der Tochter schon gewonnen. »Ja, nicht wahr? Hab ich auf einem Kunsthandwerkermarkt entdeckt. Ich hab selber auch zwei.«

»Meine Frau hat es gerne bunt«, fügte der Ehegatte an und drückte Steinberger herzhaft die Hand. »Sie haben die Mutter also gekannt?«

Steinberger murmelte etwas von Tür an Tür und kondolierte. »Nicht leicht, so ein Abschied«, meinte er und wies auf die aufgestellten Kartons und Tüten.

»Wem sagen Sie das. Aber wir haben uns gut organisiert. Das meiste geht ans Rote Kreuz und das Sozialkaufhaus. Die Kinder haben sich Erinnerungsstücke ausgesucht. Die Kleider kriegt die Putzfrau, die nimmt sie mit nach Polen.« Frau Dettes Tochter schaute sich um, als überlege sie, ob sie etwas vergessen hatte. »Mama hat sich ja von den meisten wertvollen Sachen schon getrennt, als sie hierherkam.«

»Bis auf den Schmuck«, warf Steinberger ein. »Ich meine, ich hab die Perlen Ihrer Mutter beim Bridgespielen sehr bewundert.«

Das Paar lachte herzlich. »Ach die«, sagte die Tochter. »Mama nannte sie ihre ›besten Gefälschten‹.« Ihr Mann warf ein: »Auch künstliche Perlen sind heutzutage schon wertvoll. Das haben wir von der ganzen Umweltzerstörung.«

Mauritius Steinberger beeilte sich, ihm zuzustimmen. »Tragen werd ich das alles ja nicht«, meinte die Tochter. Vor allem die Ringe. Ich mag nix an den Händen.« Wie zum Beweis faltete und entfaltete sie ihre nackten Finger. »Ob ich es zum Juwelier trage? Man müsste wegen dem Goldpreis schauen.« Sie wandte sich nach ihrem Mann um. Tränen stiegen ihr in die Augen. »Dass man solche Sachen überlegt.«

Der Mann stieg über die offenen Kisten und legte tröstend die Arme um seine Frau. Der Gefühlsausbruch schien ihm vor Steinberger ein wenig peinlich zu sein. Aufmunternd fragte er: »Möchten Sie vielleicht ein kleines Andenken mitnehmen? Zur Erinnerung an meine Schwiegermutter?« Er küsste seine Frau auf die Wange, die zwar schnaufte, aber nun ebenfalls nickte. Die Idee gefiel ihr. »Es wäre uns eine Freude.«

Mauritius Steinberger war einen Moment hilflos. Was für einen Eindruck würde es machen, wenn er die Brille verlangte?

»Die Mama hatte so schöne Bilder«, wollte die Frau ihn locken. Sie wies an die Wand, wo noch einsam ein paar Blumenbilder in Öl hingen. Das erinnerte Steinberger daran, warum er hier war.

»Ihnen würde es auffallen, wenn etwas fehlen würde, nicht wahr?«, fragte er.

»Fehlen?« Der Mann richtete sich schnaufend auf. »Was soll denn fehlen?«

»Ich frage nur, weil die Tür in den letzten Tagen gar nicht versiegelt war.« Steinberger hoffte, dass die Ausrede plausibel klang. »Wer ernsthaft reingewollt hätte, der hätte auch reingekonnt.«

»Um Mutters Perlen zu stehlen.« Die Frau machte keinen Hehl aus ihrer Heiterkeit. Ihr Mann verschloss eine volle Kiste und machte sich anheischig, eine halb volle daraufzustemmen. Er ächzte. »Ich wäre nicht undankbar, wenn was fehlen würde, ganz im Ernst.«

Mauritius Steinberger gab es auf. Er reichte den beiden eine seiner alten Visitenkarten, die Handynummer stimmte ja noch, und bat um ihre Adresse – »für das Kondolenzschreiben.« Dann verabschiedete er sich und beeilte sich, den Turner-Bildband einzupacken.

Als er im Erdgeschoss aus dem Aufzug stieg, sah er die Gruppe seiner kreativen Mitstreiter, die den Weg zur Bibliothek erst halbwegs bewältigt hatte.

Steinberger schloss in seinem dienstmäßigen Stechschritt auf. Er bemerkte, dass jetzt auch Peter Quent dazugestoßen war. Er hatte Isolde Hohoff seinen Arm angeboten.

»Wie geht es Irina?«, fragte Steinberger die beiden.

Peter Quent und Isolde Hohoff hoben die Brauen.

Schließlich lächelte Quent. »Unsere Frau Staufert ist hingebungsvoll bei der Arbeit, vermute ich, wie immer.«

»Hingebungsvoll, sagen Sie, Quent? Nun, Sie werden es wissen.«

»Sie haben gefragt.«

»Und Sie wissen auf alles die Antwort, wie es aussieht.«

Peter Quent trat einen Schritt näher. »Ihnen ist schon klar, dass die arme Frau Staufert viel Ärger mit ihren Vorgesetzten bekommen könnte, wenn Sie solche Gerüchte über sie verbreiten.«

»Was denn für Gerüchte?«, blaffte Steinberger.

Beide hatten sich jetzt breitbeinig aufgebaut.

Isolde Hohoff löste ihren Arm aus dem von Quent. »Bis einer heult«, stellte sie fest. Und sie ließ die beiden stehen, als wollte sie klarmachen, dass dieser eine nicht sie sein würde.

»Sind alle da?«, fragte Dorothea Kranz laut. Die letzten Nachzügler schlüpften in die Bibliothek und zwangen die beiden Streithähne, sich ihnen anzuschließen, wenn sie nicht zurückbleiben wollten.

»Also«, begann die junge Kunststudentin. Mit dumpfem Puff ließ sie Band um Band auf die Tischplatten fallen. Sie zeigte ihnen einen Band mit Mumienporträts aus dem alten Ägypten, geflügelte Stiere aus Babylon und römische Wandmalereien aus Pompeji. »Da gibt es doch auch so unanständige, aus einem Bordell oder so.« Die eine Schluppenblusendame kicherte.

Dorothea Kranz, ganz Anstandsdame, ging zu mittelalterlicher Buchmalerei und zu Renaissancefresken über. »Hier kann man sehen, dass der Maler sich noch an die Bibel hält: Er bildet den Heiligen mit Heiligenschein ab«, erklärte sie. »Aber sehen Sie? Er lebt doch auch schon im Geist der neuen Naturwissenschaften. Er überlegte sich, wie so ein Heiligenschein aussehen muss, und stellte die These auf, es könnte eine goldene, polierte Scheibe sein. Die hat er dann gemalt. Und weil alles naturgetreu sein muss, spiegelt sich der Kopf des Heiligen in der Scheibe wider.« Sie tippte auf die Stelle, an der man in der Tat das naturgetreue Spiegelbild der Tonsur auf dem goldenen Heiligenschein erkennen konnte.

Mauritius Steinberger kam zu dem Schluss, dass Kunst gar nicht so uninteressant war, verlor dann aber zwischen

Biedermeier und Picasso ein wenig den Faden. Das lag nicht nur an ihm, fand er, es wurde auch verdammt unübersichtlich. Als sie schließlich vollgestopft mit Informationen und mit Büchern unter den Armen ins Zimmer 007 zurückkehrten, war er noch immer unschlüssig.

»Ich nehme Tubenfarben«, erklärte eine der Schluppenblusendamen. Sie wollte die Freuden der Freiluftmalerei der Impressionisten nachempfinden, wenn schon nicht im Park, dann immerhin am Fenster stehend und tropfende Äste in strahlenden Farben abmalend.

Peter Quent entschied sich für eine M.-C.-Escher-Kopie. Frau Hohoff, die sich abseits der beiden gesetzt hatte, begann mit einem Frauenkopf. Steinberger sah zu, wie sie kräftige, fast grelle Farbe in breiten Strichen auf das Gesicht auftrug. »Ah, Jawlensky«, meinte Dorothea Kranz. »Oder eher Kirchner, der Palette nach. Unsere Frau Hohoff hat sich für den Expressionismus entschieden.«

Steinberger ließ seinen Blick über den Tisch schweifen und entdeckte einen Band, der das Wort in breiten Lettern auf dem Einband trug: Expressionismus. Er zog es heran und blätterte darin. Da gab es eine Menge Köpfe, wie die Hohoff eben einen anlegte: Gesichter wie Masken, mit schwarzen Strichen als Augen. Und dazu Farbkleckse in Rosa, Neongrün und Gelb. Wo hatten diese Maler nur hingesehen? Nicht nur Menschen, auch Landschaften hatten sie so verunstaltet: Steinberger entdeckte ein Alpenpanorama mit giftgrünen Hügeln, türkisfarbenen Tannen, rosa Almen und käsegelben Kuhherden. Kopfschüttelnd blätterte er weiter.

»Aufregend, nicht wahr?«, fragte Dorothea Kranz über seiner Schulter. »Die Formen sind reduziert, wie in der Kunst von Naturvölkern. Und die Farben werden nicht gesehen, sondern gefühlt.«

»Da fragt man sich schon, was der gefühlt hat«, gab Steinberger zurück. Sachen gab es. Aber er hatte etwas ganz ähnlich Schauriges schon selbst gesehen: die große Landschaft im Zimmer des verstorbenen Herrn von Arx. Abrupt hielt er im Blättern inne.

»Ist so etwas sehr teuer?«, erkundigte er sich.

Dorothea Kranz neigte sich tiefer, um den Text neben der Abbildung zu lesen, die er gerade aufgeblättert hatte. Es war ein Waldbild mit Bäumen in Grün, Rot und Schwarz, gezackt wie Sägezähne. Nur ein sehr gestörtes Kind würde so Tannenbäume wiedergeben. »Ernst Ludwig Kirchner«, las Dorothea vor. »Ich kenn mich nicht so gut mit ihm aus, aber ich denke, einige Zehntausende, oder?« Sie hatte den Kopf geneigt, wie um sich selbst zu befragen. »So was findet man im Internet heraus.« Sie schlug das Buch zu. »Möchten Sie es nicht lieber mit einem Aquarell versuchen?« Sie schob ihm seinen eigenen Bildband über Turner zu.

Widerstrebend ließ er sich ein Stück Papier hinlegen und tunkte den Pinsel erst einmal in Wasser. Seine Gedanken waren auf der Reise. Vielleicht lag es daran, dass er eine unglaubliche Sonne malte, verlaufend in sämtliche Töne von Gelb bis tief Orange, an den Rändern ausströmend in ein grünliches Türkis, das man, wie Dorothea Quent bei der belobigenden Schlussrunde ausführte, in der Tat bei manchen Sonnenuntergängen beobachten könne. Es gebe einen Film von einem französischen Filmemacher über genau diese Sorte von magischem Türkisgrün am Himmel. »Sehr schön gesehen und gefühlt«, urteilte Dorothea Kranz.

Aber es war der Blick von Isolde Hohoff, der es schaffte, Mauritius Steinberger von seinen Überlegungen loszueisen und ihn dazu zu bringen, dass er sich tatsächlich über sein Werk freute.

So sehr freute er sich, dass er sie auf dem Weg nach draußen ansprach. Ein erneuter Gruß, eine Bemerkung über das Wetter. Als eine peinliche Stille eintrat, ging gerade der Rucksackmann mit seiner Krücke und seiner Rückenlast langsam an ihnen vorbei.

»Was der da wohl mit sich rumträgt?«, meinte Steinberger. »Das frage ich mich schon, seit ich hier bin.«

Die Ärztin blickte dem Mann nach, mit seinem immer gleichen Freizeitdress, bestehend aus Jogginghose und Windjacke, selbst im Haus, mit seinen fast schulterlangen Flusenhaaren, seinem hinkenden Gang und der absurden Last. Sie zuckte mit den Schultern. »Seine Vergangenheit, schätze ich«, sagte sie. »Wie wir alle.« Damit ließ sie ihn allein.

22

Als er abends allein in seinem Zimmer saß, kamen die Überlegungen zurück. Angefeuert wurden sie von dem Kuvert, das Steinberger unter seiner Tür gefunden hatte. Der Freund aus alten Tagen, den er auf die Sache mit Stefan Szabo angesetzt hatte, war offenbar da gewesen. Steinberger bückte sich hüftsteif nach dem Umschlag und nahm ihn mit zum Lesesessel.

Was er las, war ermutigend und entmutigend zugleich: Der Stefan Szabo, dem die Autoreparaturwerkstatt in Kőszeg, kurz hinter der österreichischen Grenze gehörte, war tatsächlich der Ehemann von Lise Meingast, die im Kiosk am Dutzendteich gearbeitet hatte. Volltreffer, dachte Steinberger beim Lesen und ballte die Faust. Dann las er weiter. Stefan Szabo und seine Frau waren vor zwei Jahren bei einem Autounfall auf der Landstraße zwischen Kőszeg und Bük ums Leben gekommen. Steinbergers Freund hatte eine Kopie des Polizeiberichts beigelegt. Der war auf Ungarisch, aber da beide Opfer einen Wohnsitz in Deutschland hatten, war eine Übersetzung angefertigt worden, die die Erben den deutschen Behörden vorlegen konnten. Selbst verschuldet, aufgrund von Alkoholeinwirkung.

»Verdammt.« Steinberger ließ das Papier sinken. Die alte Aussage von Szabo, dass Quent sein Auto bei ihm schon im Juli hatte reparieren lassen, war jetzt wohl nicht mehr zu widerlegen. Zu lange her. Er hatte einen Schritt nach vorne gemacht und einen nach hinten. Für einen Moment wurde er müde. Er fragte sich, was er hier tat. Ob es sich wirklich lohnte, seine letzten Tage mit dem Rühren in alten Angelegenheiten zu verbringen. Sein Blick fiel auf das Aquarell, das er eben verbrochen hatte, die trocknenden Farben kitzelten ihn in der Nase. War diese Art der Beschäftigung also besser?

Sein Kopf kam zu keiner Antwort, aber sein Körper hatte sich schon wieder aus dem Sessel gestemmt und auf den Weg gemacht. Der Spur seiner halb gedachten Gedanken folgend, kam er vor der Tür des verstorbenen Herrn von Arx an. Der hatte so viele Wertgegenstände besessen. Was, wenn auch seine Bilder, vor allem die große Landschaft, nicht etwa ausgemachte Scheußlichkeiten, sondern kostbare Kunstwerke waren? Einige Zehntausend, hatte Dorothea gemutmaßt. Das konnte doch ein Mordmotiv sein. Die Tür zu dem Zimmer war nicht abgeschlossen. Der Anblick des Raumes aber war ein Schock: Er war vollkommen leer. Leer und fast klinisch sauber. Steinbergers wenige Schritte hallten lauter als in seiner eigenen Wohnung. Verärgert machte er sich eine Gedankennotiz: Er würde bei der Heimleitung fragen, wer von Arx' Erben waren und wer das Ausräumen besorgt hatte. Zur Not konnte er angeben, er habe von Arx ein Buch geliehen und wolle es unbedingt zurück, ein wertvolles Buch. Mit Widmung. Während er noch an dieser Legende spann, ging er zurück zur Tür. Er hatte sie schon halb geöffnet, als er ein Geräusch hörte und sie wieder bis auf einen kleinen Spalt zuzog. Dort stand Peter Quent, auf der Schwelle seiner Wohnung. Vor ihm stand Irina Staufert. Die war in Straßenkleidung, inklusive Regenmantel. Sie sah angespannt aus.

»Da ist die Adresse«, sagte Peter Quent gerade und reichte ihr einen Zettel. »Mein Bekannter heißt Heinlein.«

Die Etagenbetreuerin wollte gerade etwas fragen, als eine weitere Tür aufging und ein Rollator auf den Flur geschoben wurde. Die beiden vor Steinberger verabschiedeten sich rasch; Peter Quent zog sich in seine Wohnung zurück, die Staufert ging zum Aufzug.

Steinberger wartete, bis sie eingestiegen war. Zweifellos wollte sie das Stift verlassen. Wie es aussah, im Auftrag von Quent. Falls sie nicht mit dem Auto da war, hätte er eine Chance, ihr dabei auf den Fersen zu bleiben. Er schaute auf die Uhr: Der nächste Bus fuhr in zehn Minuten. Aber die Zeit, in sein Zimmer zurückzugehen und sich dort Mantel und Schirm zu holen, blieb ihm nicht. Kurz entschlossen stakte er auf den Mann zu, der gerade seinen Rollator mit quälend langsamen Schritten über den Flur schob. Einen Moment war Steinberger versucht, seinen Ausweis zu zücken und »Polizei, ich beschlagnahme Ihr Fahrzeug« zu rufen. Stattdessen sagte er: »Ich bring ihn zurück.« Damit schnappte er sich den zusammengefalteten Staubmantel aus dem Rollatorkorb und machte sich so schnell wie möglich in Richtung Treppenhaus davon. Ein Stockwerk tiefer stieg er in den Aufzug um.

Irina Staufert stieg eben in den Bus, als Mauritius Steinberger die Haltestelle erreichte. Er hatte im Vorbeigehen im Seniorenladen noch ein Käppi mit der Aufschrift »Dürer und ich« erworben; das musste gegen den Regen und zur Tarnung reichen. Zu seinem Glück war die Staufert völlig damit beschäftigt, in ihrer Tasche nach dem Portemonnaie zu kramen und eine Zehnerkarte hervorzuziehen.

Er bezog einen Sitzplatz weit hinten, von wo er sie unauffällig im Auge behalten konnte. In der U-Bahn war es leichter. Steinberger blieb stur an ihr dran, im für Beschattungen vorschriftsmäßigen Abstand ruhig wie ein Kahn durch die Menge gleitend. Als sie an der Lorenzkirche ausstieg, fürchtete er einen Moment, sie habe ihn gesehen. Rasch hielt er am Stuhl eines *Straßenkreuzer*-Verkäufers inne. Er ließ einen Zehner in die Hand des Mannes gleiten, öffnete den Gürtel des Staubmantels und drehte den Schirm der Kappe nach hinten, ehe er weiterging. Er sah wie ein Idiot aus, aber die Maskerade erfüllte ihren Zweck: Was Irina Staufert anging, war er ein unsichtbarer Idiot. Doch wohin ging die Reise? Er folgte ihr die klassische Touristenroute entlang über die Pegnitz und den Hauptmarkt, auf dem neuerdings ganzjährig rot-weiße Buden aufgebaut waren, allerdings nicht mit Weihnachtsschmuck, sondern mit Obst, Gemüse, Blumen, Sushi und Falafel. Weiter ging es an den Lochgefängnissen und der Sebalduskirche vorbei. Bald wären sie beim Dürerhaus und hätten damit alle Sehenswürdigkeiten unterhalb der Burg abgeklappert. Irina Staufert besichtigte allerdings nichts. Und es zog sie auch nicht in das Haus des Malers, sondern in ein benachbartes Auktionshaus.

Mauritius Steinbergers Alarmglocken schrillten. Das war hochinteressant. Er trieb sich eine Weile vor dem Gebäude herum, bis er alle Aushänge gelesen hatte und sicher war, dass heute die offizielle Vorbesichtigung für die Exponate einer anstehenden Auktion war. Besucher würden da nicht auffallen. Notfalls konnte er angeben, sich für eines der angebotenen Dinge zu interessieren. Irina Staufert schien nicht wegen der Auktion gekommen. Sie ignorierte die Fülle von Vitrinen, die zwischen den zahllosen Antiquitäten standen. Sie fragte an der Information, vermutlich, kombinierte Steinberger, nach Quents Freund Heinlein. Er hatte den Namen nicht in seinen Akten, aber das würde sich ändern. Herr Heinlein erschien, er war ein korpulenter Mann jenseits der fünfzig, mit einem Seehundschnauzer und einem Anzug, der ein wenig trachtenartig wirkte. Er führte die Staufert nach einigen Begrüßungsworten zu einem eleganten Mahagonitischchen mit zwei roten Samtsesseln, wo sie einander gegenüber Platz nahmen.

Über den beiden hingen mehrere Kronleuchter, die Wand hinter ihnen war dicht an dicht mit Gemälden in Goldrahmen belegt. Mauritius Steinberger nahm Zuflucht hinter zwei Meter hohen Glasvitrinen voller Goldmünzen.

Irina Staufert schien sich in der üppigen Umgebung unwohl zu fühlen. Nach einigen Erläuterungen sah er sie in ihre Tasche greifen und einen Gegenstand hervorholen, den Steinberger nicht richtig erkennen konnte. Er war in eine Art Geschirrtuch eingewickelt und offenbar kompakt.

Steinberger wechselte zu einer näher gelegenen Vitrine mit Kaminuhren und Kerzenhaltern. Was hatte die Staufert da nur? Hatte Quent ihr das mitgegeben? Sollte sie es für ihn verkaufen?

Der Herr vom Auktionshaus öffnete eine Schublade und entnahm ihr eine Chemikalie, die er offenbar auf den Gegenstand strich. Der, das konnte er jetzt erkennen, war goldfarben. Ein Echtheitstest, ging es Steinberger durch den Kopf. So weit er sich mit so etwas auskannte, ging es darum, festzustellen, ob das Ding aus echtem Gold war. Wie kam die Staufert an etwas Goldenes dieser Größe? Der Mann im Anzug hielt dieses Etwas jetzt hoch, um es im Licht zu betrachten. Es war eine Statuette, so klein, dass sie in eine Frauenhand passte. Er wog sie und wendete sie im Licht, in dem sie golden schimmerte. Dabei erklärte er Irina Staufert offenbar einiges, denn sie nickte immer wieder. Schließlich stand der Mann auf, kam mit einigen Büchern wieder und schlug etwas nach. Sie neigten sich beide darüber. Wieder wurde geredet.

Steinberger rückte so nahe heran, wie er konnte. »Expertise«, hörte er. »Nicht festlegen.« Die Staufert hakte nach.

Der Mann überlegte und schrieb ihr einige Zahlen auf einen Zettel. Steinberger konnte sehen, dass sie lang waren. Die Staufert wurde rot. Hastig nahm sie den Zettel, verknüllte ihn fast in ihrer Eile, ihn in ihre Handtasche zu stecken, und stand auf. Sie verabschiedete sich hastig.

»Warten Sie doch«, hielt Heinlein sie auf. Steinberger tauchte dankbar hinter einen handbemalten chinesischen Paravent ab. Er hörte den Mann sagen, dass er ihr selbstverständlich für die Statuette eine Art Quittung ausstellen werde. »Die Kosten für die Schätzung könnten im Fall eines Ankaufs durch unser Haus verrechnet werden.«

»Das ist sehr freundlich«, hörte er Irina Staufert sagen. Die beiden verschwanden in einem Büro.

Steinberger wollte gerade gehen, um draußen unauffällig auf sie zu warten, als sein Blick wieder auf die prallvolle Bilderwand fiel. Jetzt erst bemerkte er es: Hier hingen Bilder an jeder freien Wand, so dicht, dass kaum ein Finger dazwischenpasste, und bis unter die Decke. »Entschuldigen Sie?«, hielt er ein junges Mädchen an, das konservativ gekleidet war, aber ein Nasenpiercing und einen dicken, weit über das Auge hinausreichenden Lidstrich trug, der sie wie eine falsche Chinesin aus einem Bond-Film der Sechzigerjahre aussehen ließ.

Sie antwortete mit einem professionellen Lächeln. »Bitte?«

»Was würde ich für eine Landschaft von Ernst Ludwig Kirchner bekommen?«, wollte Steinberger wissen. Er deutete auf ein Bild in einem schweren Goldrahmen. »Etwa in der Größe.«

Sie musterte ihn einen Moment schweigend, dann einen weiteren. Als er gerade dachte, dass er wohl besser gehen sollte, öffnete sie den Mund. »Nun«, sagte sie. »Es ist mir

nicht bekannt, dass eines der größeren Kirchner-Bilder ver-
schollen wäre. Die meisten sind gut dokumentiert und hängen in Museen. Aber wenn Sie tatsächlich über eine weniger
prominente Arbeit aus einer Privatsammlung verfügen sollten«, sie machte eine Pause, wie um ihm klar zu machen,
dass sie ihn genau musterte, um die Wahrscheinlichkeit eines solchen Falles einschätzen zu können. »Dann würde ich
sagen – vorausgesetzt, Sie haben eine Provenienz …«

»Eine was?«, unterbrach Steinberger sie.

»Eine Provenienz. Das ist eine Art Herkunftsnachweis.
Im Idealfall vom Erstverkauf durch den Maler selber. Bis
hin zu Ihnen.«

»Eine Art Quittung«, stellte Steinberger fest.

Sie lächelte. »Eine Menge Quittungen. Aber ja. Wenn Sie
so etwas hätten, dann wäre das …«

»Was?«

»In den richtigen Kreisen: eine kleine Sensation.«

»Und in Geld ausgedrückt?«

Jetzt hatte er ihre Aufmerksamkeit. Sie fixierte ihn mit
ihren Chinesinnenaugen, ehe sie sagte: »Zwischen einer
halben und einer Million.«

23

Es war zu spät, um noch jemanden in der Verwaltung zu erreichen. Mauritius Steinberger in seiner Ungeduld versuchte es mit dem Internet und googelte Ewald von Arx, fand auch ein paar Einträge aus der Zeit, als er noch berufstätig war. Doch nichts, was auf die Familie des Mannes und mögliche Erben hinwies. Nachdem er zweimal auf gut Glück bei Namensvettern in Bayern und der Schweiz angerufen hatte, vertagte er dieses Anliegen auf den nächsten Morgen. Er wusste ja nicht einmal, ob er richtig lag. Es würde genügen, wenn die Erben im Lauf der Woche erführen, dass sie möglicherweise auf einem unerwarteten Haufen Geld saßen. Und solange das Bild tatsächlich da und nicht doch gestohlen war, war das eindeutig nicht sein Metier.

Ein Teil der Unruhe, die Mauritius Steinberger umtrieb, entstand daraus, dass er zwar spürte, dass er einer Sache auf der Spur war, dass aber andererseits die losen Enden in keiner Weise zusammenpassten. Das alles ergab kein schlüssiges Bild. Er konnte kein Verbrechen entdecken und keinen Nutznießer. Und Peter Quent passte ebenfalls nirgendwo ins Bild.

Überhaupt Quent: Auf den wollte er sich doch konzentrieren. Quent hatte irgendetwas mit der Staufert am Laufen, so viel war sicher. Er hatte sie mit diesem goldenen Ding in das Auktionshaus geschickt. Aber um was handelte es sich dabei? Wo hatte er es her, dass er lieber die Staufert losschickte, als selbst zu gehen? Das alles war ebenso verdächtig wie rätselhaft. Und natürlich war genau jetzt Irina Staufert verschwunden. Auf seinen Anruf beim Service hin kam ein junger Mann namens Mikael. Auf seine Nachfrage nach der Staufert hin erfuhr er: »Nein, nein. Sie ist im Konzert. Irina ist immer im Konzert, wenn russische Musik gespielt wird. Heute ist es, glaube ich, Schostakowitsch.«

Schostakowitsch, nun, es würde Zeit bis morgen haben. Steinberger nahm in seinem Lehnstuhl Platz. Gedanken und Erinnerungen überfluteten ihn. Er verfluchte sich, nicht an das Naheliegende gedacht und nicht nur die alten Notizbücher hergeholt, sondern auch neue Exemplare gekauft zu haben. Er hätte es bitter nötig, die Eindrücke des Tages aufzuschreiben, schon, um sie aus seinem Kopf zu bekommen. Aber alles, was sich in seinem Schreibtisch fand, waren ein paar lose Blätter mit seinen Listen: Erben von Arx, Erben Dette, Letztere wieder gestrichen. Mit Schwebel reden. Quent beschatten? Hinter dem letzten Punkt war ein Fragezeichen. Es war nicht einfach, sich an die Fersen von jemandem zu heften, dem man, um im Bilde zu bleiben, so nahe war, dass man ihm quasi auf den Zehen stand. Quent und er begegneten einander oft im Heimalltag. Es würde schwer werden, die Frequenz zu erhöhen, ohne dass es auffiel. Außerdem kannte man einander hier. Wie sollte er da unauffällig unterwegs sein? Unauffälligkeit war unabdingbar für eine Beschattung.

Mauritius Steinberger wollte es mit dem Notieren versuchen. Er tastete nach seiner Lesebrille. Fand einen Kugelschreiber. Doch er kam sich eher vor wie in einer Fortsetzung von Dorothea Kranz' Kreativstunde als wie ein Polizist bei der Arbeit. Um ein Haar hätte er begonnen, Kreise zu malen! Er fluchte leise und versuchte, sich zu sammeln. Das, was seine Hand währenddessen tat, war, einen Namen zu kritzeln: Brigitte. Mauritius Steinberger fluchte erneut. Seine Frau war seit einigen Monaten tot. Seine Ehe war vor vielen Jahren gestorben. Dazu gab es nichts mehr zu sagen. Er zwang sich, einen anderen Namen hinzuschreiben: Isolde.

Um den Faden nicht zu verlieren, begann er eine Liste mit allem anzulegen, was er über die Ärztin wusste. Betroffen stellte er fest, dass es nicht viel war: Vorname Isolde, Nachname Hohoff, ungefähr eins achtzig, knochig und schlank, Augen blau, Haare weiß, lang, meist im Dutt getragen. Doktor der Medizin mit eigener Praxis. Sie war Hausärztin, so viel wusste er. Hatte sie einen Facharzttitel? Vielleicht eine Ausbildung als Therapeutin? Wenn er so über die Gespräche nachdachte, die sie mit Brigitte und ihm geführt hatte, kam es ihm wahrscheinlich vor. Oder sie war einfach ein sehr einfühlsamer Mensch und eine engagierte Ärztin? Nicht einmal darüber hatte er sich bisher viele Gedanken gemacht. Sie trank grünen Tee mit Kandis, so viel wusste er. Aber wovon ernährte sie sich eigentlich sonst so, was mochte sie? Sie spielte Bridge, ohne übertriebene Leidenschaft. Sie war gern im Freien. Sie mochte Turner. Da kam schon das Ende der Liste. War sie verheiratet gewesen? Hatte sie Kinder? Wo hatte sie gelebt und wie, ehe sie ins Stift kam? War ihre Stimme wirklich von Whisky und Zigaretten so rau, oder war das ein Naturphänomen? War sie je wirklich verliebt gewesen? Was war ihr größter Kummer? Tanzte sie gerne? Wie stand sie zu Schostakowitsch? Mochte sie eigentlich ihn, Mauritius Steinberger?

Er legte den Stift beiseite und fragte sich. Fragte sich, wie es gekommen war, dass die Ärztin ihn besser kannte als die meisten Menschen, dass sie mit seinem Privatleben und seinen Gedanken mehr als vertraut war, während er auf keine der obigen Fragen eine Antwort wusste. Und das, obwohl Isolde Hohoff und er nun schon einige Wochen Nachbarn waren. Hätte er sich selbst befragt, hätte er verschämt gestanden, dass er sich für die Dame interessierte. Sehr sogar. Warum zum Teufel hatte er sie dann nicht besser kennengelernt? Die Antwort war einfach. Er war zu beschäftigt damit gewesen, ihr zu erzählen, was er dachte und plante, um ihr auch nur eine einzige Frage über sie selbst zu stellen. Ein Anfängerfehler.

Wäre sie eine Verdächtige gewesen, die er hätte aushorchen sollen, würde er jetzt als Dilettant dastehen. Diese Erkenntnis trug nicht dazu bei, seine Unruhe zu dämpfen. Er drohte wirklich an allen Fronten zu versagen. Aber an dieser Front, der Hohoff'schen, konnte er heute noch arbeiten.

Mauritius Steinberger beschloss, es im Konzertsaal zu versuchen. Sollte Isolde Hohoff dort sitzen und Schostakowitschs Musik lauschen, würde er das Ende der Darbietung abwarten und sie auf einen Sekt einladen. Und diesmal würde sie es sein, die von sich erzählte. Kein von Arx, keine Staufert, kein Quent. Er sagte es sich vor, während er im Schrank nach einem weißen Hemd und seinem guten Anzug suchte. Er fand immerhin ein hellblaues. Der Anzug war gereinigt, gebügelt und in eine hauchdünne Plastikfolie gehüllt. Daran vergilbte noch das Schild der Reinigung, die um die Ecke von seinem alten, ehelichen Zuhause gelegen hatte. Steinberger riss die Folie auf wie eine Zeitkapsel. Er schlüpfte in den Anzug, in dem er seine Goldene Hochzeit gefeiert, eine Urkunde aus der Hand des Bundespräsidenten entgegengenommen und dem Sultan von Brunei die Hand geschüttelt hatte. Er passte noch. Um die Schultern herum wirkte er vielleicht ein wenig zu groß. Den Gürtel dagegen konnte er ein Loch weiter stellen. Die Krawatte, üblicherweise vorgebunden, hatte sich gelöst. Dreimal versuchte er, den Knoten zu binden, mit zusammengekniffenen Augen und steifen Fingern. Egal, ob er die Lesebrille auf- oder absetzte: Das Geschehen unter seinem Kinn wollte sich einfach nicht scharf stellen. Das Ergebnis war lächerlich. Die Krawatte hing ihm bis knapp über den Nabel. Er riss sie ab; es musste ohne gehen. Mauritius Steinberger starrte die Gestalt an, an deren leichte Unschärfe er sich inzwischen gewöhnt hatte. Sie schien ein wenig älter, ein wenig unkonturierter und formloser, als er sie in Erinnerung hatte. Er dachte an den Schweiß, den er auf der Hantelbank vergoss, und richtete sich auf. Dann fiel ihm das Rasierwasser ein, es durfte nicht fehlen. Das Aftershave, hatte Brigitte ihn gelehrt, war das unverzichtbare Accessoire des gepflegten Mannes. Nie hatte sie versäumt, es ihm für seine Vortragsreisen in den Koffer zu packen. Auch jetzt war es einen Versuch wert. Taub sind wir inzwischen alle mehr oder weniger, sagte er sich. Und manche von uns sind blind wie die Maulwürfe. Wir zittern und wir humpeln. Wir wiederholen uns endlos in unserer Konversation. Aber unsere Nasen sind noch intakt. Ein passender Duft konnte seine Botschaft noch immer versenden.

Er tippte sich an die seine, die adlerartig vorsprang und sich zu seinen Lippen hin krümmte. Mauritius Steinberger wechselte ins Bad, wo das Licht besser war. Zehn Zentimeter vom Spiegel entfernt trimmte er seine Nasenhaare. Er hielt die hohle Hand vor den Mund, atmete zweimal hinein und griff dann zum Mundwasser. Anschließend sprühte er ein wenig Deo unter das Jackett und in seine Schuhe. Aussortiert aus dem Kreis der Lebenden wurde man erst, wenn man anfing zu stinken. Aber dann unweigerlich.

Er hoffte, dass Isolde Hohoff Old Spice in Ordnung finden würde.

24

Es war die Gestalt von Peter Quent im tadellosen dunkelblauen Dreiteiler, die es Mauritius Steinberger sich anders überlegen ließ. Vielleicht war es auch der Umstand, dass Isolde Hohoff an seinem Arm hing, in ein bodenlanges kornblumenblaues Chiffonkleid gehüllt. Er tauchte gerade noch rechtzeitig hinter dem Angebotsständer mit orthopädischen Hausschuhen ab, als die beiden in der Ladenpassage an ihm vorbeiglitten.

»Wieder irgendeinem Ladendieb auf der Spur?«, erkundigte der Inhaber des Ladens sich freundlich bei ihm. »Ich habe mich noch gar nicht für Ihren Hinweis bedankt.«

Mauritius Steinberger wehrte die desodorierten Einlagen ab, mit denen er beschenkt werden sollte, und trat wieder hinaus in die Passage, in der eine Menge Menschen erwartungsvoll dem Konzert zustrebten. Einen Moment zögerte er, dann hatte er den Impuls unterdrückt, den beiden zu folgen. Er würde Isolde auf andere Weise die Augen über Quent öffnen. Steinberger bewegte sich in die Gegenrichtung. Demonstrativ pfeifend ging er zum Aufzug des zweiten Wohnturms, fuhr in den neunten Stock und schlenderte den Korridor entlang, an Quents Wohnungstür vorbei bis zum Ende und wieder zurück. Als er sicher war, dass hinter den meisten Türen Stille herrschte – mit Ausnahme derjenigen, durch die gedämpfte Fernsehgeräusche drangen –, ging er zielstrebig zu Quents Eingang und angelte nach seinem Schlüsselbund. Türen wie diese waren einfach zu öffnen. Es war nicht gerade ein Fall für die Kreditkarte, aber die kleine Sammlung Taschendietriche, die aus nostalgischen Gründen stets an seinem Schlüsselring baumelte, würde ausreichen, um sich Zutritt zu verschaffen. Steinberger musste in die Knie gehen; zwei Minuten später war das Schloss geknackt. Der schwierigste Teil war es, sich wieder aufzurichten. Er unterdrückte ein Ächzen. Dann war er drin.

Statt des vertrauten Bildes eine Überraschung: Peter Quent verfügte über ein Zweizimmerappartement. Erstaunt inspizierte Steinberger das Schlafzimmer, das in dunklem Holz eingerichtet war, mit steingrünen Tapeten und schokoladenbraunen Vorhängen. Sehr stilvoll. Er murmelte es grimmig in sich hinein. Das Bett war breit, keine Schlafcouch, kein Krankenbett, keiner dieser achtzig Zentimeter breiten Särge. Eine Spielwiese nannte man so etwas, wo Mauritius Steinberger herkam. Nicht in Rot, aber in Moosgrün. Mit einem dezenten Raubtiermuster auf den Kissen.

Das Wohnzimmer ähnelte schon eher seinem eigenen. Der Schreibtisch war imposanter, das Sofa eine richtige Couch. Und statt irgendwelcher Fitnessgeräte gab es einen großen Flatscreen und eine Hausbar. Sie war in einem dieser Wägelchen aus Glas und Messing untergebracht, die Räder hatten, um nirgendwohin zu fahren.

Auf einem Sideboard gab es ein paar Bücher, die meisten davon über Finanzthemen, die Tonstatue einer lasziven Nackten und eine Sammlung DVDs. Auch hier überwogen Dokumentationen. Peter Quent schien eine Vorliebe für Naturdokus zu haben. Eisbären waren nicht vertreten. Dafür ein weißes Fellimitat auf dem Boden. Steinberger ließ alles auf sich wirken, ehe er daran ging, die üblichen Verstecke abzuklappern: hinter den Büchern, in den Büchern, in Lampenschirmen, im Spülkasten der Toilette, hinter Lüftungsgittern. Unter Schubladen. Unter der Matratze. Hinter doppelten Böden oder Wänden. Er hätte sich die Mühe sparen können. Im Kleiderschrank, kaum versteckt hinter einer erlesenen Kollektion von Hemden, gab es einen Safe.

Der war mit Steinbergers Mitteln nicht zu knacken.

Mauritius Steinberger sank auf das moosgrüne Bett und starrte das Zahlenkombinationsfeld an. Er hatte vermutlich drei Versuche. Zwei, wenn er nicht wollte, dass Quent mitbekam, dass an seinem Safe herumgefingert worden war. Steinberger ließ seine Gedanken kreisen, neigte sich vor, verwarf den Einfall wieder, setzte neu an. Er hatte gerade beschlossen, aufzugeben und zu gehen, als er, nur aus Jux, sich noch einmal schnell nach vorn warf und eine Zahlenkombination eintippte. Schneller sein als die eigenen Gedanken, die ihm sagten, dass das verrückt war. Der Safe sprang auf. Er war leer.

So fühlte sich auch der Kommissar. Noch einmal setzte er sich zurück auf das Bett und starrte in die dunkle Öffnung, in der die Frage auf ihn lauerte, warum in aller Welt Peter Quent den Geburtstag von Brigitte als Kombination für seinen Safe verwendete. Es dauerte eine Weile, ehe er wieder klar sehen konnte. Die dicke kleine Metalltür hatte zwei Fächer freigegeben, in denen absolut nichts lag.

»Dieser Hund.« Mauritius Steinberger sackte auf dem Bett zusammen. Er zweifelte keine Sekunde daran, dass dieser Safe einmal gut gefüllt gewesen war. Vermutlich unter anderem mit der kleinen Goldstatuette. Aber Quent wusste, dass er, Steinberger, ihm auf der Fährte war. Er hatte seine Spuren gut verwischt. Vermutlich war ihm klar gewesen, dass Steinberger früher oder später wieder auf die Jagd gehen würde.

Steinberger erinnerte sich an die Szene, die damals alles zum Kippen gebracht hatte. Der Staatsanwalt hatte ihm einen Durchsuchungsbefehl für Quents Wohnung verweigert. Er hatte sich nicht abhalten lassen. Er war sich so sicher gewesen, dass er fündig werden würde. Dass ein solcher Beweis vor Gericht nicht gültig wäre, das hatte ihn damals schon nicht mehr gejuckt, darüber war er hinaus gewesen. Er hatte es wissen wollen. Wissen müssen. Quent hatte ihn auf frischer Tat ertappt. Es war zu einer Auseinandersetzung gekommen. Danach war er nicht länger Polizist in Nürnberg gewesen.

Ob Quent sich daran erinnert hatte? Ob er ihn erwartete? Welchen anderen Grund sollte es dafür geben, in Herrgotts Namen, dass er als Kombination für seinen Safe ausgerechnet den Geburtstag von Brigitte verwendet hatte? 170445. Die einzigen Zahlen, die sie miteinander verbanden.

Außer der 20, dachte Steinberger, das war die Zahl der Jahre, die man für Mord bekam. Die Quent bekäme, wenn er ihn der Taten hier im Heim überführen könnte. Es waren vermutlich mehr Jahre, als Peter Quent noch zu leben hatte; der Gedanke bereitete dem alten Kommissar besondere Genugtuung.

Steinberger ging ins Bad, um sich dort bestätigen zu lassen, was er aus seinen Dossiers wusste: Quent benutzte *He* von Emporio Armani. Er nahm das Flakon von der Ablage und schnupperte daran. Schwer, aber anders. Nach kurzer Überlegung zog er vorne den Hosenbund vor und sprühte zweimal in den entstehenden Spalt.

25

Steinberger hatte alles an seinen Platz geräumt und sorgsam die Spuren seines Aufenthalts getilgt, ehe er Quents Appartement wieder verließ. Der Aufzug ließ ungewöhnlich lange auf sich warten. Mauritius Steinberger fürchtete schon, das Konzert könnte bereits vorbei sein und alle schon wieder auf dem Rückweg in ihre Zimmer. Erst ein Blick auf die Uhr beruhigte ihn, noch nicht einmal halb neun. Er drückte erneut auf den Knopf und wippte auf den Zehen. Da hörte er das Geräusch.

Es kam aus dem Zimmer neben dem Aufzug, das die Aufschrift »Nur für Personal« trug. Er hatte immer eine Art Wäschekammer dahinter vermutet. Einen Raum für Blumenvasen, Putzzeug, Gummilaken und andere Utensilien, die man lieber nicht genauer kennen wollte. Manchmal konnte man hier Angehörige während ihrer Nachmittagsbesuche stehen und klopfen sehen. Jetzt war die Tür leicht geöffnet. Und heraus drang ein Schluchzen. Mauritius Steinberger drückte sie vorsichtig auf und ging hinein. »Hallo?«

Er hatte recht gehabt: Stapel von Handtüchern, Bettbezügen. Vorhängen. Vasen in allen Formen und Farben, einfache Trinkgläser, Packungen mit Zellstoff, Desinfektionsmittel. Und hinter den Regalen, die mit alldem bepackt waren, lehnte Irina Staufert, weinte und schlug ihren Kopf an die Wand, nicht zu fest, aber nachdrücklich, wieder und wieder.

Vorsichtig trat Mauritius Steinberger näher. Sie bemerkte ihn erst, als er sie das dritte Mal ansprach. Da stand er bereits dicht hinter ihr. Sie fuhr herum. Hob die Hände. Roch sein Deodorant. Sah die Hemdbrust, den Jackettstoff. Sein Gesicht über sie geneigt. Einen Moment sah es so aus, als würde sie gegen ihn sinken. Ihre Finger berührten schon zitternd sein Revers.

Dann aber zeichnete sich mit einem Mal, für den alten Kommissar völlig unerwartet, eine unglaubliche Wut in ihrem Gesicht ab. Die tränenfeuchte Haut wurde blass. Sie ballte die Fäuste und trommelte gegen seine Brust. Ihr Kopf schüttelte sich wie unter Zwang. Sie schrie jetzt. »Nein«, schrie sie. »Nein, nein, nein, nein!« Sie fand gar kein Ende.

Mauritius Steinberger versuchte, sie zu beruhigen. Ihre Fäuste schlugen unkoordiniert zu, doch nicht ohne Wucht. Er musste husten. Versuchte, ihre Hände zu packen, damit sie aufhörte. »Ist ja gut«, stieß er zwischen zwei Hustern hervor. »Jetzt hören Sie doch auf, gottverdammt.«

Sie hörte nicht auf, wechselte nur von »Nein!« zu »Weg!«, im selben hysterischen Rhythmus. Wie um ihren Worten Nachdruck zu verleihen, schubste sie ihn. Er kam aus dem Gleichgewicht und hielt sich an ihr fest, sie fielen beide gegen das Regal mit den Blumenvasen, das zu wackeln begann. Die Gefäße rutschten, zwei fielen herunter, eines auf seinen Fuß, das andere zersprang klirrend. »Ihr seid doch alle gleich!« Irina Staufert machte ihrer Wut ungebrochen Luft.

Mauritius Steinberger reichte es langsam. Sein Atem ging rasch und sein Herz klopfte viel schneller, als es sollte, ein stechender Schmerz zog in den linken Arm. Er musste diese absurde Rangelei sofort beenden. Seinem professionellen Reflex folgend nahm er sie in den Polizeigriff, damit sie sich erst einmal beruhigte. Sie wehrte sich. Zwei Knöpfe sprangen von ihrem Kittel ab, die Haare hingen ihr in die

Stirn. Sie knurrte, hob den Fuß und trat ihm schmerzhaft vor das Schienbein.

Jetzt brüllte auch Steinberger. »Halt still, verdammt.« Ihr Kopf schnellte zurück. Das Krachen ließ ihn das schlimmste für seine Prothese befürchten. Auf der Lippe schmeckte er Blut.

»Jetzt ist Schluss!« Er tastete nach den Handschellen, die nicht da waren, entschied sich anders, verdrehte ihr den Arm und hielt ihn hoch, bis sie keuchend innehielt.

»Bist du jetzt vernünftig?«, fragte er.

Sie nickte. Er ließ sie los und stieß sie zugleich ein Stück von sich weg.

Schwer atmend stand sie ihm gegenüber. Er betastete mit der Zunge seine dritten Zähne, aufs Höchste alarmiert und stinkwütend. »Ich hatte doch nur helfen wollen.«

»Bastard!«, spuckte sie ihm entgegen. »Ihr seid alle Bastarde, alle miteinander.«

»Ist alles in Ordnung?«

Es war Mikael, Irina Stauferts Kollege, über dem Arm einen Stapel frisch gereinigter Bademäntel. Sein Blick ging von einem zum anderen. Die Wut in Steinbergers Blick wich dem langsamen Begreifen, dass er es heute nicht mehr in den Konzertsaal schaffen würde.

Die Heimleiterin ließ sich Zeit für das Gespräch mit ihm. Ließ Verständnis durchblicken, guten Glauben. Verweilte bei den vielen Aspekten, die für seine Aufnahme in das Stift gesprochen hatten. Ganz zum Schluss kam sie zu dem Umstand, dass die Etagenbetreuerin von einer Anzeige wegen sexueller Belästigung abgesehen hatte. Sie betonte das Wort ›abgesehen‹. Aber es waren die anderen Worte, die dennoch im Raum hingen.

Steinberger, der sich mit Kopfwäschen durch Vorgesetzte auskannte und auch mit der Dienstaufsichtsbehörde, behielt eine tadellose Haltung bei und beschränkte sich auf die wenigen Sätze seiner Verteidigung. Rechtfertige dich nie, pflegte sein Mentor früher zu sagen. Sie grillen dich je nach Geschmack, dann lassen sie dich wieder aus. Was du dazu zu sagen hast, das will kein Schwein hören. Steinberger hielt sich an diese Weisheit und wiederholte nur: »Ich hörte ein Weinen. Ich fühlte mich verpflichtet nachzusehen. Sie reagierte aggressiv auf mein Erscheinen. Ich weiß nicht, warum.« Alles Übrige empfahl er, Irina Staufert zu fragen. Dass die sich bedeckt hielt, wunderte ihn nicht.

Sie grillten ihn, dann ließen sie ihn wieder aus. Als er allerdings aus dem Büro herauskam und sich, ein wenig lädiert, auf den Rückweg in sein Zimmer machte, folgten ihm die kurzsichtigen Blicke einiger Bewohner. Als er am Theatercafé vorbeikam, konnte er bemerken, wie einige Gespräche verstummten und graue Köpfe, die über Sektkelche gebeugt gewesen waren, sich langsam hoben. Wie schon im Berufsleben war nicht die Abmahnung durch den Chef das Problem. Sondern die Frage, wie die Umwelt sich dazu stellen würde.

Mauritius Steinberger dachte an Isolde Hohoff. Er hatte eindeutig ein Problem.

»Der Herr Kommissar!« Das war Peter Quent. Mauritius Steinberger blieb stehen, als die Stimme hinter ihm erklang. Er sammelte sich innerlich, so gut er konnte, ehe er sich umdrehte.

»Herr Quent.« Er versuchte, genauso dröhnend sonor zu klingen.

Quent trat einen Schritt näher an ihn heran. Steinberger konnte ohne Brille die vielen geplatzten Äderchen auf

Quents Nase und Wangen erkennen und fragte sich, ob der andere inzwischen trank. Er trug ein Sektglas, ohne Orangensaft. Vermutlich würde er in den nächsten Tagen diesen Sieg gehörig feiern. Leiser sagte Quent: »Na, wie fühlt es sich an, verkannt zu werden, Herr Kommissar? Wie ist das, wenn man den Atem der Meute im Nacken hat?« Er lächelte und hob sein Glas, als hätte er einen Toast ausgebracht.

Ein Kellner kam vorbei und bot Steinberger ebenfalls eines an. Der griff zu und hielt seinen Kelch Quent entgegen, als grüße er mit einer Klinge. Quent fuhr fort: »Ich kann das gut verstehen, Herr Kommissar, ich war immer auf der Seite der Ausgestoßenen.« Er ließ sein Glas an das von Steinberger klingen und legte ihm die Hand dabei auf den Oberarm, als wären sie die besten Freunde. Plötzlich blickten seine Augen irritiert, seine Nasenflügel weiteten sich, und einen Moment lang sah es so aus, als wollte er etwas sagen. Dann kehrte das entspannte Siegerlächeln in sein Gesicht zurück. Er sagte nur »Prost!« und führte sein Glas bis dicht an den Mund. Über den Rand hinweg schaute er Steinberger beim Trinken zu. »Ich verstehe Sie. Besser, als Sie ahnen. Aber ich fürchte, ich kann nicht für die anderen sprechen.«

Damit drehte er sich um und ging. Allein, mit einem halb leeren Glas, blieb Steinberger zurück.

Nie war er so froh gewesen wie an diesem Abend, als sich seine Zimmertür hinter ihm schloss und er allein war. Er blieb mit dem Rücken an das Türblatt gelehnt eine Weile stehen. Seine Lippe war leicht geschwollen. Er würde sie kühlen müssen. Er sollte aus dem Anzug. Er sollte über alles gründlich nachdenken. Er sollte all das möglichst schnell vergessen. Müde hob er den Kopf, machte einen Schritt und tastete nach dem Schalter.

Eine Frauenstimme sagte: »Lassen Sie das Licht aus.«

26

Einen süßen Moment lang gab Steinberger sich der Illusion hin, es könnte sich um Isolde Hohoff handeln, die gekommen war, ihm zu sagen, dass sie ihn nicht verurteilte, wie der Rest der Welt. Und vielleicht noch zu etwas anderem.

Dann hieb er mit der Faust auf den Schalter. Irina Staufert saß da. Auf seinem Schlafsofa. Sie hatte wieder das Ich-schau-dir-ins-Herz-Gesicht vom ersten Tag ihres Kennenlernens.

Einen Moment blinzelte sie. Dann zuckte sie mit den Schultern. »Ich hab Sie jetzt in der Hand«, sagte sie.

»Raus!«

»Ich kann jederzeit hingehen und sagen, Sie erpressen schon lange Gefälligkeiten von mir, ich hatte nur Angst, was zu sagen.«

»Raus«, wiederholte Steinberger.

Sie spielte mit dem Garnstumpf, dort, wo an ihrem Kittel der Knopf abgerissen war. Ihr Blick, kalkulierend, traf ihn von schräg unten. »Ich könnte jederzeit Anzeige erstatten. Alle würden mir glauben.«

Steinberger hatte schon Luft geholt für das nächste »Raus«, da begann er nachzudenken.

»Was wollen Sie?«, fragte er. Ihr Gesichtsausdruck brachte ihn dazu, zu seinem Bürostuhl zu gehen und sich zu setzen. Sie würde verhandeln, das sagte ihm sein Gefühl.

Sie tastete in ihren Kitteltaschen herum und brachte eine Zigarettenpackung zum Vorschein. Sie fragte nicht um Erlaubnis. »Zuerst hab ich gedacht: Ihr seid alle gleich.« Sie zündete sich die Zigarette an und zog daran. »Anfangs dachte ich: Er ist furchtbar. Ein furchtbarer Polizist. Ich kenne Polizisten. Alle gleich. Aber das ist jetzt egal.« Sie kniff die Augen zusammen. Dann sagte sie: »Sie können etwas für mich tun.«

Mauritius Steinberger verschränkte die Arme. Er sagte nichts, er fragte nichts.

Irina Staufert musterte ihn ein letztes Mal, ehe sie die Entscheidung traf: »Sie sollen mir mein Geld wiederbeschaffen.«

Er ließ das einen Moment sacken. »Sie haben Geld verloren?«, fragte er dann.

»Ich bin bestohlen worden.« Die Antwort kam wie aus der Pistole geschossen.

»Von wie viel reden wir?«, Steinberger setzte sich in seinem Sessel zurecht.

»Siebentausend Euro.«

Er hob die Brauen.

In ihrer Stimme schwang eine gewisse Genugtuung, als sie fortfuhr: »Herr von Arx hatte das Geld für mich beiseitegelegt. Er hat mich sehr geschätzt.«

»Beiseitegelegt?«, versicherte Steinberger sich. Der Name von Arx hatte ihn hellhörig werden lassen. Hatte sein vages Gefühl, dass die Etagenbetreuerin sich in von Arx' Wohnung seltsam verhalten hatte, doch nicht ganz getrogen. Etwas verband sie mit dem Mann.

»In einem Umschlag.« Sie überlegte sichtlich, wie viel sie preisgeben sollte. »An einer Stelle, die wir vereinbart hatten. Ich sollte es mir nach seinem Tod nehmen.«

Mauritius Steinberger überlegte. So langsam fingen ein paar Dinge an, einen Sinn zu ergeben. Laut aber sagte er: »Warum hat er es Ihnen nicht einfach gegeben?«

Sie maß ihn mit neu aufkeimender Wut. »Er war immer großzügig. Immer. Das Geld war für nach seinem Tod. Damit ich mich gut an ihn erinnere.«

Steinberger hob eine Hand. »Und in seinem Testament hat er Sie nicht bedacht, weil ...?«

»Die Kinder«, erwiderte sie. »Seine Familie.« Sie schaute ihn an. Vielleicht wurde ihr zum ersten Mal klar, wie diese Begründung wirklich klang. »Er hat sich geschämt.« Sie verzog das Gesicht. »So seid ihr, schätze ich.«

Steinberger machte eine Geste, die sie als Zustimmung deuten mochte. »Weiter«, sagte er.

»Es waren vierzehn Scheine, in einem Umschlag. Alles an den Boden einer Schublade geklebt. Der Schublade«, ergänzte sie und schaute ihn an.

Er nickte. Er erinnerte sich gut an die Lade mit dem Portemonnaie und den Manschettenknöpfen, die Lade, deretwegen er von Irina Staufert so angeblafft worden war: »Was machen Sie da?«

»Was macht Sie so sicher, dass ich den Umschlag nicht genommen habe, damals?«, fragte er, um sie auf die Probe zu stellen. »Sie waren lange genug auf dem Balkon.«

»Hab ich eine Weile überlegt. Aber ...« Sie führte es nicht aus. »Ich weiß, wer es war.«

»Das wissen Sie?«, echote er. Er schloss die Augen, er ahnte die Antwort, er kannte sie. Er betete für sie.

»Ja«, sagte sie nur. Aber ihr Blick brannte.

Der alte Kommissar verkniff sich eine Reaktion. Sie musste zuerst damit herausrücken. Aber Irina Staufert war noch einmal unsicher geworden. Sie checkte ihn ab. Er musste warten. Noch einmal sog sie an ihrer Zigarette.

Endlich öffnete sie den Mund und sagte: »Peter Quent.«

Die ganze Welt fühlte sich mit einem Mal richtig an.

Mauritius Steinberger war selbst erstaunt, wie gelassen er reagierte. Alles war gut.

»Peter Quent«, wiederholte er nur.

Sie nickte. »Er hat es getan.« Zur Bestätigung drückte sie sehr energisch ihre Zigarette aus.

Mauritius Steinberger nickte. Er tat, als dächte er nach. Nach einer Pause, während der sie ihn mit wachsendem Argwohn beobachtete, begann er. »Sie sagen also, dass Peter Quent in die Wohnung seines Nachbarn gegenüber eingebrochen ist und dort einen Umschlag mit Bargeld entwendet hat, von dessen Existenz niemand wusste.«

»Das war doch sehr klug von ihm.« Sie klang bitter. »Niemand kann ihm das nachweisen.«

»Es ist ein bisschen sehr klug«, hielt Steinberger dagegen. »Woher in aller Welt wusste er denn von dem Geld?«

Sie zuckte mit den Achseln. »Es war nicht sehr schlau versteckt. Und von Arx hat gern durchblicken lassen, dass er reich ist.«

Da musste Steinberger ihr recht geben. Für einen Profi wie Quent war das Versteck vermutlich eine Lachnummer gewesen. Er wiegte den Kopf, als dächte er darüber nach. Dann kam er zu der entscheidenden Frage: »Und warum sind Sie so sicher, dass es Quent war?«

Sie brauchte lange für die Antwort. »Ich wusste es nicht sofort«, bekannte sie schließlich zögernd.

Er half ein wenig nach. »Noch nicht jedenfalls, als Sie ein Verhältnis mit ihm anfingen.«

Das Flackern in ihren Augen warnte ihn, sie nicht weiter aufzubringen, wenn er mehr erfahren wollte. Er verfluchte sich für seinen Sarkasmus und schaute sie betont arglos an. Nach einer Weile beruhigte sie sich wieder. »Er ist sehr freundlich, sehr fürsorglich. Er führt mich aus.«

Ja, dachte er, in den Zoo.

»Er macht mir Geschenke.«

Ja, dachte Mauritius Steinberger, und er hat dich dazu gebracht, sein Diebesgut an den Mann zu bringen.

»Klingt, als könnte man dem Mann nichts vorwerfen.« Steinberger wurde langsam ungeduldig.

Sie jaulte beinahe auf. »Er nennt mich Käferchen.«

Steinberger wusste nicht, was er dazu sagen sollte. Alle Kosenamen waren albern.

»Käferchen«, wiederholte sie. »So hat Ewald mich genannt. Nur Ewald. Niemals jemand anderes. Und nur, wenn wir allein waren.«

»Ja, aber ...«

»Er hat mich auch in dem Brief so genannt. Der Brief bei dem Geld«, half sie ihm auf die Sprünge. »Und als Quent es das erste Mal tat, da begriff ich, dass er den Brief gelesen hatte. Dass er es genommen haben musste, das Geld, den Brief, alles.«

Steinberger begriff langsam. Er pfiff. Und etwas in ihm freute sich. Der redegewandte Quent, ausgerechnet er, stolperte über einen Versprecher. Das Leben war nicht völlig ungerecht.

»Sie müssen in diesem Moment sehr wütend gewesen sein.«

Sie nickte, schuldbewusst. »Es war nicht lange, bevor Sie mich in der Kammer fanden.«

Steinberger fasste unwillkürlich an seine Lippe. »Dann galt das vermutlich Herrn Quent.«

Sie gab einen Laut von sich wie einen Schluckauf. Hatte er sie zum Lachen gebracht? Das war gut; sie musste ihm vertrauen. Er konnte kaum zu seinen Kollegen marschieren und Quent des Diebstahls bezichtigen, weil er – Beweisstück

Nummer 1 – eine Frau Käferchen genannt hatte. Er brauchte schon etwas Handfesteres.

»Irina«, begann er, »ich darf Sie doch Irina nennen?«

Halb misstrauisch, halb hoffnungsvoll schaute sie ihn an.

»Irina, ich glaube Ihnen. Und ich verspreche, Sie werden Ihr Geld wiederbekommen. Aber wir werden noch ein bisschen mehr brauchen, um Peter Quent zu fassen. Er ist sehr schlau, wissen Sie. Er wird sich da herauswinden. Wir müssen ihm etwas nachweisen, das ihn festnagelt.«

Sie schüttelte den Kopf. »Ich will nur mein Geld.«

»Das sollen Sie bekommen.« Steinberger griff nach ihren Händen. »Aber eben darum müssen wir Quent überführen. Mit etwas Eindeutigem. Zum Beispiel mit der goldenen Statuette.«

Ihre Augen wurden groß, die Pupillen weit und dunkel. Sie versuchte, sich von ihm loszureißen. »Irina! Ich hab Sie gesehen. Ich weiß, dass Quent Sie benutzt hat, um Diebesgut loszuschlagen. Sie brauchen nur …«

Sie schaffte es endlich aus seinem Griff. »Sie wissen gar nichts«, fauchte sie. »Gar nichts.« Der Rest war ein langer Fluch auf Russisch. Sie lief zur Tür. »Ich war nie hier. Ich habe nichts gesagt.« Sie drehte sich noch einmal um. »Ich gehe zur Heimleitung.« Drohend hob sie ihre Arme mit den geröteten Gelenken. »Vielleicht erzähle ich es gleich den Nachbarn hier.«

Die Tür klappte vernehmlich zu.

Steinberger warf sich zurück. Das war mal ein Meinungsumschwung. Warum war sie plötzlich so aufgefahren? Irgendwo musste er einen Fehler gemacht haben.

27

Die nächsten Tage überzeugten Mauritius Steinberger davon, dass Irina Staufert entgegen ihrer Drohung nicht zur Heimleitung gegangen war. Offenbar herrschte zwischen ihnen beiden eine Art Patt. Wie er da herauskommen sollte, wusste er nicht.

Vorerst ließ man ihn in Ruhe. Die Heimleitung hatte zweifellos alle Gerüchte dementiert. Blieb die Wühlarbeit von Peter Quent, dem es sicher ein Fest war, die öffentliche Meinung gegen Steinberger mit seinen eleganten kleinen Bemerkungen zu schüren. Kleine Zeichen eines sich ausbreitenden Misstrauens glaubte Steinberger allenthalben zu bemerken. Die Fußpflegerin hatte jede Konversation mit ihm verweigert und ihn geschnitten, als sie eines seiner Hühneraugen behandelte, angeblich aus Versehen. Im Bridgeclub zeigte man ihm nicht gerade die kalte Schulter, doch ihm schien, man wartete ab. Es war nicht das, was er sich unter einem ruhigen Lebensabend vorgestellt hatte. Isolde Hohoff war ihm gegenüber freundlich, aber distanziert. Das konnte an ihrem Gespräch am Valznerweiher liegen oder an den Gerüchten. Steinberger wusste es nicht und konnte sie doch nicht einfach fragen, nein, das war unmöglich. Und wieder einmal war der Schuldige an allem Peter Quent.

Der aber blieb unangreifbar. Ein Anruf beim Auktionshaus brachte Steinberger Befremden ein für seine Anfrage. Schließlich ließ man sich zu der Auskunft hinreißen, dass das fragliche Objekt nach der Schätzung wieder zurückgezogen worden war. Es stand vorerst nicht zum Verkauf.

Damit war Steinberger in dieser Sache wieder bei null angekommen.

Es war Zeit für eine Luftveränderung.

»Oh«, sagte Dorothea Kranz, als sie vor seiner Tür fast zusammenstießen. Sie wirkte verlegen.

»Trauen Sie sich noch zu dem alten Frauenschänder?« Er ging die Sache offensiv an.

»Seien Sie nicht albern. Es ist nur wegen Ihrem Bild.«

Sie entschuldigte sich, dass sie sein Porträt noch nicht fertig hatte. Sie kam damit nicht zurecht. Etwas fehlte, wie sie sagte. Ein Aspekt von ihm, den sie nicht einfangen konnte. Steinberger bot an, ohne diesen Aspekt in der Zeichnung auszukommen. Doch sie nahm das sehr ernst. Er sollte ihr Modell sitzen. Das lehnte er ab.

»Es muss nicht hier sein«, hielt sie dagegen. »Wo wollten Sie denn hin?«

»In den Zoo. Es ist Donnerstag.«

»Prima«, gab sie zurück. »Die meisten Menschen entspannen ihre Gesichtszüge im Umgang mit Tieren. Passiert ganz spontan. Ich zeichne sie dort.«

Gemeinsam gingen sie los. Schon bei den Kängurus brach Dorothea in leise Begeisterung aus. Die Giraffen brachten sie hemmungslos zum Schwärmen. »Sehen Sie nur, diese Augen!«

Steinberger gab zu, dass sie wunderschön waren.

»Und die Bewegungen, so achtsam, so sanft!«

Steinberger fand, dass man, wenn man die mächtigen Knochen und die Muskeln unter der Haut betrachtete, das Tier nicht unterschätzen sollte. »Hinter ihrer Grazie verbirgt sich sehr viel Kraft.« Er seufzte.

»Herr Steinberger, Sie sind ja ein Poet!«

»Gehen wir weiter zu den Raubtieren.«

Der Anstieg dauerte länger als früher und brachte ihn mehr ins Atmen. Auch begegneten ihnen keine niedlichen Nager, wie Quent. Ihnen begegneten überhaupt sehr wenige Lebewesen, Tiere wie Menschen. Es war noch Vormittag und die Temperaturen jetzt schon oktoberlich kühl. Erst auf der Raubtierebene fanden sich wieder Menschen. Die meisten lehnten nur eine kurze Weile an der Sandsteinbrüstung vor dem Gehege und schlenderten dann weiter.

»Da ist er!« Dorothea deutete mit dem Finger auf den Tiger, der auf einem Bündel Stroh in einer Art Grotte lag. Er hatte den Kopf auf die Pfoten gelegt und schien zu dösen. Aber Steinberger zweifelte nicht daran, dass ihm nicht das Geringste entging. Als hätte das Tier seine Gedanken gehört, hob es leicht den Kopf.

»Jetzt kommt er!«

Tatsächlich war der Tiger aufgestanden und ging nun mit seinem federnden, fellschlackernden Gang bis ans Wasser vor. Er reckte den Hals und witterte zu den Besuchern hinüber, die rechts von ihnen standen.

Steinberger wandte den Kopf und stellte fest, dass ein Rollstuhlfahrer dabei war. »Schau an«, sagte er.

»Was?«

Er wies mit dem Kinn hinüber. »Leichte Beute.«

Dorothea brauchte einen Moment, bis sie begriff. »Sie Zyniker«, sagte sie tadelnd.

Steinberger widersprach. »Warum? Sie können das Gleiche beobachten, wenn die Leute hier ihre Kinder auf die Brüstung setzen. Für einen Tiger sind wir ein Teil seiner Speisekarte. Und er weiß es, wenn sich ein leicht zu erobernder Happen nähert. Das ist seine Natur, und die Natur schert sich nicht um politische Korrektheit.«

»Das ist furchtbar«, stellte Dorothea fest.

»Ist es das, was auf Ihrer Skizze gefehlt hat?«

»Vielleicht. Erzählen Sie mir mehr.«

»Die meisten Tiere sind heute drinnen. Gehen wir rein.«
Der scharfe Geruch des Raubtierhauses umfing sie.
Steinberger atmete ihn tief ein. Er liebte dieses Aroma. Es
gehörte dazu.

»Wir haben Glück, in einer halben Stunde gibt es eine
Fütterung.« Sie setzten sich auf eine der Bänke. Dorothea
holte ihren Skizzenblock heraus, und Steinberger fing an zu
erzählen, was er über Tiger wusste.

»Sie sind oft hier, was?«

»Schon als Kind«, gab Steinberger zu. »Später mit meinem Sohn. Später alleine.« Er erzählte lange und viel. Dorothea zeichnete. Als er es sehen wollte, hielt sie sich das
Papier vor die Brust.

»Überraschung«, verkündete sie. »Erst, wenn ich es gerahmt habe.«

Steinberger gab sich geschlagen. »Da kommen die Pfleger mit dem Fleisch«, sagte er. Und er fügte hinzu. »Das
sollten Sie zeichnen, Mädchen.«

Sie stand auf.

»Ist Ihnen nicht gut?«

»Ich muss nur daran denken, wie es wäre, wenn das mein
Fleisch wäre, das sie gerade kauen.«

Eine Weile schauten sie den fauchenden Katzen zu, die
sich mit ihren blutigen, glitschigen Beutestücken beschäf-
tigten.

»Es ist nichts Böses, wenn ein Raubtier seine Beute frisst.
Das ist die Natur.«

»Mag sein«, erwiderte Dorothea. »Das ist jedenfalls die
Philosophie der Jäger. Aber wie sieht es wohl die Gazelle?
Sagt die Gazellenmama zum Gazellenkind: Guck mal, da

kommt unser naturgegebener Populationsbereiniger. Gut so?«

Steinberger gab zu, dass das unwahrscheinlich war.

Sie fuhr fort: »Ich hab mal gelesen, dass es früher, in der Steinzeit, als wir Menschen noch regelmäßig auf dem Speiseplan von anderen standen, eine große schwarze Säbelzahnkatze gegeben haben soll. Und dass wir daher unsere Idee vom Teufel haben. Schwarz wie die Nacht.«

»Das scheint mir weit hergeholt. Wo steht das?«

Sie wusste es nicht mehr. Fand aber, dass es interessant klang.

Steinberger fand, dass eine Idee nicht dadurch besser wurde, dass sie interessant klang. Sie musste der Wahrheit entsprechen.

Das fand Dorothea langweilig. »Aber wäre es nicht denkbar«, spann sie dann ihren Faden weiter, »dass die Gazellen sich den Teufel gestreift vorstellen?«

»Der Tiger wäre ihr Teufel.« Steinberger dachte ihr zuliebe darüber nach. »Und was wäre die Gazelle dann für den Tiger? Doch nicht nur Fleisch.«

»Ist das gut oder schlecht?«, fragte Dorothea.

Er wusste es nicht und sie seufzte. Der Eimer der Tierpfleger war leer. Jede einzelne der Katzen kauerte bebend und kauend über ihrem Mahl.

»Jedenfalls werden sie nicht zusammenkommen, die Gazelle und der Tiger«, sagte Dorothea und nahm seinen Arm. »Kaufen Sie mir einen Luftballon?«

Steinberger spürte einen kurzen Stich, dann eine große Freude. »Was für einen?«, fragte er.

Sie stand auf Einhörner, wie sich herausstellte. Er fand, das hätte ihm klar sein müssen.

28

Da sein Kontakt zur Heimleitung vorerst gestört war, holte Mauritius Steinberger sich die Adresse des von Arx'schen Erben über seine alten Verbindungen. Marlies Leitner saß noch immer im Sekretariat des Polizeipressesprechers. »Als wir uns kennenlernten, hatte ich grad neu bei dem Verein angefangen. Und jetzt geh ich in fünf Monaten in Rente.« Sie klang verwundert, ob darüber, dass sie selbst so alt geworden war, oder darüber, dass es ihn, der damals schon ihr Boss war, überhaupt noch gab, das wusste Steinberger nicht. Aber zehn Minuten später hatte er die Adresse und Telefonnummer von Ettmar von Arx. Er fragte sich, wie viele komische Vornamen mit E es in der Familie wohl gab.

Ettmar von Arx war zu Hause. Er plauderte gern über seinen Vater. Wie dieser war er selbst viel gereist. »Das bringt die Arbeit für unsere Firma mit sich. Mein Bruder ist letztes Jahr aus dem Familienunternehmen ausgestiegen. Hat sich zur Ruhe gesetzt. Aber für mich ist die Arbeit das Lebenselixier.« Die beiden Männer fanden einen guten Draht zueinander. Wie sich zeigte, hielt Ettmar von Arx nicht allzu viel von den Reiseandenken, die sein Vater gesammelt hatte. Touristenkäufe nannte er sie. Einiges war teuer gewesen. »Und das Elfenbein, das wird ja automatisch wertvoller. Herrgott, das meiste davon dürfte man heute vermutlich gar nicht mehr anbieten.« Er habe das jetzt alles mal in ihrem Ferienhaus am Comer See aufgestellt, da störe es keinen.

Vorsichtig kam Mauritius Steinberger auf die Bilder zu sprechen, vor allem auf die große Alpenlandschaft.

»Das sind nicht die Alpen«, korrigierte Ettmar von Arx ihn. »Das ist der Sacro Monte von Ossuccio. Er liegt bei Como.«

Elektrisiert hakte Steinberger nach: »Sie kennen das Bild gut?«

»Ich habe es gemalt.«

»Ach!«

Steinbergers Enttäuschung als Verblüffung deutend, ließ von Arx sich darüber aus, dass er sich in seiner Jugend eine Weile als Künstler gesehen hätte, eine Phase, die vorüberging. »Alle Kinder malen Bilder«, meinte er. »Aber für einen erwachsenen Mann ist das am Ende keine Tätigkeit.« Dass sein Vater so an dem Bild hing, hatte ihn dennoch gerührt. »Sein Geschmack war ja eher altmeisterlich. Pan mit Nymphen. Schäfer im Park. So was halt. Sie wissen ja.«

Mauritius Steinberger dachte an das kleine Bildchen, das er wieder gerade gerückt hatte. In der Tat war es eine dunkle Landschaft gewesen, gut möglich, dass sich irgendwo eine nackte Nymphe versteckt hatte. Typisch für ihn, dass er sie übersah. Der alte Kommissar beendete das Gespräch und starrte aus dem Fenster. Wieder eine Sackgasse, sagte eine seiner inneren Stimmen. Wieder einen losen Faden abgeschnitten, sagte eine andere. Auf zum nächsten.

Paul Schwebel zeigte sich den Kontaktversuchen des Kommissars gegenüber aufgeschlossen. Zwar geschah es nicht, dass er doch noch einen Verlust in seinen kostbaren Buchbeständen anzeigte, wie Mauritius Steinberger das insgeheim hoffte. Doch als ehemaliger Hundebesitzer war er gut zu Fuß und gewöhnt an regelmäßige Spaziergänge, was dazu führte, dass die beiden Herren nun des Öfteren gemeinsam Ausflüge unternahmen. Gerne flanierten sie auch über das

Gelände der Kunstakademie, jenen Verband weißer Pavillons, die so leicht und luftig unter die hohen Bäume gesetzt waren. »Die Architektur ist von Sep Ruf«, erklärte Schwebel und dozierte ein wenig über den Baumeister.

Steinberger gefiel die Akademie. Er fand, ihre fünfzigerjahretypische Magerkeit passte perfekt zu dem Umstand, dass die umliegende Natur überwiegend doch das war, was der Franke einen Steckalaswald nannte. Das Nackt-Horizontale der Bauten, das Nackt-Vertikale der Kiefernstämme, irgendwie fügte sich das gut zusammen. Aber ein paar buschig beblätterte Eichen waren ja auch dabei; bei Sonne leuchtete das alles sehr schön grün-weiß-golden.

»Ruf war bekannt dafür, seine Bauten nach der Sonne und dem Licht zu orientieren«, beendete Schwebel seinen Vortrag.

Steinberger nickte. »Man fragt sich, warum das nicht alle Architekten tun.«

»Ach«, sagte Paul Schwebel, »sehen Sie mal: eine Ausstellung.« Tatsächlich standen einige der gläsernen Doppeltüren offen, Menschen wimmelten hinein und hinaus oder standen mit Gläsern in der Hand auf dem Rasen. Drinnen und draußen sah man Buntes.

Mauritius Steinberger hätte Unwohlsein vorgeschützt, wenn er nicht den jungen Mann mit dem Pferdeschwanz entdeckt hätte, der Dorothea Kranz im Park des Stifts so zugesetzt hatte. Der mit seinem Videokunstprojekt an der Stiftsleitung gescheitert war. Was hatte er noch mal versucht, ihnen zu verkaufen, erotische Meditationen? »Interessant«, sagte Mauritius Steinberger also stattdessen und ging hinter Schwebel her auf das Event zu.

Außen auf dem Plakat stand »Affektive Allianzen«. Er versuchte nicht, das zu verstehen. Der Pferdeschwanz, wie

Steinberger ihn bei sich nannte, trug noch immer denselben Schal und dieselben Turnschuhe. Er unterhielt sich mit einer Gruppe von gut aussehenden, angeregten jungen Frauen, die ganz in seiner Gegenwart aufzugehen schienen. Mauritius Steinberger begann zu ahnen, worin die Anziehungskraft der Kunst für junge Männer liegen könnte.

»Schauen Sie.« Paul Schwebel war vor einer Vitrine stehen geblieben. Über ihr von der Decke hing in Plakatgröße die Fotografie einer mittelalterlichen Handschrift. Die verzierten Initialen und die Illuminationen leuchteten neben dem disziplinierten Ameisengewimmel der Tintenschrift. Unter Glas lag ein Buch anderer Art, zwar mit Ledereinband, aber nicht sorgsam beschriftet oder ausgemalt, sondern traktiert, durchbohrt, überstrichen, gefesselt, mit Pfeilen gespickt wie ein Heiliger Sebastian. Schön war das nicht.

»Vielleicht soll es auf die Situation der mittelalterlichen Mönche aufmerksam machen«, mutmaßte Schwebel, »die solche Handschriften hergestellt haben.«

»Hm«, machte Steinberger. Er war nicht unwillig, über die Situation mittelalterlicher Mönche nachzudenken. Unter Umständen war sie der Situation von Kreativkursbesuchern in Altenstiften nicht unähnlich. Aber das Objekt länger anschauen wollte er nicht. Sollte ein Kunstwerk nicht etwas sein, womit man gerne zusammenlebt?

»Sie meinen, wie eine gute Ehefrau? Oder ein treuer Hund?«, fragte Schwebel, als er ihm diesen Gedanken mitteilte.

»So wie Sie es sagen, klingt es nach Filzpantoffeln.«

»Wodan hat immer zu gerne auf meinen Pantoffeln herumgekaut«, erinnerte sich Paul Schwebel plötzlich. »Die waren allerdings aus Leder.«

Mauritius Steinberger fragte sich, ob alle Gespräche über Kunst so wenig zielführend waren. Unauffällig sah er sich nach einer Arbeit um, die vom Pferdeschwanzträger stammen könnte. Dirk hieß der wohl, soweit er sich erinnerte. Neben einem Computerbildschirm fand er den Namen Dirk D'Arigo. Ein Pseudonym, da wettete er. Auf dem Bildschirm lief ein Film in Endlosschleife: Ein Hund jagte seinen eigenen Schwanz. Es war ein hässlicher Hund, eines jener vierschrötigen, quadratischen Modelle mit hyperprallem Arsch und faltigem Gesicht.

»Vielleicht«, begann Paul Schwebel, »soll das Video uns aufmerksam machen auf die Situation von, von …«

»Hallo, Onkel Paul«, sagte Dirk D'Arigo.

Mauritius Steinberger zog eine Augenbraue hoch. Er suchte nach der Familienähnlichkeit und fand keine. Aussehen, Temperament, Neigung – nichts wies darauf hin, dass die beiden Männer verwandt sein könnten.

»Ah.« Paul Schwebel blinzelte hinter seinen runden Brillengläsern mit zerstreutem Wohlwollen. »Dirk, ja. Wie geht es dir, mein Junge?«

Der Pferdeschwanz, statt zu antworten, musterte seinerseits Mauritius Steinberger. Zum alten Kommissar gewandt stellte er fest: »Sie sind Dorotheas Polizist.« Nach einem Moment des Nachdenkens fügte er hinzu: »Sie mag Sie.«

Schwer zu sagen, ob er den Umstand kriminell fand oder nur albern.

»Ich komm mal wieder vorbei«, erklärte er seinem Onkel zum Abschied. Und fügte, wieder für Steinberger, hinzu: »Wenn Doro sich beruhigt hat.«

Was Steinberger ein Lächeln ins Gesicht lockte. Dass der Haussegen zwischen den beiden immer noch schief hing, war doch ein gutes Zeichen.

»Das war also Ihr Neffe?«, erkundigte er sich auf dem Nachhauseweg. »Heißt der auch Schwebel?« Er erfuhr, dass Dirk der Sohn von Schwebels Bruder war, einem Parkettfabrikanten, in dritter Ehe geboren, als der Vater die fünfzig schon überschritten hatte. Als der Bruder sechzig wurde, ging seine Firma in Insolvenz, kurz darauf wurde bei ihm eine Demenz diagnostiziert. »Der Junge und seine Mutter haben es nicht leicht. Ich helfe manchmal ein wenig aus. Aber viel kann ich nicht tun. Es gibt zwei Exfrauen, fünf Kinder.« Der Stimme Schwebels war anzumerken, dass er sehr froh war, seine eigenen Verhältnisse zeitlebens auf Bücher und einen Hund beschränkt zu haben. Auf diesen Gebieten wirkte Chaotismus sich nicht so verheerend aus wie auf amourösem.

»Schon seltsam«, meinte Schwebel, plötzlich stehen bleibend unter den Bäumen. »Wenn man das jetzt alles so erzählt. Geballt und rückblickend betrachtet.« Er blinzelte durch die dicken Brillengläser, als versuche er, etwas Entscheidendes zu erkennen. »Was für ein absurdes Schauspiel unser Leben darstellt.«

Steinberger dachte an den Hund aus dem Video. »Vielleicht«, meinte er, »sollen wir dadurch angeregt werden, über die Situation …« Er überlegte. »… über die Situation von irgendwas nachzudenken.«

Schwebel lachte. Steinberger stimmte ein. »Das nächste Mal«, sagte er, als das Stift in Sicht kam, »gehen wir in den Zoo.«

29

Mauritius Steinberger konnte sich nicht verhehlen, dass er sich fühlte wie der Hund auf D'Arigos Video: Er jagte vergeblich und drehte sich im Kreis. Äußerlich hielt er seinen Heimalltag ein: Montags und donnerstags ging er in den Zoo, Mittwochvormittag und freitags an den Valznerweiher, dienstags las er, nun allerdings in seinen alten Notizbüchern. Er versäumte weder den Bridgeanfängerkurs noch den Kreativkreis, nicht einmal die Pediküre. An den Wochenenden versuchte er, sich unauffällig ein Bild von Peter Quents Tagesablauf zu verschaffen.

Er wusste, dass sein Widersacher wie er den Tiergarten aufsuchte, allerdings in unregelmäßigen Abständen und sogar an den Wochenenden, die Steinberger selber gerne mied. Zu viele Familien mit Kindern. Er war schließlich unter anderem deshalb zur Kriminalpolizei gegangen, weil er beruflich nie »was mit Kindern« hatte machen wollen.

Quent spielte Bridge, besuchte die Konzerte, frequentierte Dorotheas Kreis und zusätzlich die Lesedramengruppe, in der er angeblich gerade Erfolge als Don Carlos feierte: Sire, geben Sie Gedankenfreiheit! Mit einem Reclambändchen in der Hand. Steinberger konnte es sich lebhaft vorstellen, zog aber vor, es zu verdrängen. Außerdem ging Quent zu den angebotenen Gemeinschaftsterminen Walken und ließ sich sogar zeitweise in einem der Bibelkreise sehen. Für Steinberger ein sicherer Hinweis darauf, dass alles, was der Mann sagte oder tat, ein einziges Schauspielern war, der permanente Opportunismus des Betrügers, der von seiner Umgebung gemocht werden muss, um sie desto besser ausnehmen zu können. Nur ehrliche Menschen wagten es, bei der einen oder anderen Gruppe unbeliebt zu sein. So gesehen konnte es nicht anders sein: Quent war ein Lügner.

Denn wo immer Peter Quent auftauchte, konnte Mauritius Steinberger feststellen, dass er beliebt und rasch der Mittelpunkt der Konversation war. Vor allem die Damen rissen sich um ihn. Und es gab so viele Damen, mehr als jeder brauchen konnte, fand Steinberger, der früh geheiratet, damit die Angelegenheit für sich geklärt und danach keinen bewussten Gedanken mehr an die Sache mit den Frauen verschwendet hatte. Wenn Mauritius Steinberger jetzt im Schwimmbad in einem der Liegestühle lag und so tat, als würde er sich hier nach der Sauna erholen, während er in Wahrheit verfolgte, wie Quent im Wasser seine Bahnen zog, dann konnte er sicher sein, dass rechts und links von ihm in den Stühlen ein Damenflor sich tummelte, in dem kichernde Gespräche über Quent im Gange waren. Was er hörte, stellte seine Geduld auf eine harte Probe. Quent sei ein ehemaliger Geschäftsmann, uuuunglaublich erfolgreich. Die Modebranche wurde oft vermutet. Eine glaubte sicher zu wissen, dass er weltweit als Einkäufer des Hauses Versace für Heimtextilien zugange gewesen sei. Eine andere munkelte, Quent habe auf exklusiven Bühnen Theater gespielt, vermutlich in den Beneluxstaaten, von denen man im hiesigen Feuilleton viel zu wenig hörte. Wieder andere, dass er in Auckland durch den Handel mit Ambra reich geworden sei. Jemand vermutete eine Farm in Afrika. Nicht wenige hielten ihn für einen Privatier von Jugend an.

Eine der tuschelnden Damen weckte Hoffnungen in Steinberger, weil sie in Quent einen ehemaligen Heiratsschwindler sah. Er habe sein Geld als dritter Ehemann einer Hollywooddiva gemacht. Aber auch diese Dame ließ durchblicken, dass sie nichts dagegen hätte, Quents nächstes Opfer zu werden. »Ich könnte ihn mir leisten«, meinte sie genüsslich. Dem Gerede, das nach ihrem Abgang einsetzte, entzog Mauritius Steinberger sich durch Flucht.

Ein weiteres Opfer seiner diskreten Beobachtungen war Irina Staufert. Er hatte sich – Geschenk einer weiteren »alten« Beziehung, die gut mit Computern umgehen konnte – den Dienstplan der Frau besorgt und war nun in der Lage, ihr, sooft er es wünschte, zufällig über den Weg zu laufen. Soweit er es beurteilen konnte, hatte sie ihre Beziehung zu Quent abgebrochen, was in Steinbergers Augen für sie sprach. So abgebrüht war sie also nicht, sich mit einem Mann einzulassen, der sie bestohlen hatte. Abgebrüht genug allerdings, um ihrerseits einen Diebstahl zu begehen, das war ihm mittlerweile klar. Mauritius Steinberger war dahintergekommen, warum sein Manöver mit der Staufert damals fehlgeschlagen war und sie ihm die Mitarbeit verweigert hatte. Er hatte sie für ein Opfer gehalten, eine Schachfigur, die Quent vorgeschickt hatte, um sein Diebesgut loszuschlagen. Da hatte er sie unterschätzt. Inzwischen wusste er es besser.

Seine Rekonstruktion der Ereignisse sah nun folgendermaßen aus: Sie selbst hatte die kleine goldene Statuette gestohlen, es war die einzige Erklärung dafür, warum sie bei deren Erwähnung so aufgefahren war. Steinberger hatte sich in seinem Lehnsessel zurückgelehnt und sich die Szene vorgestellt: die Frau, die sich in die Wohnung des Toten schlich, um den lange versprochenen Umschlag mit dem Geld entgegenzunehmen. Und dann: nichts. Sie musste enttäuscht gewesen sein, verwirrt, wütend. Er konnte es vor sich sehen.

Vermutlich hatte sie das Erstbeste mitgenommen, das ihr in die Finger fiel, als kleine Entschädigung. Und hatte sich dann vor dem Problem gesehen, es loszuschlagen. Sie hatte vermutlich dezent bei Quent, ihrem neuen Beschützer nachgefragt, wo und wie man Antiquitäten veräußerte. Er hatte ihr einen Bekannten empfohlen. Ob er mitbekommen hatte, was die Staufert da hatte anbieten wollen? Ob er immer noch scharf darauf war?

Mauritius Steinberger fragte sich, wo sie das Ding wohl versteckte. Er tippte auf ihre Matratze daheim. Der Toilettenkasten, bestenfalls. Die Sache gab ihm ein Problem auf: Er glaubte Irina Staufert nämlich, dass Quent das Geld aus dem Appartement von von Arx gestohlen hatte, ihr Geld. Sie war die Einzige, die aktuell Quent mit einem Verbrechen in Verbindung bringen konnte. Leider war sie auch seine größte Feindin. Das müsste er ändern. Wenn er wirklich beweisen wollte, dass Quent hier im Heim als Abstauber und Gelegenheitsdieb unterwegs war, vielleicht sogar als Mörder, dann wäre Irina Staufert seine natürliche Verbündete dabei. Mit ihrer Hilfe könnte er Quent eine Falle stellen.

Mauritius Steinberger seufzte. Er würde über seinen Schatten springen müssen. Und Blumen würden in dem Fall nicht genügen. Trotzdem versuchte er es für den Anfang mit einem Fleurop-Strauß. Auf der Karte stand: »Ich glaube Ihnen und möchte Ihnen wirklich helfen.«

Zwei Tage lang beobachtete er die Wirkung von Weitem. Dann passte er sie auf dem Flur ab. Sie schob gerade einen Rollwagen mit schmutzigem Geschirr über den Flur. Mauritius Steinberger flüsterte ihr zu: »Ich interessiere mich wirklich nicht dafür, wo die Goldfigur herkommt.«

Sie machte ein bockiges Gesicht und schickte sich an, an ihm vorbeizufahren. Er konnte ihr nur noch rasch zuflüstern: »Alles, was mich interessiert, ist, Quent zu kriegen«, ehe eine Tür aufging und sie das Heraustreten einer der Schluppenblusendamen nutzte, um eilig in Richtung Aufzug weiterzuziehen. Die Dame musterte Steinberger von oben bis unten.

Sein zweiter Bote war eine Schachtel Pralinen, nicht originell, aber teuer, und, so hoffte er, unmissverständlich. Diesmal stand auf der Karte: »Sie werden zufrieden sein.«

Das Erste, was sich zeigte, war eine leise Entspannung. Dann ein Zeichen der Hoffnung: Irina Staufert grüßte ihn wieder in der Öffentlichkeit. Als er eines Mittwochs am Mittagstisch saß, stand sie plötzlich neben ihm und legte ihm vor den Augen aller einen Stapel Briefe auf den Tisch. »Ich war gerade da, als der Postbote vorbeikam«, murmelte sie. »Und hab es für Sie mitgenommen. Ich weiß ja, Sie warten auf einen Umschlag.«

Er dankte verwirrt und bekam nur wie durch einen Schleier mit, dass die Geste von seinen Tischnachbarn erstaunt, aber wohlwollend aufgenommen wurde. Täuschte er sich, oder hatte sie das Wort »Umschlag« besonders betont? Auf welchen spielte sie an, den mit ihrem Geld? Mauritius Steinberger legte das Besteck nieder, fingerte nach seiner Lesebrille und ging den Stapel Kuverts durch. Einer war nicht frankiert. Er riss ihn unter dem Tisch auf. »Ich bekomme mein Geld?«, stand darin.

Als er die Brille absetzte und sich umschaute, bemerkte er Irina Staufert gerade noch neben dem Buffet, am Eingang zur Küche. Er nickte ihr zu. Sie verschwand.

Am Abend saß er vor seinem Computer, um sich die Interviews des Clubtrainers zur letzten Niederlage aufzurufen, als plötzlich seine Tür klackte. Irina Staufert stand im Zimmer.

»Sie kommen mit Ihrem Nachschlüssel überall rein«, stellte er fest. Es klang nachgerade befriedigt. So irritierend der Gedanke war, dass praktisch jeder vom Personal jederzeit unangemeldet in seinen vier Wänden stehen konnte: Für einen Dieb wie Quent war die Etagenbetreuerin die ideale Verbündete. Doch auch er würde sie zu schätzen wissen. Käferchen!, von wegen, dachte er. Da hatte Quent einen Fehler gemacht, dessen Größe er noch gar nicht ermessen hatte. Man durfte vielleicht eine Frau küssen und sie hernach berauben. Kehrte man die Reihenfolge um, durfte man auf keinerlei Nachsicht hoffen.

Steinberger bot der misstrauischen Frau ein Bier an und lud sie ein, sich hinzusetzen. Er hatte sich für Offenheit entschlossen. Es war Quent, den er wollte. Sie beide wollten das. Er beeilte sich, dieses gemeinsame Ziel zu betonen.

»Ich habe Sie in der Hand«, stellte er dennoch klar. »Sie sind in dem Auktionshaus gesehen worden; die Figur wurde dort registriert, fotografiert; es existiert eine Akte, und der Mitarbeiter kann Sie identifizieren.« Das war gelogen, aber dienlich. Als Nächstes machte er eine wegwerfende Handbewegung: »Mir ist das alles egal. Sie können das Ding behalten, wenn Sie wollen.«

»Ich will es nicht«, fuhr die Staufert dazwischen. »Ich will nur mein Geld. Ich bin keine Diebin.«

»Sie waren sicher sehr aufgeregt, als Sie bemerkten, dass das Geld fehlte«, kam Steinberger ihr entgegen.

Jetzt weinte sie. »Ich bin keine Diebin.«

Steinberger gab ihr ein wenig Zeit. »Aber Quent ist einer«, sagte er schließlich. Und fügte hinzu: »Und es ist Quent, den ich dingfest machen will. Auf ihn kommt es mir an und nur ihn. Er ist der wirklich Böse in dem Spiel. Irina«, versuchte er, unauffällig zu ihrem Vornamen zu wechseln. Als sie ihn ansah, fuhr er fort: »Vielleicht war es gut, dass Sie die Statue genommen haben. Vielleicht kann sogar etwas sehr Gutes daraus werden.« Als sie erstaunt schaute, lächelte er sie väterlich an. »Quent ist ein Dieb«, wiederholte er. »Und wir haben jetzt eine Beute, die ihn in Versuchung führen wird. Wir brauchen sie ihm nur unter die Nase zu halten ...«

»... und ertappen ihn auf frischer Tat. Meinen Sie das?« Irina Staufert sah noch verweint aus, aber hoffnungsvoller. Aus einer der Taschen ihres Kittels holte sie ein Taschentuch und trötete ausgiebig hinein.

»Dumm nur, dass Sie den Kontakt zu ihm haben abreißen lassen«, sinnierte Steinberger weiter.

»Oh, das ist kein Problem.« Irina Staufert klang schon wieder viel gelassener. »Ich erkläre ihm einfach, ich war eifersüchtig. Wegen seiner Beziehung zu Frau Doktor Hohoff zum Beispiel.«

»Wieso?«, fuhr Steinberger auf. »Was ist mit Quent und Frau Hohoff?«

Sie lächelte.

Er starrte sie an, dann begriff er. »Es funktioniert vermutlich mit allen Männern, was?«

Statt einer Antwort vertiefte ihr Lächeln sich.

»Sehr gut, sehr gut«, murmelte er, sich selbst Mut zuredend. »Sie nehmen Ihre Beziehung zu ihm also wieder auf. Sie fragen ihn um Rat, wegen der Statue. Lassen Sie ruhig durchblicken, dass damit nicht alles koscher ist, okay? Er soll Sie ruhig für hilflos halten. Ihre Zwangslage, das ist das Blut im Wasser, das der Hai wittern wird.«

Sie kniff die Lippen zusammen.

»Und lassen Sie irgendwann versehentlich durchblicken, wo Sie die Statuette aufbewahren.«

»Sie meinen, er wird sie mir stehlen?« Sie machte große Augen.

Steinberger wurde munter angesichts der Aussichten. »Na, das hoffe ich doch. Er wäre dumm, wenn er es nicht täte. Sie würden ihn ja wohl kaum anzeigen können.« Nein, dachte er sich, das könnte sie nicht. Und wie es aussah, war das genau die Art von Geschäften, auf die Quent sich im Stift verlegt hatte. Verstecktes Bargeld stehlen, das niemand vermissen oder dessen Fehlen niemand anzeigen würde, zum Beispiel wie bei von Arx. Oder ein wertvolles Büchlein von Schwebel, der zu chaotisch war, um den Verlust überhaupt zu bemerken. Und wenn er doch aufzufliegen drohte, brachte er das Opfer um. So wie von Arx, so wie die Dette. Diesen Teil erwähnte er der Staufert gegenüber lieber nicht. Andererseits hielt er das Risiko, dem er sie aussetzte, für gering. Es war eine Sache, ob man einen alten Menschen umbrachte, bei dessen Ableben niemand eine unnatürliche Todesursache annahm. Steinberger vermutete, dass Quent die Masche schon sehr lange durchzog. Und er würde vermutlich noch ewig weitermachen können, ohne dass ihm jemand auf die Spur kam. In einem Altenstift wurde eben gestorben. Eine andere Sache war es, einen verhältnismäßig jungen Menschen ums Leben zu bringen. Er würde sich schon sehr anstrengen müssen, um keinen Verdacht zu erregen, wenn er die Staufert würde ermorden wollen. Oder?

Steinberger, der sich die letzte Frage nicht sicher zu beantworten wagte, beschloss, das Risiko noch weiter auf seine Seite zu verlagern. »Sie sollten ein Versteck wählen, das nicht zu nah an Ihrem Wohnort liegt. Besser, wir finden etwas hier im Stift.« Er überlegte. Es sollte ein Ort sein, der als gutes Versteck durchgehen konnte, der gleichzeitig für ihn, Steinberger leicht zu überwachen war und der es ihm ermöglichte, Peter Quent in einer eindeutigen Situation zu ertappen. »Bei Ihnen zu Hause etwa ist kein guter Ort. Sie sollten ...« Er überlegte noch, wie er ihr das am besten klarmachte.

Irina Staufert war unterdessen aufgestanden. Sie ging in seinen Flur, zu der Küchenzeile, öffnete den linken Flügel des linken Hängeschrankes, schob einen Stapel Küchenhandtücher beiseite und holte dahinter ein kleines Päckchen hervor. Mauritius Steinberger erkannte es sofort wieder. Für einen Moment verstummte er.

»Ich war mir sicher, da würden Sie nie suchen. Im Leben nicht.« Die Etagenbetreuerin sah sehr zufrieden aus.

Mauritius Steinberger schwieg noch immer. Als er den Mund endlich wieder aufbekam, sagte er: »Sie sind ein Genie.«

30

Sie kamen dann doch überein, das Päckchen mit der Goldfigur nicht bei Steinberger im Appartement zu lassen. Der Kommissar fürchtete, dass Quent die Falle wittern könnte, wenn er, Steinberger, so direkt ins Spiel käme. Nicht, dass es dem Mann nicht zutraute, sich auf ein direktes Duell einzulassen. Aber Quent war nicht dumm; er hatte schließlich viel zu verlieren.

Steinberger ging mit sich zurate und kam zu dem Schluss, das Objekt am besten bei Paul Schwebel zu deponieren. Der würde es sicher nicht bemerken, wenn man seinem Chaos noch eine Kleinigkeit hinzufügte. Quent war dort mutmaßlich schon einmal eingedrungen, über den Balkon, und auf demselben Weg auch wieder entkommen. Es war ihm zuzutrauen, dass er das Kunststück ein zweites Mal wagen würde. Günstigerweise erledigte Irina Staufert manchmal gegen ein Entgelt Einkäufe für Schwebel, wie sie Steinberger erklärte. »Nichts Illegales, nur Bücher, die ich für ihn abhole.«

Er beeilte sich, ihr zu versichern, dass er ihr glaubte. »Das ist sogar umso besser. Perfekt, dann glaubt er umso eher, dass Sie sich Schwebel als heimliches Versteck ausgesucht haben. Wir machen es so.«

Er erklärte ihr, dass sie mit Quent wieder in Kontakt kommen sollte. Dass sie ihm ihre Hilflosigkeit gestehen sollte, die Statue an den Mann zu bringen. »Erwähnen Sie an *der* Stelle ruhig meinen Namen und Ihre Angst vor mir. Das wird ihn anspornen. Offiziell müssen Sie jetzt natürlich weiter böse mit mir sein.«

»Kein Problem«, sagte Irina Staufert. Und er glaubte ihr.

Sie war nicht dumm, wie er wiederum feststellen musste. Sie fragte sofort, wie ihr die ganze Scharade zu ihrem Geld verhelfen würde. »Wenn Quent im Gefängnis sitzt, was habe ich davon?«

Nichts, hätte die ehrliche Antwort gelautet.

»Sie könnten die Statue behalten«, bot er an.

»Die ist ein Beweismittel.«

Sie war wirklich ganz und gar nicht dumm.

»Ich halte den Mund darüber, dass Sie das Ding zuerst gestohlen haben?«

»Und ich halte den Mund darüber, dass Sie mir befohlen haben, es bei Schwebel zu verstecken.«

Nein, dumm war sie nicht. Es war der Moment, in dem Steinberger froh war, keine Erben mehr zu besitzen. Das versetzte ihn in die Lage, Irina Staufert versichern zu können, dass sie ihr Geld von ihm bekommen würde.

»Die ganzen Achttausend?«

»Sie hatten sechs gesagt.«

»Sieben.«

»Ich verhandle nicht.«

So wurden sie sich einig.

Drei Wochen lang saß Steinberger wie auf Kohlen. Es war nicht leicht, Irina Staufert und Quent *nicht* dabei zu beobachten, wie sie sich einander erneut annäherten.

»Sie sind immer so geistesabwesend«, hieß es an seinem Tisch im Speisesaal.

»Wie bitte?«, fragte er zurück, vielleicht einmal zu oft. Seitdem wurde er angebrüllt, wie alle vermeintlich Schwerhörigen.

Steinberger nahm es hin, als Teil seiner Tarnung. Die war jetzt wichtiger denn je. In der Kreativgruppe zögerte er nie mehr, den Stift kreisen zu lassen. Allerdings achtete er darauf, dass nichts von dem, was in seinem Unterbewusstsein dahintreiben mochte, den Weg an die Oberfläche fand. Er zeichnete strikt nach dem Plan, den er sich vor Beginn der Stunde jeweils zurechtlegte.

»Blumen«, murmelte Dorothea Kranz und schaute ihn nachdenklich an. »Ja, manche malen ihr Leben lang Blumen.«

»Wie schön«, befand eine der Schluppenblusendamen. »Etwas Blühendes, jetzt, wo der traurige Herbst kommt.«

»Ich liebe den Herbst«, sagte Isolde Hohoff. »Den Winter fast noch mehr.«

Quent grinste. »Sie hätten bei Ihrem Schlittschuhbild bleiben sollen, Steinberger.«

Steinberger zeichnete verbissen die nächste Tulpe.

Was er ebenfalls gut pflegte, waren seine Ausflüge mit Schwebel. Hätte er darüber nachgedacht, hätte er sich eingestehen müssen, dass das Zusammensein mit dem Bücherwurm ihm zunehmend Freude bereitete. Schwebel hatte womöglich nicht all seine Bücher gelesen, aber immer noch mehr, als Steinberger je für menschenmöglich gehalten hätte. Und er konnte sie sehr packend nacherzählen. Auch über die Autoren wusste er einiges, das Steinberger half, die Literatur in einem ganz anderen Licht zu sehen. Schwebel hatte zu Büchern und ihren Verfassern keine Meinung, er hatte eine persönliche Beziehung zu ihnen. Wann immer Mauritius Steinberger einen von den Titeln in seinem Bücherregal erwähnte, nickte Schwebel nur und lächelte, oder er runzelte die Stirn. »Adalbert Stifter«, sagte er dann beispielsweise, als Mauritius Steinberger erwähnte, dass er erwäge, als Nächstes ein Buch mit dem Titel *Der Nachsommer* zu lesen. »Also das ist mal ein interessanter Mann. Die meisten halten ihn für einen Heimatdichter, aber ein Mann, der sich die Halsschlagader mit einem Rasiermesser aufschlitzt, wird von mehr umgetrieben als der Liebe zur Landschaft.«

Mehrmals faszinierten Schwebels Nacherzählungen Steinberger so, dass er sofort das entsprechende Buch in die Hand nahm. Er wartete nicht einmal den Lese-Dienstag ab. Meist allerdings schlug er den Band bald enttäuscht wieder zu. Schwebel hingegen enttäuschte ihn niemals.

Schwebel verstand es seiner Ansicht nach, auf das Wesentliche zu kommen, das menschlich Erfahrenswerte, ja, auch auf die kriminellen Aspekte einer Sache, die in den Texten selber oft nur sehr versteckt aufschienen. Unendlich spannend war vor allem in letzter Hinsicht ihre Unterhaltung über die *Ilias* und die *Odyssee*, ein Konglomerat von Verbrechen, das einem Kriminaler auf mehr als Lebenszeit zu tun gegeben hätte. Schwebel sortierte ihm all die Handlungsäste während eines Spaziergangs um den Valznerweiher auseinander, dessen Ufer sie so friedlich aufnahmen wie die Ithakas. Daheim musste er feststellen, dass der Band in einer umständlich blumigen, fast unverständlichen und nur mühsam zu entschlüsselnden Sprache abgefasst war.

»Wenn Sie von der rosenfingrigen Eos erzählen, ist das okay«, meinte Steinberger, »dann kann ich mir die Dame vorstellen.«

Paul Schwebel lachte. »Vermutlich als besonders hübsche Diebin. Langfingrig und rosig.«

»Und wenn«, meinte Steinberger. »Kennen Sie übrigens auch ein Buch namens *Zauberberg*?« Als Paul Schwebel nickte, war er zufrieden. Wieder ein Band in seinem Regal, den er abhaken konnte. Und was für ein dicker. Die Leseersparnis wäre enorm.

»Meine Frau hat es immer gehasst, wenn ich ihr meine Bücher nacherzählt habe«, meinte Schwebel einmal. »Sie meinte, ich würde nur schwafeln, schwafeln, schwafeln und wäre doch nie so gut wie das Original. Nicht, dass sie je eines gelesen hätte. Sie interessierte sich wenig für Literatur. Sie war Sportlehrerin, müssen Sie wissen.«

»Wo ist sie? Hat sie Sie verlassen?«

»Sie hat die Welt verlassen«, erklärte Paul Schwebel. »Mit über sechzig Stundenkilometern auf einer schwarzen Piste. Die Lawine war aber noch schneller.«

Mitfühlend tätschelte Steinberger den Arm des Bibliophilen. »Sie sind besser als das Original, Schwebel, viel besser.«

»Sagen Sie doch Paul zu mir.«

Es war wirklich schade, dass er seinen Freund nicht in den Plan einweihen konnte.

Eine Woche später lag in Steinbergers Post ein unfrankiertes Kuvert mit der Nachricht, dass das Paket abgegeben worden sei.

Mauritius Steinberger beeilte sich, am Folgetag beim Mittagessen im Speisesaal möglichst öffentlichkeitswirksam eine Sehnenzerrung bekannt zu geben. Er hatte sich extra nicht im Haus, sondern in einer Apotheke in Langwasser Salbe und eine Elastikbinde und in einem Sanitätsbedarfshaus eine Gehhilfe besorgt.

Sein Erscheinen wurde mit Mitgefühl aufgenommen.

Paul kam an seinen Tisch, wie jetzt üblich, um mit ihm mögliche Treffen für die Woche zu besprechen. Mit Goldfischglasaugen starrte er auf Steinbergers linken Knöchel, der dank Irina in makellosem Weiß erstrahlte.

Steinberger ermunterte den untröstlichen Bücherwurm, sich für heute alleine auf den Weg zu machen. »Genieß die letzten schönen Herbsttage«, riet er ihm. »Ich werde mich vorerst mit Fernsehen begnügen müssen.«

Seine Mittagstischkollegen, die das Gespräch beim Essen mit angehört hatten, rieten ihm zu Rilke: »Herr, es ist Zeit«, begann die Spitznasige mit andächtig zitternder Stimme, »der Sommer war sehr groß. Leg deinen Schatten auf die Sonnenuhren, und auf den Fluren lass die Winde los.«

»Bringen sie das nicht immer auf den Beerdigungen?«, erkundigte sich Mr. Siemens.

»Ach«, klagte die Arme.

Der Vierte im Bunde klärte sie auf: »Auf den Beerdigungen rezitieren sie das mit den fallenden Blättern, aber das ist auch sehr schön.«

Paul Schwebel schien noch etwas auf dem Herzen zu haben, doch er ging.

Unangefochten und dezent hinkend brach Steinberger auf zu seinem Zimmer. Als er am Aufzug stand, dem üblichen Pulk um einen Nachtisch, auf den er verzichtet hatte, voraus, stellte Isolde Hohoff sich neben ihn. Gerade als ein leises Summen die Ankunft des Lifts ankündigte und er sich anschickte, den ersten Schritt zu machen, sagte sie leise: »Links.«

»Was?« Irritiert blieb er stehen. Die Tür drohte sich wieder zu schließen. Die Ärztin streckte die Hand aus, um den nervösen Mechanismus zu unterbrechen. Die Tür verharrte auf halbem Weg und ging wieder auf.

»Links«, wiederholte sie. »Wenn der linke Fuß geschädigt ist, trägt man die Gehhilfe links. Als Ersatzstütze für das ausgefallene Bein.« Sie blickte ihn ohne ein Lächeln an. »Ich kann Ihnen nur Glück wünschen bei dem, was Sie vorhaben.« Damit ging sie.

»Wollen Sie nicht mit hinauffahren?«, rief Steinberger ihr nach. Da sie nicht antwortete, stieg er unverrichteter Dinge ein. Die Krücke wechselte er im Aufzug. Mist! Hoffentlich hatte Quent diesen dilettantischen Fehler nicht bemerkt.

Wenig später klopfte es an seiner Tür. Es war die Pressereferentin, Frau Hinterbauer. Sie wollte hören, ob er sich wohlfühle. Und ob er mit seiner Verletzung in ärztlicher Behandlung sei. Ob er der Ansicht sei, diese Behandlung sei ausreichend. »Wir wollen doch keine Klagen hören«, erklärte sie neckisch.

»Ich werde Sie bestimmt nicht verklagen«, nahm er sie boshaft beim Wort.

Sie errötete. »Was diese andere Affäre angeht«, begann sie, den Stier bei den Hörnern packend. Er tat ihr nicht den Gefallen, etwas zu sagen. »Frau Staufert hat uns inzwischen gestanden, dass sie wohl ein wenig überreagiert hat. Sie war an dem Tag aus privaten Gründen sehr indisponiert. Es scheint also alles in Ordnung.«

»Schön, wenn es scheint.«

»Jahah.« Sie entschied sich für ein lautes Lachen und zog sich baldmöglichst zurück.

Steinberger warf einen Blick auf die Uhr. Paul Schwebel und er pflegten ihre Spaziergänge auf die Verdauungszeit zu legen. Es war Zeit, dass er aufbrach, um die verwaiste Wohnung zu überwachen. Er fluchte, als es ein weiteres Mal an der Tür klopfte. »Dorothea.«

Sie trug eine knallrote Tunika über grasgrünen Leggings. In der Hand hielt sie ein Päckchen, ein schulheftgroßes Viereck, in Seidenpapier eingeschlagen. Im ersten Moment konnte er sich nicht erinnern, was das sollte, dann, als er ihr erwartungsvolles Gesicht sah, fiel es ihm wieder ein. »Mein Porträt?«, fragte er. Das war nun gar nicht der richtige Zeitpunkt. »Dorothea, es tut mir leid, aber ich bin gerade ...«

»Ach ja, Ihr Fuß.« Sie starrte auf die Bandage. »Tut's weh?«

»Keine Sorge«, er griente. »Es ist kein Oberschenkelhalsbruch. Und ich werde es überleben. Aber ...«

Er machte eine kleine Pause. »Ich habe gerade was genommen und wollte mich hinlegen. Es tut mir wirklich leid. Ich würde Ihr Werk gerne ausführlich würdigen. Aber im Moment ist es ungünstig.«

Sie drückte das Paket an ihre Brust und überlegte. Dann reichte sie es ihm hin. »Als Genesungsgeschenk«, sagte sie.

Er erschrak ein wenig. »Oh nein, wir hatten gesagt, Sie bekommen Geld dafür. So haben wir nicht gewettet.« Er verweigerte die Annahme.

Ihre Arme blieben ausgestreckt. »Bitte.«

Nur zögernd griff er danach. »Danke.«

»Wollen Sie es nicht auspacken.«

Sie war die Pest. Sie war rührend. Er legte die Krücke beiseite, um beide Hände frei zu haben. »Ich hatte gehofft, Sie würden mir das ersparen«, brummelte er. »Jetzt muss ich einen künstlerischen Kommentar abgeben.«

»Ein fundiertes Lob«, korrigierte sie ihn fröhlich. »Eine hymnische Besprechung täte es aber auch.«

»Ein fundiertes Lob«, wiederholte er.

Sie nickte. »So macht man das.«

»Und Sie sind sich sicher, dass ich das loben werde, was Sie da ...« Er verstummte, als er die kleine Zeichnung in Händen hielt. Lange schaute er sie an. »Das ist atemberaubend«, gestand er.

Sie küsste ihn auf die Wange.

»Im Ernst.« Hilflos schaute er erst sie an, dann das kleine Werk, dieses Wunder aus schwarzen Strichen und weißen Flächen. »Sogar gerahmt haben Sie es.«

»Das war der schwerste Teil.«

Sie hüpfte in sein Zimmer, ein roter Flatterfleck, und schaute sich um. »Da«, beschloss sie schließlich. Sie tippte auf eine freie Fläche über seinem Bettsofa, zwischen der Phantomzeichnung, einem Foto von Michael und ihm auf der Terrasse ihres Nürnberger Hauses und einer Ehrenurkunde. Michael war auf dem Bild höchstens vier und hielt einen Hasen in den Armen, der gegen ihn riesig wirkte. »Genau da gehört es hin. Wo hab ich denn …« Sie wühlte in der Umhängetasche, die sie trug, einem handgewebt wirkenden Sack unklaren Ausmaßes, und zog einen Hammer sowie ein Döschen heraus, das sie verheißungsvoll schüttelte. »An alles gedacht.«

»Kann ich nicht wenigstens …«

»Ist alles im Service inbegriffen.« Mit drei zarten Schlägen hatte sie den Nagel in die Wand getrieben. Dann nahm sie ihm das Bildchen ab und hängte es auf. »So.«

Sie hatte den richtigen Platz ausgewählt. Steinberger hinkte hinüber, tippte von unten gegen den Rahmen, bis alles ganz gerade ausgerichtet war. »Jetzt ist alles gut«, sagte er. Im selben Moment hatte er ein Déjà-vu, den starken Eindruck, dies alles schon einmal erlebt zu haben. Und dazu das drängende Gefühl, dass dies alles etwas zu bedeuten hatte.

Vielleicht bedeutete es, dass Dorothea Kranz ihn wirklich mochte. Vielleicht bedeutete es, dass er sie sehr mochte. Vielleicht bedeutete es etwas ganz anderes.

»Oje«, sagte sie. »Die Tabletten waren wohl sehr stark?«

Er nickte nur. Sie schaute ihn einen weiteren Moment an, dann verabschiedete sie sich.

Wenig später spähte er auf den Flur und machte sich, als er ihn leer fand, auf den Weg in den anderen Bau, zum Zimmer von Paul Schwebel.

31

Wie verabredet hatte Irina Staufert Schwebels Zimmer unauffällig für Steinberger geöffnet. Er schaffte es vom Treppenhaus zur Wohnungstür, ohne jemandem zu begegnen. Und wie erwartet, hatte Schwebel seine teure Alarmanlage nicht eingeschaltet. Steinberger nahm sich vor, mit dem Freund darüber zu reden, wenn diese Sache hier erst abgeschlossen wäre. Er hatte inzwischen im Internet ein wenig recherchiert: Was Paul hier stehen hatte, besaß in der Tat einen nicht unbeträchtlichen Wert. Die Versicherung würde mit Freuden jeden Vorwand nutzen, sich von ihren Pflichten zu befreien, wenn etwas davon wegkäme.

Zu schade, dachte Mauritius Steinberger, dass vermutlich Dirk D'Arigo der Erbe von Pauls Schätzen war. Einige seiner Bücher würde er Archiven und Museen stiften, davon hatte er Steinberger schon begeistert erzählt. Aber der Rest? Steinberger gefiel der Gedanke nicht, dass die kostbaren Bände an jemanden fallen sollten, der Dorothea Kranz eine »Fotze« nannte. Dann lieber an ein Hundeasyl. Ob er Paul mal darauf ansprechen sollte? Stimmen auf dem Rasen vor dem Balkon erinnerten ihn daran, dass er durch die Fenster gesehen werden könnte. Er wich zurück in den Flur.

Der Spur im Asternbeet nach zu urteilen, war Quent das letzte Mal durch die Wohnungstür gekommen und, leicht überstürzt, über den Balkon wieder verschwunden. Was nicht ausschloss, dass er das Objekt erst vom Garten her ausspähte. Es wäre wohl am besten, überlegte der alte Kommissar, wenn er im Bad wartete, das fensterlos war.

Er verzichtete darauf, das Licht anzumachen, und lehnte nur die Badezimmertür leise an. So blieb ihm genug Helligkeit, und er konnte sofort sehen, wenn jemand die Wohnung betrat. Der Rest bestand aus Warten. Mauritius Steinberger tastete nach seinen Taschen. Den Totschläger hatte er diesmal dabei. Auch seine Waffe, die private. Die, deren Anwesenheit in der Wohnung Brigitte immer verstört hatte. Es war nichts weiter als ein Aluminiumköfferchen gewesen, klein und neutral. Er hatte es daheim kaum einmal geöffnet, hatte die Pistole zum Reinigen mit ins Revier genommen, wenn er dort seine Schießstandstunden absolvierte. Der Koffer hatte die allermeiste Zeit unberührt in einem abschließbaren Schrank im Kellerbüro gelegen. Und doch hatte Brigitte behauptet, er störe, ja, er verstöre sie. So, wie irgendetwas in mir ihr im Grunde nie behagt hat, ging es Mauritius Steinberger zu seiner eigenen Überraschung durch den Kopf. Irgendwas, von dem ich nicht mal wusste, dass es da war. Irgendwas Selbstverständliches für mich. Aber sie hat es gestört. Die dumme Kuh, war er versucht hinzuzufügen. Doch er versagte es sich. Er glaubte nicht daran, dass man in Beziehungen seinen Emotionen Raum geben sollte. Dafür war er zu oft zu Fällen häuslicher Gewalt gerufen worden. Streit brachte nichts, schon gar nicht mit Ehefrauen. Mit toten noch weniger. Besser, man schluckte alles hinunter. Und wartete.

Er hörte das Rauschen in den Rohren. Er hörte ferne Stimmen, die aus einem Fernseher stammen mussten, denn sie wurden von ebenso fernen Echos von Musik unterbrochen. Die Musik lieferte zu den Stimmen die Gefühle, sehr schlichte, eindeutige Dreiakkordgefühle. Steinberger fragte sich, was wäre, wenn Quent nur nachts auf Tour ginge. Wenn er sich auf den festen, oft von Medikamenten unterstützten

Schlaf der alten Leute verließ. Dann würde er sich die nächsten Nächte in der Hauswirtschaftskammer im Flur um die Ohren schlagen müssen. Er konnte Paul kaum eine Pyjamaparty vorschlagen. Oh bitte, betete er zum Gott der guten Gelegenheiten, lass Quent diese Chance nutzen. Wir haben sie ihm doch auf dem Silbertablett serviert. Er wartete. Seine Augen hatten sich inzwischen ganz gut an das Halbdunkel im Bad gewöhnt. Paul Schwebel, erkannte er, benutzte Tabak Original. Er streckte gerade die Hand danach aus.

Da öffnete sich die Tür. Sofort glitt Steinbergers Hand in seine Tasche. Fest umschloss er das warm gewordene Metall des Totschlägers. Mit der Linken drückte er die Badtür bis auf einen winzigen Spalt zu. Jetzt keine Bewegung mehr!

Die Tür schwang lautlos auf. Steinberger kniff die Augen zusammen, um den Spalt scharf zu stellen. Er sah vom Eingangsbereich nur ein Stück Fußboden, darauf jetzt etwas wie Metall, Speichen – ein Rad? Dann einen Filzpantoffel, schließlich zwei. Schließlich wurde ihm klar: Frau Sörgel stand im Flur. Sie regte sich nicht. Sie machte keinen Mucks. Der alte Kommissar wagte es, die Öffnung ein wenig zu vergrößern, um die Gestalt dort draußen in den Blick zu bekommen. Ja, es war Frau Sörgel samt ihrem Rollator. Wie abgestellt stand sie im Flur, reglos von der helmförmigen Goldperücke bis zu den Hausschuhen. Über ihr winterapfelgefurchtes Gesicht glitt mit einem Mal ein Ausdruck, der Mauritius Steinberger den Atem anhalten ließ. Sie lächelte; es war reine, diebische Freude. Unwillkürlich erwartete er, dass sie im nächsten Moment ihre Gehhilfe loslassen, die Perückentarnung abstreifen, Handschuhe überziehen und mit entschlossenem Blick auf das nächste Regal losgehen würde. Frau Sörgel! Nein, die hatte niemand auf der Rechnung gehabt. Fast überlief ihn eine

Gänsehaut, wenn er daran dachte. Wie lange verschaffte sie sich schon unter dem Vorwand, dement zu sein, Einblick in jede beliebige Wohnung hier? Jeder kannte sie, keiner nahm sie ernst. Vielleicht räumte sie in den Zimmern im großen Stil ab, Schmuck, Münzen, Antiquitäten. Und der Kerl mit dem Rucksack, schoss es Steinberger durch den Kopf, war vermutlich ihr Hehler. Was für ein Paar. Er wollte schon beinahe lachen, als ihm der nächste Gedanke kam:

Was, fragte sich Steinberger, was, wenn sie es war, die ihre Nachbarin ermordet hatte? Er spürte, wie er eine Gänsehaut bekam.

Im nächsten Moment flog etwas wie ein Schatten über Frau Sörgels Gesicht. Der Schalk darin verschwand, jetzt konnte man darin nur noch tiefe Ratlosigkeit lesen. Sie schaute sich um, als wüsste sie nicht, wo sie war. Vermutlich, dachte der Kommissar, und jetzt fühlte er eine tiefe Müdigkeit in sich aufsteigen, vermutlich wusste sie es tatsächlich nicht. Die nächste Emotion, deren Anzeichen über ihr Gesicht hinwegzog wie Wolken über einen See, war Zorn. Sie hob ihren Rollator ein wenig an und stampfte ihn wieder in den Boden. Wie ein trotziges Kind sah sie jetzt aus. Als auch das keine Reaktion in ihrer Umgebung hervorrief und sie begriff, dass es still bleiben würde, gab sie auf. Sie drehte um und schob ihren Rollator wieder zur Tür.

In dem Moment kam Paul Schwebel herein. Beide, die Sörgel und er, schrien auf vor Schreck, als sie im Flur zusammentrafen.

Mauritius Steinberger nutzte den Moment, um aus dem Bad zu schlüpfen. Er stellte sich dicht hinter die alte Dame und tat, als wäre er gerade dabei gewesen, sie aus der Wohnung zu expedieren. »Ich habe es Ihnen doch gesagt, Frau Sörgel, Sie sind hier falsch.«

Frau Sörgel schlug nach ihm. »Lügner«, rief sie. »Diebe! Mörder!« Sie traf Steinberger am Kopf, nicht hart, doch seine Haare gerieten durcheinander. Einige Strähnen hingen in die Stirn. Er kam sich albern vor und wollte sie zurechtstreichen, bemerkte aber gerade noch rechtzeitig, dass er den Totschläger noch in der Hand hielt. Rasch versenkte er sie wieder in der Tasche.

Das vertraute Geschrei brachte derweil Schwebel wieder zu sich, der im Türrahmen stehen geblieben war und sich ans Herz gegriffen hatte.

»Schon wieder«, seufzte er nur.

»So, Frau Sörgel.« Steinberger richtete seine Frisur. Dann half er mit kräftigem Druck im Rücken der alten Dame nach und drängte sie in Richtung Tür. Sie war erstaunlich widerspenstig. Die Tritte gegen seine Schienbeine taten trotz der Pantoffeln weh.

»Mörder! Einbrecher! Die Welt ist verrückt!«

»Ja, ja, Frau Sörgel.« Sein Atem ging ein wenig schwerer. Er hätte sie gern in den Polizeigriff genommen. Aber das hätte ihr vermutlich alle Knochen gebrochen. Im Moment weckte der Gedanke in ihm wenig Bedauern. Aber er wusste, das würde kommen.

Als er die Alte endlich über die Schwelle schob, flüsterte er dem Freund zu: »Hattest du nicht abgesperrt? Du solltest besser aufpassen, weißt du?«

»Das passiert mir dauernd.« Schwebel klang nicht wirklich kleinlaut. »Ist doch nicht schlimm.«

Frau Sörgel kämpfte bis zuletzt. »Das muss ich mir nicht bieten lassen! Betrüger, allesamt! Was wollt ihr jetzt unternehmen?«

»Gute Frage«, meinte Mauritius Steinberger, der energisch die Tür zuklappte.

»Hat sie dich etwa bespuckt?«, fragte Schwebel entgeistert.

Steinberger stürzte ins Bad. »Entschuldige«, sagte er, während er einen Handtuchzipfel befeuchtete, um seinen Hemdkragen sauber zu wischen. »Aber ich sah sie gerade hier einbiegen, da bin ich hinterher.«

Er wartete darauf, dass Schwebel ihn fragte, was er denn auf seinem Flur zu suchen hatte, wo er doch in seinem Zimmer bleiben und sein Bein schonen wollte. Aber das fragte sein Freund nicht. Er schien sogar froh, Mauritius Steinberger in seinem Bad stehen zu sehen.

»Ich wollte eh mit dir reden«, sagte Schwebel.

»Was gibt's?« Steinberger musterte misstrauisch sein Hemd. Hab dich nicht so, ermahnte er sich. Du bist schon von Wachhunden besabbert, von Junkies bespuckt und von trauernden Müttern mit Rotz und Wasser vollgeheult worden. Was soll dir so ein bisschen Kukident-Spucke anhaben?

»Es ist nämlich so«, sagte Schwebel. Und verstummte.

»Ja?«, fragte Steinberger und richtete sich wieder auf. »Ich werd das Hemd wohl in die Reinigung geben.« Er ging aus dem Bad. Gerade noch rechtzeitig fiel ihm ein, dabei ein wenig zu humpeln.

Schwebel folgte ihm. Nun standen sie beide im Flur. Der Freund machte keine Anstalten, ihn zum Sitzen aufzufordern oder ihm etwas zu trinken anzubieten.

»Ja?«, wiederholte Steinberger.

»Es ist nämlich so.« Schwebel hob den Kopf und blinzelte ihn durch seine wie immer völlig verschmierten Brillengläser hindurch an. »Ich vermisse doch ein Buch. Nichts allzu Teures. Aber doch. Immerhin. Ich meine ...« Er behielt für sich, was er meinte.

Mauritius Steinberger war wie elektrisiert. »Was für ein Buch?«, drängte er.

»Ach, ein Wassermann. Jakob Wassermann«, präzisierte Paul Schwebel. »Der *Gerónimo de Aguilar*. Eine Erzählung, in einer sehr schönen illustrierten Ausgabe, weißt du.« Langsam kam er in Fahrt. »Mit goldgeprägtem Rückenschild und Kopfgold in einem marmorierten, mit Leder verstärktem Schuber, der hatte allerdings einen Fleck auf der Rückseite. Trotzdem, gut erhalten, insgesamt.«

»Wie viel, Paul?«, mahnte Steinberger, da der Freund sich in Details zu verlieren drohte.

»Was? Ach so, ja, also so um die vier- oder fünfhundert, würde ich sagen. Nichts Großes.«

»Für einen Dieb ein hübsches Taschengeld«, stellte Steinberger fest. »Dabei null Risiko, null Geschäftsausgaben.«

Verzagt nickte Schwebel.

»Aus welchem Regal ist es verschwunden?«, fragte Steinberger.

Schwebel führte ihn hin.

Steinberger untersuchte den Schrank, ergebnislos und begann, in der Wohnung auf und ab zu gehen. »Nach dem Desaster eben würde ich sagen, er ist durch die Tür gekommen. Aber der Balkon wäre auch denkbar. Nachts ist es auf dem Rasen davor ziemlich dunkel. Das Beet bietet zusätzlich Deckung. Er könnte aber auch …«

»Ich weiß, wer es war«, unterbrach Paul Schwebel die Meditationen des Kommissars.

»Was?« Verwirrt hielt Steinberger inne.

»Ich weiß, wer es war«, wiederholte Paul Schwebel. »Das ist ja das Traurige.« Wieder suchte sein verschwommener Aquariumsblick den des Kommissars. »Mein eigener Neffe. Dirk.«

32

Als er endlich ins Reden kam, war Paul Schwebels Beichte ausführlich. Dirk D'Arigo und er hatten kein besonders enges Verhältnis. Obwohl Paul das bedauerte. Er sah in dem Jungen so etwas wie eine verwandte Seele. Einen weiteren Schöngeist in einer Familie von Geschäftsleuten und Sportlern. Eigentlich hätten sie sich gut verstehen müssen. Trotzdem waren sie nie wirklich vertraut miteinander geworden. »Es hat sich irgendwie nie ergeben«, meinte Schwebel.

Weiter, dachte Steinberger. Doch er sagte es nicht laut.

Paul Schwebel kam weiter in seinem eigenen Tempo zur Sache. Dirk war nicht oft bei seinem Onkel zu Besuch. Aber vor einigen Wochen war er da gewesen. Hatte sich nach Schwebels Gesundheit erkundigt. Hatte über Illustrationskunst geredet. Angeblich hatte er eine Freundin, die sich in so was versuchen wollte. Zum ersten Mal in vielen Jahren waren sie ins Gespräch gekommen. Ein gemeinsames Thema, ähnliche Ansichten.

»Wir haben geredet und geredet.« Paul Schwebels Stimme klang warm, als er sich daran erinnerte. Ja, er war selig gewesen und hatte seine Schätze ausgebreitet: Bildbände, Mappen mit Stichen, illustrierte Romane. Auch der Wassermann war dabei gewesen. »Es war ein selten schöner Nachmittag.« Paul Schwebel sah aus, als würde er gleich zu weinen beginnen. »Endlich hatten wir mal ein Thema. Der Junge hatte ganz vernünftige Ansichten. Wir haben über Dürer und Schongauer diskutiert. Die beiden hab ich leider nicht im Original da.« Er zog eine ironische Grimasse. »Man ist nicht Krösus.«

Steinberger nickte nur knapp. Schwebel sollte auf den Punkt kommen. Doch der war noch nicht so weit.

»Wir waren einer Meinung, was Salomon Gessner anging und Doré. Ich mag die spitze Feder eines Daumier oder Cruikshank lieber als das romantische Zeug. Verstehst du? Es ist so …«

»Unbedingt«, unterbrach Steinberger barsch und nickte.

Paul Schwebel schaute ihn eine Weile an, doch als nichts mehr kam, fuhr er fort: »In der Sache waren wir also einer Meinung. Allerdings: Die Jugend liebt nun mal den Jugendstil, wie der Name sagt.«

»Klar«, warf Steinberger ein, dem nichts klar war. Sollte er dazu auch eine Meinung äußern? Die Namen sagten ihm nichts. Was ging ihn ein Quieckschenk oder ein Daumen an? Seine Gedanken rasten auf ganz anderen Bahnen dahin: D'Arigo oder Quent. D'Arigo oder Quent. Wer war nun der Täter? Was bedeutete es für ihn und seine Thesen, wenn Schwebel recht hatte?

»Dirk hat gefragt, ob ich was von Vogeler da hätte oder von Olaf Gulbransson. Damit kann ich nun nicht dienen. Aber Friedrich Heubner konnte ich ihm zeigen. Der hat schließlich auch für den *Pan* und die *Jugend* gearbeitet. Er war übrigens 1932 bis 1940 als Professor hier in Nürnberg tätig, an der Staatsschule für angewandte Kunst.«

»Aha.«

»Dirk hatte den Wassermann mit den Bildern von Heubner lange in der Hand. Ich hab mich gefreut. Ich dachte, ich hätte sein Interesse geweckt.« Jetzt sah Schwebel endgültig todunglücklich aus. »Dabei hat er wohl nur überlegt, was das Buch wert ist.«

»Vier- oder fünfhundert«, wiederholte Steinberger. Ob Quent so ein kleiner Fisch genügen würde? Andererseits:

Schwebels Regale waren eine reiche Fischzucht. An der man sich vermutlich lange bedienen konnte, wenn man es geschickt anstellte und keine Spuren hinterließ. Spuren! Das war das Thema.

Steinberger erkundigte sich noch einmal, wann D'Arigo seinem Onkel diesen Besuch abgestattet hatte und erfuhr, dass es Mitte September gewesen war. Kurz, bevor er selbst hier einzog.

»Das Asternbeet«, entfuhr es ihm.

Paul Schwebel verstand nicht.

Der Kommissar klärte ihn darüber auf, dass am Tag seines Einzuges im Stift die Astern vor Schwebels Balkon niedergetrampelt waren. »So, als wäre jemand von deinem Balkon hinuntergesprungen und davongelaufen.«

Paul Schwebel überlegte. »Irgendwann kam ich mal zurück und die Balkontür stand offen, das stimmt. Mir war sogar ...« Er hielt inne und überlegte. »Aber das ist Blödsinn.«

Auf Steinbergers Drängen bekannte er, dass er beim Reinkommen durch die Tür das Gefühl gehabt hatte, eine Bewegung in der Wohnung zu sehen. Aber es war dunkel gewesen. Er sah nicht gut, er hörte nicht gut. Er verließ sich nicht mehr auf seine Sinne. »Ich war noch ganz erfüllt von dem Konzert, ich pfiff vor mich hin. Dann war da dieses, ich weiß nicht, Phantom? Oder nur ein Nachbild? Oder der Vorhang. Der wehte nämlich ein wenig, weil ja wie gesagt die Tür offen stand. Ich weiß es nicht. Vermutlich war es nur der Vorhang. Sicher weiß ich nur noch, dass ich einen Moment lang erschrocken war.«

Aber das Gefühl war wieder verklungen. Schwebel hatte den Vorhang gebändigt, die Balkontür geschlossen und war schlafen gegangen. Er hatte die Sache vergessen.

»Aber jetzt, wo das Buch fehlt.« Schwebel vollendete den Satz nicht, doch in seinem Kopf hatte sich aus Einzelheiten ein Bild zusammengesetzt. Der Anblick gefiel ihm nicht. »Mein eigener Neffe.« Er sank auf das Sofa. Ein paar Bücher gerieten ins Rutschen.

Steinberger fing sie auf und stapelte sie auf dem Fußboden. Langsam ließ er sich neben dem Freund nieder und tätschelte seine Hand.

Leise fragte Paul Schwebel: »Was mache ich denn jetzt?«

Ja, dachte Mauritius Steinberger, das war die große Frage. Jetzt gab es zwei Kandidaten für Raubzüge im Stift: Quent und D'Arigo. Auch D'Arigo brauchte Geld und hatte keine Skrupel zu stehlen. Es dürfte ihm nicht entgangen sein, dass das Stift da viele Betätigungsfelder bot. Gab es aber auch zwei Verdächtige für den Mord an Frau Dette? Und was war mit von Arx. Hatte D'Arigo den überhaupt gekannt?

Seine Augen wanderten zum Versteck der Goldfigur. Irina Staufert hatte ihm gesagt, sie habe sie auf dem obersten Bücherbord im Schlafzimmer versteckt, hinter der Gesamtausgabe von Goethes Werken. »Da hat am meisten Staub gelegen«, hatte sie erklärt. Steinberger erkannte die Bände sofort. Wer würde das Päckchen dahinter abholen kommen? Aber das waren nicht die Fragen, die den armen Paul Schwebel umtrieben.

»Willst du ihn anzeigen?«, hörte der alte Kommissar sich fragen.

»Polizei?« Paul Schwebel klang unglücklich. »Nein, nein, ich denke, nein. Aber du bist doch ...« Er schien selbst nicht sicher, wo dieser Gedanke hinführen sollte.

Mauritius Steinberger nahm ihm das Nachdenken ab. »Keine Sorge«, sagte er. »Ich rede mit ihm.«

»Danke«, stieß Paul Schwebel erleichtert aus. Dann fügte er hinzu: »Entschuldige, dass ich dich in meine Probleme mit reinziehe.«

»Keine Ursache«, meinte Steinberger und stand auf. Sein Abschiedsblick galt dem Goldversteck. »Dafür sind Freunde doch da.«

33

Als er zurück auf seinem Zimmer war, beschloss Steinberger, zuerst mit Dorothea Kranz zu reden. Die Gelegenheit war günstig. Er würde zwei Fliegen mit einer Klappe schlagen können: Zum einen könnte sie ihm einiges über Dirk D'Arigo erzählen. Zum anderen könnte er sie mit dem, was er wusste, ein für alle Mal davon überzeugen, dass dieser Mann nicht der Richtige für sie war. Er schickte ihr eine Nachricht über die Whatsapp-Gruppe, die sie für ihre Kreativschüler eingerichtet hatte.

Sie schaute kurze Zeit später bei ihm vorbei. Sie trug jetzt einen übergroßen schwarzen Strickpulli, auf den Comichunde in Neonfarben aufgestickt waren. »Ich hab einen Spind in der Akademie«, meinte sie. »Was gibt es denn schon wieder? Brauchen Sie Hilfe wegen dem Bein?«

Steinberger bot ihr Tee an. Er hinkte vorbildlich in die Küche, um das Wasser heiß zu machen. Die Krücke lehnte er an die Arbeitsplatte. »Haben Sie sich je für Buchillustration interessiert?«, fragte er.

»Illustration? Nö. Wieso?« Sie setzte sich auf seiner Bettcouch zurecht. Vergnügt begutachtete sie ihre Zeichnung, die am von ihr gewählten Platz hing. Noch immer schien sie mit der Arbeit hochzufrieden. »Illustration ist nicht mein Ding. Alles, was mit technischer Reproduktion zusammenhängt, interessiert mich nicht so. Wieso fragen Sie?«

»Grün, schwarz oder Kräuter?«

»Haben Sie indischen Chai?«

Er verneinte, nachdem sie ihm erklärt hatte, was das war, und akzeptierte seinen schwarzen Beuteltee.

Steinberger goss das dampfende Wasser auf. »Ich frage, weil Ihr Freund D'Arigo gesagt hat, dass Sie Bücher illustrieren wollen, deshalb.«

»Dirk? Sie haben mit Dirk geredet?«

Er lehnte ihre Hilfe ab und ging zweimal, um Kanne, zwei Tassen, Milchtüte und eine angebrochene Schachtel alten Würfelzucker auf die Fläche eines Stuhls zu stellen, den er zwischen sie zog. Er hielt die Krücke vorbildlich links und war am Ende so verspannt, dass das leichte Stöhnen beim Hinsetzen echt war.

»Nicht ich«, korrigierte er sie. »Sein Onkel, Paul Schwebel. Der hat mit Dirk geredet.«

»Ja, die beiden unterhalten sich manchmal. Dirk schnorrt ihn manchmal an.« Sie verzog das Gesicht, entfaltete es aber sofort wieder. »Aber jetzt hat er Kontakt zu einer Berliner Galerie. Die sind interessiert an seinen Videosachen. Das könnte der Durchbruch werden.«

Sie nahm sich einen Würfelzucker und lutschte daran. Mauritius Steinberger fragte sich, wie viele Durchbrüche Dirk D'Arigo wohl schon angekündigt hatte. Und wie viele Enttäuschungen die Beziehung der beiden wohl noch ertragen würde. Er hoffte: keine einzige mehr.

»Diesmal hat er mehr getan, als nur zu schnorren, fürchte ich.« Er legte so viel Bedeutsamkeit in seine Stimme wie möglich. Als er ihre volle Aufmerksamkeit hatte, schwieg er. Er wollte wissen, wie viel sie ihrem Freund zutraute.

Ihre Augen waren geweitet, er sah es mit Genugtuung.

»Jaaaa?«, fragte sie gedehnt.

Er hob die Brauen. Als sie immer noch nichts sagte, fuhr er fort: »Sie erinnern sich an die Astern.«

»Verdammt!« Es kam so prompt, dass er fast erschrak. Ihre Faust war auf das Tablett niedergegangen, dass die

Tassen schepperten. Steinberger rettete die Tassen. »Entschuldigung«, sagte sie.

»Kein Problem.« Er schenkte ihnen beiden ein und reichte ihr eine Tasse.

Sie nahm sie und pustete auf die heiße Flüssigkeit. Nach einer Weile schaute sie ihn an. Es war ein Hundeblick.

»Sie haben es gewusst, nicht wahr?«, fragte er.

Sie schüttelte den Kopf. Nickte dann. »Nicht gewusst, geahnt«, verbesserte sie ihn. Und fügte rasch hinzu: »Ich hab aber gehofft, dass ich mich irre. Ich will mir das immer noch nicht vorstellen.«

Steinberger dachte an das Gespräch der beiden im Park, das er unfreiwillig belauscht hatte. Dirk D'Arigo war aggressiv gewesen und drängend. Und Dorothea Kranz? Sie hatte verlangt, er solle wegbleiben und sie in Ruhe lassen. »Sie hätten mit mir reden müssen.«

Wieder dieser Blick. Nach einer Weile meinte sie in kläglichem Ton: »Er ist doch eh schon so wütend auf mich.«

»Warum eigentlich?«, fragte Steinberger.

»Ach, er meint immer, die alten Leute hier, die hätten zu viel Geld. Und sie säßen drauf. Dabei bräuchten sie es doch gar nicht mehr. Er ...« Es wurde ihr wohl bewusst, wie das klang, was sie sagte. Ihre Stimme wurde immer kläglicher. »Er meinte immer, ich solle mich bei den Alten gut einschleimen. Damit sie mir Geschenke machen. Mein Mäzen sein wollen, mich in ihr Testament aufnehmen. Er hat gedrängt, ich sollte ihn doch auch mal mitnehmen zum Kurs. Ihn jemandem vorstellen, er ... verdammt, er konnte so penetrant sein damit.«

Sie schaute ihn an. Dann kam ihr der entscheidende Gedanke. Und ihre Augen wurden noch größer: »Oh Gott, Sie glauben doch jetzt nicht, dass ich nur mit Ihnen geredet hab wegen Geld, oder?« Der Knoten auf ihrem Kopf zitterte. »Sie denken doch nicht …?«

»Bei mir gäbe es wenig zu holen. Ich denke, Sie hätten sich als Sugardaddy jemand mit mehr Kohle gesucht.«

Sie wischte sich die Augen, dann musste sie kichern.

»Was?«, fragte er.

»Diese Ausdrucksweise. Bei Ihnen klingt das süß.«

»Hören Sie auf zu flirten«, meinte er brummelnd. »Sonst reihe ich Sie doch noch unter meine Verdächtigen ein. Ein Scherz«, beeilte er sich, ihr zu versichern. »Und außerdem haben Sie mir das Bild geschenkt. Sie hätten ja auch Geld dafür verlangen können.«

Sie ließ sich, ein wenig beruhigt, zurücksinken. Vorsichtig nahm sie einen ersten Schluck Tee. »Ein Vermögen hätte ich damit machen können«, murmelte sie.

»Wie viel eigentlich?«, wollte er wissen.

»So dreihundert nehme ich für ein Porträt in dieser Größe.« Sie verstummte. Trank noch einmal. »Dirk war total sauer, als er hörte, dass ich nichts verlangt habe.«

»Dann wird er mich jetzt wohl noch weniger mögen. Er hat mich schon auf der Ausstellung so düster angeschaut.« Auch Steinberger nahm einen Schluck von dem Tee. Zu stark, stellte er fest. Er nahm den Teebeutel heraus. Doch es war zu spät.

»Dorothea«, begann er dann. »Kann es sein, dass Dirk sich tatsächlich mit anderen Bewohnern hier im Stift bekannt gemacht hat? Um Geld von ihnen zu bekommen«, schob er nach, als er ihr zweifelndes Gesicht sah. Er wollte nicht »stehlen« sagen. Und von Mord würde er nicht laut sprechen.

Sie dachte nach, schüttelte aber rasch den Kopf. »Aus dem Videoprojekt wurde nichts, bei seinem Onkel war er selten, nein, ich denke nicht, dass er oft genug hier war dafür. Er hat nur immer mich gedrängelt. Manchmal hab ich gedacht, er meint das gar nicht ernst, er will mich nur quälen. Wissen Sie, das ist so seine Art: eine steile These aufstellen, bei der ihm alle stürmisch widersprechen. Und dann verbissen dran festhalten, bis wirklich alle völlig entnervt sind. Er nervt gerne.«

»Gibt ihm ein Gefühl von Macht, schätze ich.«

Sie schaute verdutzt, dann nachdenklich. »Ich dachte, es ist sein Spieltrieb. Dass er originell sein will um jeden Preis. Aber ja, vielleicht haben Sie recht. Vielleicht sind es am Ende Machtspielchen.«

Gut, dachte Mauritius Steinberger. Er wusste aus Erfahrung, wenn eine Frau einem Mann erst einmal Machtspielchen unterstellte, war die ernste Krise nicht weit.

»Das bei Paul Schwebel war aber kein Spielchen«, sagte er laut. »Das war Diebstahl.«

Sie setzte sich unbehaglich zurecht. »Was hat er mitgehen lassen?«, fragte sie.

Steinberger überlegte: »Eine Erstausgabe für vierhundert Euro«, sagte er dann und präzisierte: »Jakob Wassermann.«

»Herrje.« Sie ließ offen, ob das Objekt, der Preis oder das nun nicht mehr zurückweisbare Faktum des Diebstahls sie zu dem Ausruf veranlasste. Steinberger sah, wie sie auf ihrer Lippe herumkaute. »Wenn ich ihn überreden kann, das Buch zurückzugeben?« Sie schaute tief in ihre Tasse. Offensichtlich war ihr das Ganze sehr peinlich. »Würde sein Onkel dann auf eine Anzeige verzichten?«

»Sein Onkel ja. Aber ich nicht.«

»Ach, kommen Sie!«, entfuhr es ihr.

Er musterte sie lange. »Sie lieben den Mann, was?«

»Dachte ich.« Sie erwiderte seinen Blick jetzt wieder. »Dachte ich ziemlich lange. Ich musste mir zwar jede Menge dafür einreden. Aber ja: Dachte ich.«

»Einen Mann, der Sie mit Schimpfworten bedenkt.«

»Verdammt, mitten im Park! Das hätte jeder hören können!« Jetzt standen Tränen in ihren Augen.

»Schießen Sie den Kerl in den Wind.«

»Hmpf.« Der Laut war nicht kategorisierbar.

»Wäre das wirklich so schwer?«, fragte Steinberger. »Einen Dieb und Betrüger zu verlassen?«

Sie schniefte vernehmlich durch die Nase. »Um ehrlich zu sein«, sagte sie endlich, »hat er das bereits erledigt. Er hat mich sitzen lassen.« Sie schaute ihn an, als erwarte sie eine Erklärung dafür von ihm.

»Reden Sie nicht mit ihm«, sagte Steinberger schnell. Wenn Dorothea schon auf Distanz zu dem Typen war, dann war es am besten, sie blieb da. »Ich werde es tun. Und ja«, fuhr er rasch fort, als er in ihrem Gesicht lesen konnte, was sie als Nächstes sagen wollte. »Ich werde ihn nicht anzeigen, wenn er das Buch zurückgibt. Und sich vom Stift fernhält.«

Im Stillen dachte er, dass das nicht gelten würde für den Fall, dass D'Arigo irgendetwas mit dem Tod von Frau Dette oder Herrn von Arx zu tun hätte. Aber dafür, so hoffte er, hatte er einen besseren Verdächtigen. Und vielleicht würde sich schon diese Nacht alles klären.

Ihr dankbares Gesicht war ihm peinlich. Er wandte den Blick ab und betrachtete die Zeichnung. »Dreihundert? In der Tat?«, fragte er. »Für ein Meisterwerk wie dieses? Sie verkaufen sich unter Wert, Dorothea.«

»Jetzt«, sagte sie, »haben Sie es endgültig geschafft, dass ich heule.«

34

Steinberger ließ sich das Abendessen aufs Zimmer bringen, um noch einmal für alle deutlich zu machen, dass er körperlich angeschlagen war. Er hoffte, Quent würde es bemerken und seine Chance nutzen.

Gegen neun Uhr, als es auf den Gängen schon merklich ruhiger geworden war und nur noch die Fernseher in ihren Einzelzellen vor sich hinbrüllten, wollte Mauritius Steinberger sich auf den Weg zu seiner Mission machen. Er trug einen dunklen Trainingsanzug und hatte eine Tasche gepackt: Handschuhe, Totschläger, Kabelbinder. Bei der Pistole zögerte er. Schließlich packte er auch sie ein. Das Smartphone würde er ebenfalls brauchen, als Taschenlampe, zur Beweissicherung, für den Notruf. Er nahm es in die Hand, um es auf stumm zu stellen, als es klingelte.

Er wollte den Anruf gerade wegdrücken, als er den Namen las: von Arx.

»Ja?«, meldete er sich knapp.

Ettmar von Arx war in seiner Ferienwohnung am See. Die Erinnerung an sein Gespräch mit Steinberger, sagte er, habe ihn dazu angeregt, die Bilder seines Vaters aus der Kiste zu holen, in der sie darauf warteten, einen Platz an einer der Wände zu finden. »Die anderen Sachen stehen schon da. Aber Bilder, Sie wissen ja. Bei einem Umzug ist das Letzte, was drankommt, die Bilder aufzuhängen.«

»Ich dachte, es wären die Lampen. Die bringt man zuletzt an.« Steinberger zog den Reißverschluss seiner Sporttasche zu. Er war bereit.

Ettmar von Arx lachte. »Ich hab mir bei der Gelegenheit

mein eigenes Werk noch mal angesehen. Ehrlich gesagt, das erste Mal seit vielen Jahren. Ich muss sagen, ich war gar nicht so unbegabt.«

Der Kommissar glaubte, einen Hauch von Trunkenheit in von Arx' Stimme zu vernehmen. Er konnte sich den Mann vorstellen, wie er da stand, im zweifellos luxuriösen Wohnzimmer seines Chalets, oder wie man so etwas nannte, ein Glas Single Malt in der Hand und die Aussicht durch die Panoramascheiben genießend, hinter sich Mahagonimöbel und ins Halbdunkel getauchte Goldrahmen mit Ölgemälden. Unwillkürlich wanderte sein Blick zu seinem eigenen Fenster. Es warf das Spiegelbild eines Mannes zurück, der zu allem bereit war. »Das freut mich, aber ...«, begann er.

Ettmar von Arx entging die Ungeduld in der Stimme des Kommissars. »Keine Sorge, ich plane keine neue Karriere.« Er lachte.

Komm zur Sache, dachte Steinberger.

»Aber weshalb ich Sie anrufe: Ich hab mir auch die kleineren Bilder angesehen.«

»Ja?«, schnappte Steinberger erneut.

Ettmar von Arx hatte in der Tat in Nostalgie geschwelgt. Die Bilder entsprachen zwar alle dem altmodischen Geschmack seines Vaters, aber sie bargen doch auch für ihn Kindheitserinnerungen. Von den meisten wusste er noch, wo und wann sie angeschafft worden waren. Eines hatte seine Mutter für den Vater gekauft, als Geschenk zum Hochzeitstag. »Das war nur ein Jahr, ehe sie dann Krebs bekam.« Es hörte sich an, als nähme von Arx einen kräftigen Schluck. »Für ein anderes haben meine Geschwister und ich zusammengelegt, für Papas Fünfzigsten. Fast viertausend haben wir seinerzeit ausgegeben. Na ja, wir hatten es und wollten das Papa auch zeigen. Morgenstern, sagt Ihnen das was?«

»Sagt mir nichts.« Steinberger wünschte, er hätte nicht abgenommen. Die Flure waren dunkel und Quent konnte schon unterwegs sein. Alte Menschen gingen früh schlafen. Und alte Verbrecher gingen möglicherweise früh auf die Pirsch.

»Ist der Vater von dem Dichter Morgenstern. Nicht weltberühmt, aber solide. Würde nie an Wert verlieren. Ich weiß noch, Papa hat sich gefreut. Ihm haben solche dräuenden Wolken und das viele Dunkel gefallen. Meins war das ja nie. Na ja. Was mich nur wundert ...«

»Herr von Arx, ich bin leider gerade auf dem Sprung ...«, begann Mauritius Steinberger.

»Die Signatur fehlt.«

»Was?«

»Die Signatur. Sie war nicht vorne auf dem Gemälde. Sie war hinten drauf. Ich hatte sie mir extra zeigen lassen beim Kauf. Ich gehe bei geschäftlichen Transaktionen gern auf Nummer sicher, und tja: Die Signatur ist nicht mehr da.«

»Sie meinen ...?« Steinberger hatte Mühe, seine Aufmerksamkeit zu sammeln. Er hielt die Tasche in der Hand, er war angezogen für seinen geheimen Ausflug. Alles in ihm war konzentriert auf die Begegnung mit Peter Quent.

»Ich weiß nicht genau. Aber ich schätze, das Bild hier in Papas Nachlass ist eine Fälschung. Herr Steinberger? Sind Sie noch da?«

Mauritius Steinberger überlegte. Er hielt die Hand mit dem Smartphone an seinen Brustkorb gepresst, in dem sein Herz wie rasend klopfte. Endlich hob er es wieder an sein Ohr. »Könnten ... könnten Sie mir ein Foto von dem Bild machen?«, fragte er langsam. »Und es mir schicken? Meine Nummer lautet ...«

»Ich hab Ihre Nummer. Ich schicke es Ihnen sofort«, war die Antwort. »Moment.« Ettmar von Arx legte auf.

Mauritius Steinberger hatte Zeit, um nachzudenken. Aber seine Gedanken waren aufgescheucht und verworren. Dass das Bild eine Fälschung war ... wenn das Bild eine Fälschung war, korrigierte er sich. Dann besagte das noch gar nichts. Von Arx hatte es vor fast vierzig Jahren geschenkt bekommen. Es gab unzählige Möglichkeiten, bei denen es gegen eine Fälschung hätte ausgetauscht werden können. Vielleicht hatte der Mann es sogar selber kopieren lassen und das Original zu Geld gemacht. Unmöglich, das zu sagen.

Sein Smartphone zeigte eine neue Nachricht an. Er klickte auf »Öffnen«. Das Bild nahm das Display ein. Fluchend suchte Steinberger nach seiner Lesebrille und fummelte sie auf seine Nase. Düstere Wolken, dunkler Park, schwarzgrüne Büsche, die sich Nymphen als Versteck anboten. Dieses Bild kannte er. Er hatte es eigenhändig an von Arx' Wand gerade gerückt.

Wieder klingelte es. Ettmar von Arx' Name erschien. Diesmal drückte Steinberger ihn weg und stellte das Gerät stumm. Nahm seine Lesebrille ab. Ging zur Tür. Zuerst musste er sich auf diese Sache hier konzentrieren. Dann würde er über das Bild nachdenken.

Steinberger arbeitete sich mit seiner Tarnkrücke so rasch er konnte zu Paul Schwebels Tür vor. Dahinter war im Moment alles still, aber Steinberger hatte Licht hinter den Scheiben gesehen, als er durch die menschenleere, nachts nur dämmrig beleuchtete Geschäftspassage gegangen war. Vermutlich las Paul noch. Er hatte keine Ahnung, wie lange das dauern mochte. Steinberger wandte sich in Richtung der Tür neben dem Aufzug, an der »Nur für Personal« stand. Dahinter lag genau so eine Kammer wie die, in der er mit Irina Staufert gerungen hatte. Sie hatte ihm versichert, dass keiner ihrer Kollegen vom Spät- oder Nachtdienst hier vorbeikommen würde. »Es sei denn, ein Bett muss neu bezogen werden. Aber das kommt hier im Rüstigenbereich selten vor.«

Er sog den Duft der gemangelten Baumwolle ein, die irgendwo hinter ihm in den Regalen lag, und hoffte, dass die Etagenbetreuerin recht hatte. Eine ruhige Nacht war genau das, was er brauchte.

Da, dort war der Stuhl, den die Staufert ihm versprochen hatte. Aufatmend ließ er sich darauf nieder. Vier Stents, eine künstliche Hüfte, dachte er. Nicht die idealen Ausgangsbedingungen für einen nächtlichen Zweikampf. Aber verdammt, Quent war auch nicht mehr der Jüngste. Haare hatte er noch, das war aber auch alles. Quent hatte sein Leben lang geraucht, er war damals kein großer Sportler gewesen und hatte vermutlich später auch nicht mehr damit angefangen. Er hatte keinen Schwarzen Gürtel, und er besaß keinen Waffenschein. Alles, was er hatte, waren sein Charme und seine Schlauheit. Weder das eine noch das andere würden ihm helfen, wenn Steinberger ihm in Schwebels nächtlicher Bibliothek gegenüberstünde.

Steinberger hoffte, dass Schwebel einen festen Schlaf hatte.

Draußen waren Schritte zu hören. Steinberger stand auf und presste sein Auge an den Spalt. Aber es war nur der Rucksackmann. Mit seinen üblichen, gemessenen Schritten, die Krücke als drittes Bein setzend, ging er zu seiner Zimmertür. Sie lag direkt neben der Kammer. Steinberger konnte den harten Schlag hören, mit dem der Rucksack auf dem Boden aufsetzte. Was zum Teufel war da drin? Goldbarren?

Bowlingkugeln? Die Tür wurde aufgesperrt und zugeschlagen. Danach blieb es still. Die Kreuzschmerzen setzten noch vor der Langeweile ein. Ein Morgenstern, dachte Steinberger, schöner Klang. Solide Geldanlage. Wo war das Bild hin? Wo war die Nymphe? Seine Gedanken schwebten, das war gut so. Er würde sich dazu Notizen machen müssen. Unwillkürlich tastete er nach seiner Sporttasche. Dabei war ihm klar: Zum Schreiben hatte er nichts dabei. Er sollte sich auf das konzentrieren, was vor ihm lag.

Eine späte Heimkehrerin querte seinen Blick. Sie trug eine groß geblümte Bluse, gelb, orangefarben, rosa. Brigittes Farben. Sie hatte Blumen gemocht. Einer ihrer Röcke war voller ähnlicher Blüten gewesen. Er war so rundherum um sie gewippt bei jedem Schritt. Während er die Tür der alten Frau schließen hörte, tauchte in Steinbergers Erinnerung ein anderer später Abend auf. Die Überwachung hatte lange gedauert, endlose Stunden allein in einem Auto, mit nichts als einer Packung Erdnüsse und einer Thermoskanne, die irgendwann leer war. Auf der Heimfahrt hatte sein Kreuz wehgetan. Er war nicht mehr der Jüngste; eigentlich machte er diese Art Arbeit nicht mehr. Aber er hatte bekommen, was er wollte. Er hatte gesehen, wie der Wagen seiner Frau in Quents Auffahrt einfuhr. Wie sie ausstieg in ihrem wippenden Blumenrock, wie sie klingelte, empfangen wurde. Wie das Licht im Wohnzimmer anging und später wieder ausging. Wie überall im Haus das Licht ausging. Brigittes Wagen stand immer noch da.

Auf dem Heimweg hatte er den einsetzenden Nachtfrost bemerkt, eine dünne, splitterige Haut auf den Pfützen. Kristalle auf dem Asphalt. Sein Atem beim Aussteigen hatte eine Wolke gebildet. Er ging in die Küche und stellte die Thermoskanne in die Spüle, schraubte sie auf und ließ Wasser hineinlaufen. Es war unhygienisch, die Kannen nicht sofort zu reinigen. Man bekam den Dreck und das Aroma nie mehr heraus. Steinberger hatte den Wasserkocher angestellt, für einen heißen Tee vor dem Zubettgehen. Ihm war kalt. Er fror eigentlich nie, aber an diesem Abend hatte er sich gefühlt, als müsste er gleich loszittern. Die Kälte war während der Observation in seine Füße gekrochen, seine Waden, seine Knie. In die Knochen und unter seine Haut. Er wollte nicht denken »Herz«, das wäre kitschig gewesen. Er betrachtete seine Hände, die mit Kanne, Teebeutel und Tasse hantierten. Sie waren blass, die Nägel bläulich. Aber bald würde es ihm besser gehen. Es war nur eine Frage von Tee und Nachtruhe. Einfach schlafen, und nicht lange nachdenken. Er goss sich eine Tasse ein, umklammerte sie mit seinen kalten Fingern. Dann holte er aus und warf sie an die Wand. Überrascht starrte er auf die herablaufende Flüssigkeit und die Scherben. Dann holte er eine Schaufel und den Handbesen. Er putzte eine Stunde. Föhnte die Wand.

Am nächsten Vormittag, als Brigitte nach Hause kam, war nichts mehr von dem Vorfall zu sehen. Sie setzte sich ahnungslos an den Küchentisch, den er gedeckt hatte. Noch immer trug sie den blumigen, fröhlichen Rock. »Wie war es bei Rita?«, fragte er noch. Denn das war ihre Geschichte gewesen: dass sie das Wochenende bei einer alten Schulfreundin verbringen würde, die in Bamberg lebte.

Mauritius Steinberger erinnerte sich noch genau an ihr Gesicht. Sie hatte den Mund schon geöffnet, um die Lüge zu erzählen, die sie vorbereitet hatte. Doch irgendetwas, das sie in seinen Zügen sah, ließ sie innehalten. Er ergriff den Moment und sagte ihr alles auf den Kopf zu. Er war dabei zunächst ganz ruhig und kalt. Sie unterbrach ihn nicht, nicht ein einziges Mal. Sie versuchte es weder mit Leugnen noch mit Erklärungen noch mit Entschuldigungen. Sie ließ ihn einfach reden. Es war dieser Umstand, der ihn schließlich vollkommen aus dem Konzept gebracht hatte.

»Herrgott, Brigitte«, war er schließlich aufgefahren. »Der Mann ist ein Krimineller. Was hast du dir dabei gedacht?«

Sie hatte ihn nur angesehen. »*Das* ist das Problem?«, hatte sie nach einer langen Pause gefragt. »Das ist die Frage, die du zu all dem stellen willst? Ich meine: Ich betrüge dich. Ich gehe zu einem anderen Mann. Und alles, was dich daran stört, ist, dass der Typ kein makelloses polizeiliches Führungszeugnis hat?«

Genau wie damals fehlten Mauritius Steinberger noch immer die Worte für eine Entgegnung. Die Lifttür ging mit einem leisen Pling auf. Heraus trat Peter Quent.

35

Mauritius Steinberger spürte, wie seine Hände vor Aufregung feucht wurden, während er Quent zusah, wie er den Gang entlangkam, sich umschaute, sich schließlich gegen Schwebels Tür neigte. »Ja, ja, ja«, murmelte er. »Nun mach schon.«

Am liebsten wäre er aus seinem Versteck gesprungen und hätte Quent geholfen, die Tür aufzubekommen. Krieg es hin, beschwor er den Einbrecher. Das war doch nicht auszuhalten. Immerhin gab es ihm die Chance, mit seinem Smartphone ein paar belastende Aufnahmen zu machen. Endlich hatte Quent die Tür offen, und Steinberger konnte sein Glück nicht fassen: Das war Einbruch, glasklarer Einbruch, vor Zeugen begangen. Quent blickte sich ein letztes Mal im Gang um. Einen Moment war es Steinberger, als fasse er die Kammer ins Auge, in der er sich selbst verbarg. Fast glaubte er, ihre Blicke träfen sich für einen Moment. Spürte er seine Anwesenheit? Seine Aufregung und den Hass? Doch es konnte nicht sein, Steinberger war unsichtbar, gut im Dunklen verborgen, der Spalt nicht zu sehen. Der Augenblick ging vorbei. Quent drückte die Tür auf, schlüpfte hindurch und verschwand. Schwebels Tür schloss sich lautlos wieder.

Steinberger atmete aus. Was nun? Sollte er vor der Tür warten? Quent hier in Empfang nehmen und ihn mit der Wahrheit konfrontieren? Ihm seine Rechte vorlesen? Er war kein Polizist mehr. Eine Weile rang er mit sich. Dann tippte er die Nummer des Notrufs. Mit heiserer Stimme gab er durch, was er gesehen hatte: ein Einbruch in einem

Wohnstift; der Täter war noch vor Ort. Als die Beamtin nach seinem Namen fragte, legte er rasch auf.

Ein Blick auf die Tür zeigte ihm, dass alles ruhig war. Und was, schoss es ihm durch den Kopf, wenn Quent wieder über den Balkon abhaute? Vielleicht war er ja schon längst weg, hatte gefunden, was er gesucht hatte und war bereits über alle Berge. Alles, was die Kollegen finden würden, wäre der schlafende Schwebel und ihn selbst in lächerlicher Kleidung mit demselben alten Hut von Verdacht. Irina würde leugnen, da war er sich sicher. Und er konnte es ihr nicht einmal verdenken. Wozu sollte sie sich selbst belasten, indem sie den Diebstahl der Figur gestand? Nein, er musste da rein. Und er wollte es auch, das spürte er mit jedem Moment stärker. Scheiß auf das Prozedere, scheiß auf seine Pensionierung, auf sämtliche Stents und auf die Vernunft: Er wollte Peter Quent stellen und festnageln. Ihm von Angesicht zu Angesicht gegenüberstehen. Er wollte endlich wieder jagen.

Noch ehe diese Gedanken zu Ende gedacht waren, hatte Mauritius Steinberger die sichere Deckung der Kammer verlassen und war schon an Schwebels Tür. Die erste Überraschung traf ihn, als er die Klinke drückte: Es war von innen abgesperrt.

Quent! Dieser gerissene Hund. Na klar, so verhinderte er, dass ein Etagenbetreuer von der Nachtschicht plötzlich im Raum stand. Vermutlich hatte er ohnehin vor, wieder über den Balkon zu flüchten. Schwebel würde die angelehnte Balkontür so schnell nicht bemerken, und wenn, würde er glauben, er hätte sie vielleicht selber offen gelassen. Solange die Wohnungstür zu war, würde er keinen Verdacht schöpfen, dass er je einen nächtlichen Besucher gehabt hätte. Steinberger fluchte. Er war selber nicht völlig untalentiert, was das unkonventionelle Öffnen von Türen anging.

Aber auf einen Dietrich angewiesen war er schon. Er gehörte nicht zu denen, die mit einer Kreditkarte Wunder vollbringen konnten. Alle anderen Methoden waren außerdem laut und würden Quent aufschrecken. Der ja vielleicht dort drinnen noch auf der Suche war. Verdammt.

Steinberger überlegte, dann ging er ein paar Schritte abseits und wählte die Nummer von Irina Staufert. »Sind Sie im Haus?«

»Wo sonst?«, gab sie zurück. Ihre Stimme vibrierte vor Aufregung. »Haben Sie ihn gesehen? Ist er …?« Steinberger würgte all ihre Fragen ab und bestellte sie her. Sie kam wenige Minuten später. Als er ihr befahl, ihm so leise sie konnte aufzuschließen, wurde sie blass.

»Er ist da drin?«, fragte sie.

Steinberger legte nur den Finger an die Lippen.

Sie gehorchte bebend. Der Schlüssel fand das Schloss erst im zweiten Anlauf. »Sachte«, zischte er. Sie hielt inne. Holte Atem. Gehorchte. In Zeitlupe drehte sie den Schlüssel um. Als sie die Klinke drücken wollte, legte er seine Hand auf ihre und wies mit einer Bewegung seines Kinns in Richtung Aufzug.

Sie flüsterte: »Ich komme mit.«

»Sie bleiben da.«

»Ich komme mit.«

Steinberger drückte sie statt einer Antwort sanft beiseite. »Löschen Sie das Licht im Flur«, befahl er.

»Das funktioniert mit einem Bewegungsmelder. Das Nachtlicht ist die ganze Zeit an.«

Er schaute sie an.

Sie gab klein bei: »Ich gehe zum Sicherungskasten.«

Er nickte und wartete, reglos, mit geschlossenen Augen, um sich schon mal an die Dunkelheit zu gewöhnen.

Schließlich begann er zu zählen. Bei 47 ging das Licht aus. Steinberger spürte die Schwärze, die sich über seine Lider legte. Er öffnete die Augen. Jetzt war wirklich Nacht. Die Jagd konnte beginnen.

So sachte er konnte, drückte er die Klinke und schlüpfte in die Wohnung. Dabei betete er, dass Quent in diesem Moment nicht direkt im Flur stand. Sondern in einem der beiden Zimmer, beschäftigt damit, das Versteck zu finden. Wenn Irina seinen Anweisungen gehorcht hatte, dann war sie vage geblieben. Sie sagte, sie hätte Quent nur erzählt, dass die Figur bei Schwebel hinter den Büchern lag. Aber nicht, in welchem Regal und auf welchem Brett. Wenn sie nicht gelogen hatte, dann sollte ihm das doch Zeit genug verschaffen. Zumindest hoffte Steinberger das.

Er blieb stehen, mit dem Rücken an die Tür gelehnt und lauschte in die Räume vor ihm. Er konnte Schwebels Schnarchen hören, pfeifend und unregelmäßig. Schwebel schien um Atem zu ringen. Er röchelte fast. Bis dann mit einem Geräusch fast wie ein Knall die Atemwege plötzlich frei wurden. Die Luft pfiff in ihn hinein, er wurde ruhiger. Es folgten einige ruhige Atemzüge. Dann begann der Zyklus von Neuem. Schlafapnoe, dachte Steinberger. Es tat beinahe weh, dem zuzuhören. Doch es hieß, dass der Freund schlief. Gut so.

Der alte Kommissar blieb, wo er war. Nur den Reißverschluss seiner Tasche zog er langsam auf. Behutsam fasste er hinein, ertastete seine Ausrüstung. Dabei ließ er die Umgebung nicht aus den Augen. Er konnte bereits die Türöffnungen erkennen. In dem Zimmer, in dem Paul nicht schlief, erhellten die Lampen der Parkbeleuchtung ein wenig den Raum. Die Balkontür stand auf Kipp, ein Luftzug bauschte die Vorhänge, die Bewegung war sanft und still und warf Schatten auf den Boden. Die Küche lag in völliger Dunkelheit. Steinberger konnte mit Mühe einen grünen Schimmer ausmachen. War das die Uhr am Herd? Die Anzeige der Mikrowelle? Für einen Moment schien ihm, als wäre sie von etwas verdeckt worden. Er blinzelte. Das grüne Licht war da und zwinkerte nicht.

Dort, wo das Schnarchen herkam, war alles sehr dunkel. Paul bevorzugte offenbar geschlossene Vorhänge. Nur sein Schnarchen drang aus dem Zimmer heraus und ein lauer Geruch nach Schweiß und Schlaf. Und jetzt auch ein kleines Poltern.

Steinberger, der eben den ersten Schritt hatte machen wollen, erstarrte. Er kannte dieses Geräusch: fallende Bücher. Er hatte zu oft erlebt, wie Paul einen seiner Bücherstapel umstieß. Es war praktisch nicht zu vermeiden, wenn man sich in der Wohnung bewegte; sie waren überall. Die perfekte Falle für Einbrecher. Steinberger musste lächeln. Seine Finger schlossen sich um den Totschläger. Jetzt wusste er, wo Quent war.

Langsam ging er auf das Schlafzimmer zu. Wann immer das explosive Schnarchen aussetzte, konnte er jetzt die Geräusche hören, die Quents Suche verursachte. Er konnte sich die Bewegungen des Mannes dazu vorstellen: das Sich-auf-die-Zehenspitzen-Stellen, das Tasten hinter die Buchreihen, das Zurechtschieben der Bände, die dabei verrutschten. Das Ächzen, wenn er sich erneut strecken musste. Auch Quent war nicht mehr der Jüngste. Und Schwebels Regale reichten bis unter die Decke.

Irina hatte das Paket auf dem dritten Brett von oben abgeladen. Wir wollten dich doch nicht entmutigen, sagte Steinberger sich in Gedanken. Du solltest doch bei der Stange bleiben. Ein Erfolgserlebnis solltest du haben. Denn ich will dich mit der Beute in der Hand. War es jetzt so weit? Er hielt in seiner Bewegung inne, um erneut zu lauschen. War das der dumpfe Schlag von etwas sehr Hartem, aber Umwickelten gegen Holz? War das das Geräusch von Stoff, der weggezogen wurde? War das ein überraschtes Einatmen? Steinberger rückte näher und näher. Jetzt stand er in der Türöffnung. Ihm war fast, als könnte er Quents Körperwärme spüren.

Plötzlich flammte ein kalter grüner Schein auf. Er formte einen kleinen Kreis von Licht, abgeschirmt von einem vorgeneigten Körper. Und er enthüllte das Schimmern einer Statuette und ein bleiches Gesicht.

»Quent«, rief er unterdrückt.

Das Gesicht fuhr herum. Für einen Moment sah Steinberger Quents Augen, schwarz wie Brunnen. Dann blendete ihn das Smartphonelicht. Er schrie auf und schlug es weg. Das Smartphone flog durch die Luft und landete in einer Ecke. Es beleuchtete die Decke mit seinem gespenstischen Grün.

Quent holte seinerseits aus. Er zielte auf den Kopf des Kommissars. Der, noch immer halb geblendet, riss schützend die Arme hoch. Ungebremst schlug die Goldfigur gegen seine Knochen. Er schrie erneut, diesmal vor Schmerz. Der Schlagring glitt von seinen vor Schmerz taub gewordenen Fingern. Unwillkürlich krümmte er sich zusammen. Dadurch ging der zweite Schlag in das Bücherregal. Holz barst. Das Schnarchen setzte aus.

Den verletzten Arm an sich pressend, tastete Steinberger mit der freien Hand nach seinem Gegner. Er musste näher an ihn heran, das erhöhte seine Chancen, dem nächsten Schlag zu entgehen. Und er durfte ihn nicht entkommen lassen. Aber Quent war bereits an ihm vorbei.

Die Pistole!, durchfuhr es Steinberger, meine Tasche! Er hatte keine Zeit mehr, die Waffe zu ziehen. In seiner Verzweiflung holte er mit dem gesamten Sportbeutel zu einem Schwinger aus und hatte Glück. Er erwischte Quent am Hinterkopf. Dumpf krachte der Mann auf die Knie.

»Was ...?«, kam es vom Bett.

Plötzlich war das Zimmer hell. Paul Schwebel saß aufrecht im Bett und starrte mit brillenlosen Augen blind in ihre Richtung. »Wer ist da?« Seine Linke suchte auf dem Nachttisch nach der Brille, mit der Rechten schob er die Bettdecke beiseite.

Die beiden Kontrahenten, Steinberger und Quent, blickten einander in die Augen. Ihr Atem ging schwer. Keiner sagte ein Wort.

Paul Schwebel fand seine Brille. »Mauritius? Aber ...« Der Büchersammler stand auf und ging auf sie zu. Er starrte abwechselnd seinen Freund an, dann Quent, dann das Chaos in seinem Zimmer: das zerstörte Regal, die herabgefallenen Bücher, den Inhalt von Steinbergers Tasche, der sich über den Boden verstreut hatte. »Was ...?« Er hielt inne, als er mit dem Fuß gegen kaltes Metall stieß: die Pistole.

»Bleib, wo du bist, Paul«, befahl Steinberger. Kurz wandte er sich dem Freund zu, um ihn mit einem Blick zu beschwören. In dem Moment ging ein Ruck durch Quent. Er versuchte zu flüchten.

Mit einem Hechtsprung warf Steinberger sich auf ihn. Sie gingen beide zu Boden. Schlagend, zerrend, kratzend und ächzend rollten sie über den Boden in den Flur. Steinberger hämmerte mit seiner geballten Faust auf ein Ziel, das er nicht sehen konnte. Er fühlte Haare an seinen Fingern, packte zu und zog. Er schmeckte Blut zwischen seinen

Zähnen. Egal. Der Kommissar hörte jemanden brüllen. Er weigerte sich zu begreifen, dass das er selbst war. Irgendwo über sich rief jemand seinen Namen. Schwebel rief nach ihm. Steinberger achtete nicht darauf.

Quent unter ihm kämpfte ebenfalls wie ein Tier. Er wand sich, er trat, er krallte seine Finger in Steinbergers lose Haut. Irgendwie kam er hoch. Der Kommissar stemmte sich auf die Knie. Torkelnd warf er sich noch einmal vorwärts, in Richtung Quent. Eher würde er sterben, als zuzulassen, dass der ins Nebenzimmer gelangte und über den Balkon entkäme. Er bekam einen Hemdzipfel zu fassen. Zog sich daran hinauf. Der Schmerz in seiner operierten Hüfte explodierte. Sein Mageninhalt schoss ihm die Kehle hinauf. Quent wirbelte herum und hob mit beiden Händen die Goldfigur.

»Stopp!« Das war Schwebel, doch die Stimme schien nicht ihm zu gehören. So laut, so erstickt, so am Rande der Hysterie. Es lag etwas darin, das Quent gehorchen ließ.

»Mauritius, alles in Ordnung?« Der Kommissar wandte sich um: Paul Schwebel stand da, in beiden ausgestreckten Händen Steinbergers Pistole haltend. Sie zitterte, doch sie wies direkt auf Quent.

»Paul«, flüsterte Steinberger. Ihm stand der Schweiß auf der Stirn. Er wusste nicht, was mehr schmerzte, seine Hüfte oder der verletzte Arm, wo Quent ihn zuerst getroffen hatte. »Paul, ist gut.« Er bemühte sich, wieder zu Atem zu kommen. Vorsichtig ging er aus der Schussbahn. Zu seiner Verwunderung folgte ihm die Mündung der Waffe, schwenkte dann zurück zu Quent, zögerte dort, suchte ihn.

»Was macht ihr hier?«

»Paul?«, fragte Steinberger. »Paul, mein Freund.« Er versuchte, den Schmerz und das Adrenalin aus seiner Stimme herauszuhalten. Mühsam hob er die freie Hand. »Er ist bei dir eingebrochen. Ich ...« Die Übelkeit drohte ihn erneut zu überwältigen.

Hilflos starrte Paul Schwebel ihn an. Dann, wie hypnotisiert, schickte er sich an, näherzukommen. Als wollte er besser sehen. Als könnte er dann besser begreifen.

Steinberger wollte ihn aufhalten. Je größer der Abstand zwischen der Waffe und irgendwem, desto besser. Je weiter Paul sich von Quent entfernt hielt, desto geringer war die Chance, dass er versehentlich jemanden traf. Er richtete sich, so gut er konnte, auf. »Bleib, wo du bist, Paul.«

Quent erkannte seine Chance. Steinbergers Aufmerksamkeit war für einen Moment von ihm abgelenkt. Er stieß Steinberger kräftig in den Rücken, sodass er in Schwebels Richtung stolperte, warf sich herum und rannte zur Wohnungstür, dem nächstgelegenen Ausweg.

Danach ging alles sehr schnell.

36

Irina Staufert war zurück zum Sicherungskasten gelaufen und hatte das Flurlicht wieder angestellt, denn sie war eine pflichtbewusste Etagenbetreuerin. Danach aber hatte sie es unaufhaltsam zurück zu Schwebels Tür gezogen. Sie konnte jetzt nicht einfach gehen und dem Schicksal seinen Lauf lassen. Zu viel hing doch auch für sie davon ab. Sie wollte doch ihr Geld, oder? Sie hasste doch Quent. Oder? Und der Kommissar? Sie war doch für all diese Alten verantwortlich, irgendwie. Oh Gott, sie hatte das alles ausgelöst.

Sie hatte ihr Ohr an das Türblatt gepresst und mitgefiebert. Erst war alles so lange still gewesen. Und dann die seltsamen Geräusche, das Krachen, die Schreie. Sie versuchte, nicht das Schlimmste zu denken. Sie versuchte, vernünftig zu bleiben. Und wenn nun der Kommissar ...? Und wenn am Ende Quent? Und was würde aus ihr werden?

Sie öffnete die Tür, an der sie so verzweifelt gelauscht hatte, gerade in dem Moment, als der Kommissar sein lautes, verzweifeltes »Neeeeinn!« brüllte. Sie rannte direkt und ungebremst in Peter Quent hinein.

Steinberger, durch Quents Schubser aus dem Gleichgewicht gebracht, taumelte im selben Augenblick gegen Paul Schwebel. Der konnte später selber nicht mehr sagen, ob er in seiner Panik tatsächlich hatte schießen wollen oder ob sich der Schuss durch die Kollision mit dem Kommissar unabsichtlich löste. Die Kugel flog in Richtung des unfreiwillig ineinander verschlungenen Paares, das wie betäubt im Licht der geöffneten Wohnungstür stand. Sie traf Irina Staufert mitten in die Stirn. Sie war sofort tot.

Fassungslos sah Quent seine Geliebte und vermeintliche Komplizin zu Boden fallen. Er starrte erst sie an, dann Schwebel und den Kommissar. Sein Gesicht verzerrte sich. »Das ist deine Schuld«, brüllte er. »Es ist alles verdammt noch mal deine Schuld!« Im nächsten Moment riss er die Tür ganz auf und verschwand. Steinberger versuchte, einen Schritt zu machen und brach in die Knie. Es ging nicht. Er musste Quent gehen lassen. Vor Schmerz und Wut jaulte er auf.

»Mauritius?« Der Ton in Schwebels Stimme brachte den alten Kommissar zur Besinnung. Sein Blick klärte sich. Wie zum ersten Mal sah er seine Hände, altersfleckig, zerkratzt und blutbeschmiert. Der eine Unterarm sah seltsam verbogen aus. Quents erster Schlag, wurde ihm klar. Die Elle oder die Speiche, vermutlich beide. Auch auf dem Teppich waren Blut, Holzspäne, Papierfetzen. Die Scherben eines Aschenbechers, Asche und Stummel überall verteilt. Er hob den Kopf.

»Mauritius?«, wiederholte Schwebel. Dieses Gesicht. Ratlos, aber kurz vor einem Begreifen, mit dem er nicht fertigwerden würde. Das hier war kein aufregender Roman. Steinberger wünschte inständig, Schwebel wäre noch kurzsichtiger, als er war. Aber im Flur lag der reglose Körper von Irina Steinert. Und dort, wo die Kugel in ihren Schädel eingedrungen war, breitete sich eine große, dunkle Lache auf dem altersgerechten Weichbodenbelag aus, in der die Gangbeleuchtung sich spiegelte. Wenigstens schaltete sie im nächsten Moment auf Nachtlicht um. Quent musste den Gang verlassen haben. Er war vermutlich über alle Berge.

Der alte Kommissar schloss die Augen und sammelte all seine Kraft, um auf die Beine zu kommen. Er schaffte die drei Schritte zu Paul Schwebel, der völlig erstarrt war. Er nahm ihm die Pistole ab, legte sie auf einen Bücherstapel und führte den Freund zum Bett. »Es ist gut«, murmelte er, wohl wissend, dass das eine einzige große Lüge war. »Du kannst nichts dafür, hörst du? Das war nicht deine Schuld. Es wird alles wieder gut.«

Seite an Seite sanken sie auf das Bett.

Steinberger betrachtete das Chaos, die Tote. Er hörte Isolde Hohoffs Stimme, sachlich, wie damals in der Praxis, sanft, aber eindringlich: Wann hören Sie endlich auf, sich und andere zu verletzen. Paul Schwebel neben ihm hatte die Hände vor das Gesicht geschlagen und zu weinen begonnen. Steinberger schlang den Arm um seinen Freund und drückte dessen Kopf gegen seine Schulter.

Draußen sprang die Vollbeleuchtung wieder an. Sie warf ihre harten Schlagschatten in die Wohnung, bis kurz vor ihre Füße, seine in den blutbespritzen Turnschuhen, Pauls nackte. Paul hatte seltsam glatte Füße, aber ein Hühnerauge auf dem Grundgelenk des linken großen Zehs. Steinberger hätte sich am liebsten für den Rest seines Lebens mit nichts anderem beschäftigt, als die genaue Lage dieses Hühnerauges zu kartografieren.

Kurz darauf hörte er das Trampeln von Dienststiefeln auf dem Flur. Sein Anruf war also erfolgreich gewesen! Wann hatte er ihn noch einmal abgesetzt – vor Stunden? Minuten? Die Kollegen waren also doch gekommen. Für ihn war es jetzt vorbei.

37

Der Weg des alten Kommissars führte nicht aufs Revier, sondern ins Krankenhaus, wo man ihn röntgte und rügte. Dass ein Mann seines Alters solche Eskapaden unternahm. Normalerweise kämen Schwerstalkoholiker mit solchen Wunden, aber doch keine Stiftsherren. Steinberger hätte gerne das Wort »Helden« ins Spiel gebracht. Aber ihm war nicht danach, viel zu reden. Und sicher war er sich auch nicht, was die Diagnose seines Einsatzes anging.

Die Quittung für seinen nächtlichen Ausflug erwies sich als lang, die Schäden betrafen seinen Körper ebenso wie die Ersatzteile, die ihn vervollständigten: blutige Kratzer, Schürfwunden, Zerrungen. Sein Gebiss war beschädigt, seine Elle gebrochen und die Pfanne seiner Hüftprothese wies einen »Haarriss« auf, wie die Ärzte es formulierten.

Von Schmerzmitteln benebelt, den Arm in Gips, lag er Stunden später in einem fast unerträglich stillen Krankenzimmer und hatte mehr Zeit, als ihm lieb war, um zu überlegen, wie all das hatte passieren können. Nie war er Quent so nahe gekommen. Nie hatte er so deutlich den Hass in den Augen des anderen gesehen. Er also auch, dachte der alte Kommissar. Er empfindet ganz ähnlich für mich wie ich für ihn. Die Verbindung machte ihm Angst. Dann waren da Schwebel und Staufert, blassere Schatten, schwächere Farben. Wie viel Angst hatte in ihren Gesichtern gestanden. Mauritius Steinberger wollte sich gerne sagen, dass es Quents Schuld war. Quent hatte diesen beiden Menschen Angst gemacht, diesen Unschuldigen, nun ja, beinahe Unschuldigen, korrigierte er sich. Ach was, rang er sich dann durch, im Grunde waren sie unschuldig, im Vergleich jedenfalls zu Quent. Und zu ihm. Er war wieder am Anfang, die Gedanken kreisten und kreisten, dazwischen wie Bilder eines Diavortrags, aufblitzend nach der Schwärze: Gesichter, Schreie, Momente, Teppich auf seiner Haut, das Geräusch, als der Knochen brach, die glänzende Oberfläche einer Pfütze aus Blut.

Er war dankbar, als die erste Amsel zu singen begann. Es würde einen neuen Tag geben. Irgendwie ging es weiter.

Das Erste, was passierte, war, dass eine Schwester ihm das Frühstück brachte. Drei Sorten Tabletten, dazu zwei Brotscheiben, einen Butterwürfel und abgepackte Konfitüre auf einem Tablett. Steinberger schaute sich um: Seine Zähne lagen in einem Glas auf der Ablage über dem Waschbecken, drei Meter entfernt. Das war eine Ewigkeit weg in seinem momentanen Zustand. Er versuchte, sich steiler aufzusetzen. Schwindel kam auf, ein Zittern setzte ein, und er ließ es. Den Gedanken, sich zur Seite zu drehen, die nackten Füße auf den Boden zu setzen und sich vollständig aufzurichten, konnte er nicht einmal zu Ende denken. Nein, er blieb, wo er war. Sollte er klingeln? Sich kriechend hinüberquälen? Er ließ beides sein, schob das Tablett weg und wandte sich der beigefügten Tasse zu. Sie enthielt koffeinfreie Flüssigkeit, die Farbe wollte mühsam Kaffee vortäuschen. Er stellte auch sie beiseite und sagte sich, dass es nur besser werden konnte. Die Tabletten warf er allesamt weg.

Das Zweite war ein Besuch des Stationsarztes, der ihm eröffnete, wie es um ihn stand und dass er um eine Operation nicht herumkäme, wenn er wieder eine funktionsfähige Prothese haben wollte. »Die wird dann fünfzehn, zwanzig Jahre halten«, versprach der Arzt gut gelaunt. »Damit können Sie Tango tanzen.

Der Kommissar nutzte die Gelegenheit und verlangte nach seinem Gebiss. Er setzte es ein und fletschte die Zähne. »Um das genießen zu können, müsste ich dann also hundert werden. Und Lust auf einen Tanzkurs entwickeln.«

»Nun, sie wird, äh, lange halten.« Der Arzt beeilte sich wegzukommen.

Um zehn lief die Kriminalpolizei auf. Sie waren zu dritt. Sein Nachfolger Aloysius Rohpol persönlich verhörte ihn. Es dauerte lange und es war schmerzhaft. Wäre Steinberger noch im Dienst gewesen, sie hätten einen Sack voll Gründe gehabt, ihn zu suspendieren. Erneut zu suspendieren, wie Rohpol nicht müde wurde zu betonen. Das ärgerte Steinberger noch immer. Er war damals nicht suspendiert worden, nur beurlaubt, das war ihm wichtig. Und im Anschluss versetzt. Dass die Welt diesen Unterschied nie begriff. Nach außen hin hatte er damals geschwiegen, nur Brigitte gegenüber hatte er versucht, diese wichtigen Differenzierungen vorzunehmen. Aber sie war ja damals gerade damit beschäftigt gewesen, sich bei Quent häuslich einzurichten, und hatte nicht zuhören wollen. Nie wollten die Leute hören. Für einen Moment bedauerte Steinberger, die Tabletten nicht genommen zu haben. Er vermisste den süßen Dämmer der Schmerzmittel, deren Restwirkung unter Rohpols Attacken ins Wanken geriet.

»Das war Amtsanmaßung, Beihilfe zum Diebstahl, Vertuschung einer Straftat, Einbruch, so was in der Art.« Sein Nachfolger zählte die möglichen Klagepunkte auf. Steinberger lehnte sich zurück und versuchte, ruhig zu bleiben. Rohpol war nicht der Typ, der Ärger suchte. So etwas hinterließ schwarze Flecken auf dem Lebenslauf. Und die Verhaftung des eigenen Amtsvorgängers war genau die Sorte Fleck, auf die Rohpol nicht scharf war. Er versuchte, sich das vor Augen zu halten, während er nach allen Regeln der Kunst »zur Sau gemacht« wurde. Rohpol wollte nur Dampf ablassen.

Irina Staufert war zwar nicht mehr da, um seine Version der Dinge zu bestätigen. Sie lag im Leichenschauhaus, mit einer Kugel im Kopf, die aus seiner Waffe stammte. Aber zum Glück gab es einen Zeugen im Auktionshaus, der die Figur würde identifizieren und auch bestätigen können, dass Irina Staufert sie angeboten hatte. Man würde ihre Fingerabdrücke auf dem Goldfigürchen finden. Und Steinberger zweifelte nicht daran, dass Ettmar von Arx mithilfe seines Kunstexperten auch dieses Objekt bestimmen und dem Besitz seines Vaters zuordnen würde. Solche Leute ließen Geld nicht verkommen. Den Diebstahl würde er also beweisen können. Der Einbruchsversuch Quents bei Schwebel war offensichtlich. Das war ein Anfang.

»Wie ein verdammter Dilettant!« Aloysius Rohpol wütete. Sein fleischiges Gesicht war hochrot, jeder Muskel darin bebte. Steinberger hätte schwören können, dass sogar sein Schnurrbart gesträubt war.

Gelassen hielt er dagegen: »Der Mann hat wehrlose Senioren beraubt. Wenn ich nicht eingegriffen hätte, hätte er sich quer durch das Altenstift gearbeitet, wie der Fuchs durch den Hühnerstall. Erbstück um Erbstück.« Von den Toten sagte er noch nichts. Sein Kopf war trotz allem klar genug, um diesen Teil der Geschichte für sich zu behalten. Steinberger hatte seine Lektion gelernt, was Quent anging; er hielt sich an das Beweisbare.

»Was haben Sie sich dabei gedacht?«

Das war die Frage, die zu beantworten Steinberger sich weigerte. Er fragte stattdessen zurück: »Wenn ich mit meinem Verdacht gegen Quent zu Ihnen gekommen wäre, mit der Vorgeschichte, die der Mann und ich haben: Hätten Sie mir auch nur eine Sekunde zugehört?«

Rohpol verabschiedete sich mit einem Fluch und einem Türenknallen. Einer der beiden anderen Kriminaler steckte noch mal seinen Kopf herein: »Wir lassen einen Beamten vor Ihrer Tür, für alle Fälle.«

»Warum?« Steinberger versuchte, diesmal mit mehr Erfolg, sich im Bett aufzurichten.

»Dieser Quent ist immer noch flüchtig.« Der Kollege schenkte ihm ein müdes Grinsen. »Und wenn alles stimmt, was Sie sagen, ist er sicher nicht gut auf Sie zu sprechen.«

Die Nächste, die durch die Tür kam, war Dorothea Kranz.

»Das ganze Heim weiß es schon«, verkündete sie mit roten Wangen. »Alle sind in Aufruhr. Meine Güte.« Ihr Enthusiasmus erstarb für einen Moment, als ihr bewusst wurde, was sie vor sich sah.

Steinberger wurde klar, dass er wohl keinen ermutigenden Anblick bot, mit all den großzügig mit gelbbraunem Jod überpinselten Kratzern, den Pflastern, Binden und blauen Flecken. »Nur eine Fleischwunde«, sagte er, die *Ritter der Kokosnuß* zitierend, und hob seinen Gipsarm.

Dorothea Kranz fasste sich. »Verstehe. Sie meinen, ich hab Sie weiter im Kreativkreis am Hals. Na, dann wollen wir doch mal sehen.« Sie stellte ihre Umhängetasche auf sein Bett und begann auszupacken: Orangen, eine sichtlich selbst getöpferte Schale dafür, Schokolade, Kreuzworträtselhefte. »Und ...« Sie hob eine angebrochene Flasche Whisky hoch.

Steinberger las den Namen und war hocherfreut. »Sie sollten sich nicht so in Unkosten stürzen, Mädchen.«

»Hab ich nicht. Die ist aus Ihrem Zimmer.«

»Wie ...?« ... sind Sie hineingekommen, wollte er fragen.

»Ich hab der Heimleitung angeboten, dass ich Ihnen Ihre Sachen ins Krankenhaus bringe. Die waren sehr dankbar. Angehörige gibt es ja nicht. Und das Pflegepersonal hat für so was keine Zeit. Ihre Zahnbürste hab ich also auch dabei.« Sie hob erneut die Whiskyflasche. »Wo verstecken wir die am besten?«

»Wir trinken sie gleich.«

Gehorsam ging sie zum Waschbecken und kam mit dem Glas wieder, in dem zuvor sein Gebiss gelegen hatte. Kommt eh alles wieder zusammen, dachte Steinberger sich.

»Alkohol um elf Uhr morgens, mein neuer Rekord«, meinte sie, zuckte dann mit den Achseln und schenkte ein. »Sie zuerst, Herr Kommissar. Prost.«

Als er getrunken hatte, gönnte auch sie sich einen Schluck. Scharf, aber genussvoll stieß sie den Atem aus. »Sie machen Sachen.«

Steinberger lehnte sich zurück in die Kissen und ließ die Wärme der Flüssigkeit sich in seinem Magen entfalten. »Sieht so aus«, meinte er, im Moment nicht mehr ganz so unzufrieden mit sich.

»Und, was redet man so?«, erkundigte er sich dann. »Erst potenzieller Vergewaltiger, dann Mörder, sieht man mich so?«

Dorothea Kranz schüttelte den Kopf. »Man sieht in Ihnen eher den Sheriff am O. K. Corral, würde ich sagen. Wissen Sie, Diebstahl, das nehmen die alten Leute sehr ernst. Sie haben große Angst vor Dieben und Betrügern. Und Sie haben einen zur Strecke gebracht.«

»Dann haben sie also ihren Frieden mit mir gemacht?«, fragte Steinberger, fast ein wenig hoffnungsvoll.

»Na, Frieden würde ich es nicht unbedingt nennen.« Sie lachte. »Ich schätze, Sie sind immer noch nicht der Lieb-

lingskandidat unserer Pressereferentin für einen Abend-
vortrag über Sicherheit im Alter. Aber rauswerfen will Sie
auch keiner.«

»Wie schön.«

Nach einer Weile wagte Dorothea Kranz eine Frage:
»Also Quent ist der Dieb im Stift, nicht Dirk?« Als sie seinen Blick auffing, fügte sie rasch hinzu: »Nicht, dass es mir
was ausmachen würde. Der Typ ist mir egal, ehrlich. Ich
frag nur.«

Steinberger schloss die Augen. Er erwog, zu sagen, was
er zu sagen hatte. Zu tun, was er tun sollte. Doch er ließ es
bleiben.

»Was?«, fragte Dorothea Kranz nach. Sie griff nach seiner Hand und drückte sie.

Er erwiderte den Druck. »Das sind nur die Schmerzen«,
sagte er.

Sie lächelte. »Dann lass ich Sie jetzt besser mal ein bisschen allein.«

Er wandte den Kopf. Vor dem Fenster stand inzwischen
ein makelloser Himmel. Es war heller Vormittag. Sonne
hatte sich in den Raum geschlichen und malte lichte Zonen
auf das hässliche Linoleum des Bodens. Staub tanzte im
Licht, so wie Staub im Licht tanzen sollte in warmen, vertrauten Räumen. Alles sah freundlich aus. Mauritius Steinberger nickte. Ja, jetzt würde er schlafen können. Für einen
Moment. »Ich hab Sie sehr gern, das wissen Sie, oder?«,
fragte er. Denn ein paar Dinge gab es, die doch gesagt werden mussten.

38

Mauritius Steinberger machte Ordnung in seinem Zimmer im Stift. Er arbeitete konzentriert. Die Gäste mussten jeden Augenblick kommen. Da er den linken Arm immer noch in Gips hatte und mit dem rechten die Krücke hielt, weil seine angeschlagene Hüftprothese ihm zu schaffen machte, hatte er alles im Café bestellt und liefern lassen. Auf die Hilfe eines Etagenbetreuers hatte er nicht zurückgreifen wollen. Jedes Mal, wenn Mikael in der letzten Woche bei ihm vorbeigeschaut hatte, hatte es dem alten Kommissar einen Stich gegeben. Es sollte Irina Staufert sein, die durch die Tür kommt, das war immer sein erster Gedanke. *Sie* müsste da stehen, mit ihrem strengen Mutterblick, der sie immer so aussehen ließ, als überlege sie, ob der vorgetragene Wunsch angemessen und erfüllbar war. Oder ob sie erzieherisch eingreifen sollte.

Der zweite Gedanke war ein brennendes Schuldgefühl. Beim Abschiedsgottesdienst für die Tote in der Kapelle war er sehr aufrecht und sehr allein am Rand der letzten Stuhlreihe gesessen. Ihm war, trotz Dorotheas gegenteiligen Beteuerungen, als würden alle Anwesenden ihm und ihm alleine Vorwürfe machen. Dass Irina Staufert hatte sterben müssen. Dass Peter Quent verschwunden war. Dass das Stift gesummt hatte wie ein Hornissennest und viele Bewohner nun zusammenschreckten, wenn ihre Zimmertür geöffnet wurde. Die Etagenbetreuer hatten sich ein noch lauteres Klopfen und einen noch fröhlicheren Begrüßungssatz ausgedacht. Selbst die Nachtdienste verzichteten auf das übliche lautlose Hineingleiten in die Zimmer für einen prüfenden Blick.

Die Pressereferentin hatte es für sinnvoll erachtet, einen Vortrag anzusetzen über deutsches Waffenrecht. Denn es gab Pfleger, die von der Sorge bedrückt wurden, von einem verschreckten, halb dementen Stiftsherrn mithilfe einer ererbten Pistole aus dem letzten Weltkrieg aus dem Leben befördert zu werden. Mauritius Steinberger schätzte, dass man Frau Sörgel und ihren Rollator bereits auf Schusswaffen abgetastet hatte. Der Rest war aufgefordert, schießfähige Erbstücke des Vaters aus dem letzten Krieg doch bitte bei der Polizei abzugeben. Und im Speisesaal war bei den nie endenden Gesprächen darüber, was der geheimnisvolle Rucksackträger wohl in seinem Gepäck hatte, die eine oder andere krimitaugliche Mutmaßung dazugekommen. Nach Goldbarren, Silberbesteck und Bowlingkugeln waren nun Handgranaten und Schnellfeuermunition die Favoriten der Saison.

Immerhin gingen die Gespräche weiter. »Die arme Irina«, hatte die Arme beim letzten Mittagessen gesagt.

»Wir müssen alle einmal sterben«, hatte der Besserwisser dagegengehalten.

»Na, *der* jedenfalls stirbt höchstens an einem Leistenbruch«, hatte die Spitznasige bemerkt und dabei den Rucksackträger mit den Augen verfolgt, der wie immer unbeirrt und ruhig sein Gepäck durch die wuselnde Menge wuchtete.

»Was für ein Leichentuch?«, fragte die Arme dazwischen, die stark schwerhörig war.

Mr. Siemens überging ihre Frage. »An Leistenbruch stirbt man nicht«, erklärte er. »Ich dagegen hatte mal auf einer Dienstreise in Indonesien eine Zahnwurzelentzündung.« Er machte ein saugendes Geräusch, das die Lebensgefährlichkeit der Sache andeuten sollte. »Zum Glück gab es Eis im Hotelkühlschrank. Das Logo an dem Gerät war natürlich das meiner Firma.« Er seufzte wohlig. »Am anderen Ende der Welt, mitten im Nirgendwo. So was gibt einem ein Gefühl von Heimat. Und natürlich einen gewissen Stolz.«

»Sie Armer«, sagte die Arme.

Der Besserwisser zog gleich mit der Erzählung von der Blinddarmentzündung, die ihn während eines Erlebnisaufenthaltes in der Kasachischen Steppe niedergeworfen hatte. Alles war beinahe wie immer gewesen.

Es klopfte.

Frau Dettes Tochter und ihr Mann hatten Blumen mitgebracht. Und einen Umzugskarton, den er umsichtig über die Schwelle wuchtete.

»Begonien«, sagte sie und stellte den Topf in die Küche. Dann ging sie sich umsehen. »Es ist schon bemerkenswert«, sagte sie dann, »wie unterschiedlich die Zimmer aussehen können. Das hier gehört eindeutig einem Mann, was, Dieter?«

Der Angesprochene setzte den Umzugskarton ab und reichte Steinberger die Hand, die er anhaltend schüttelte. »Ihr Anruf kam gerade noch rechtzeitig«, meinte er. »War schon alles in der Garage, bereit für das Sozialkaufhaus.«

Er dankte für die Tasse Kaffee, die Steinberger ihm anbot. Seine Frau kam in die Küche, um sich ebenfalls zu bedienen. »Lassen Sie nur, ich mach das schon.« Mit diesen Worten verwies sie den alten Kommissar in seinen Sessel.

»Hab gehört, Sie haben die bösen Jungs geschnappt«, sagte ihr Mann mit Blick auf die Krücke des Kommissars und seinen hinkenden Gang. Er ließ sich Steinberger gegenüber auf dem Bettsofa nieder, vorsichtig seine Tasse balancierend. »Sie sind der Held des Tages.«

»Da haben Sie die nette Version gehört.« Steinberger nickte. »Aber es stimmt, ja: Ich habe einen Dieb enttarnt.

Fangen müssen wir ihn allerdings noch. Die Polizei fahndet jetzt schon seit einer Woche vergebens nach Peter Quent.«

Frau Dettes Tochter schüttelte den Kopf. »Dass so was hier passieren kann. Der reinste Krimi.« Sie spitzte die Lippen, um das heiße Getränk zu schlürfen. »Ah, der Kaffee war hier immer schon sehr gut.« Sie schaute ihren Mann an. »Ich werde die Sonntagnachmittage im Stift vermissen.« Ihre Augen wurden ein wenig feucht.

Er tätschelte ihr die Hand und wandte sich an Steinberger: »Hat das auch irgendwas mit dem Fall zu tun?« Seine Stimme war laut und bodenständig, aber nicht unfreundlich. »Ich meine, dass Sie uns anrufen und um Mutters Bilder bitten? Nicht, dass wir uns nicht gefreut hätten«, fügte er schnell hinzu.

Sie nickte zu den Worten ihres Mannes. »Wir haben ja gleich gesagt: Nehmen Sie sich ein Erinnerungsstück.«

Mauritius Steinberger überlegte. Nein, entschied er sich. Es war zu früh, ihnen zu sagen, dass Frau Dette eines gewaltsamen Todes gestorben war. Über den möglichen Diebstahl allerdings würden sie reden müssen. »Indirekt«, antwortete er deshalb.

Schon dieses Wort sorgte dafür, dass beide wie auf Kommando den Kopf hoben.

Der Kommissar setzte zu einer Erklärung an. »Bei dem Fall Quent geht es um Diebstahl. Kunstraub, um genau zu sein. Und ich glaube«, er wog jedes Wort vorsichtig ab, »dass der Fall, den ich aufgedeckt habe, nicht der einzige im Stift sein könnte.«

»In der Zeitung stand was von einer aztekischen Statue.« Dieter erwies sich als gut informiert.

Seine Frau schob nachdenklich die Unterlippe vor. »Aber Mutter hatte gar keine Statuen.«

»Ein weiterer Fall«, schob der alte Kommissar nach, »betrifft ein Gemälde. Wir haben das noch nicht an die Presse gegeben. Die Polizei ermittelt da noch.« Das war gelogen, es sei denn, man betrachtete ihn als ›die Polizei‹.

»Ein Gemälde, das gestohlen wurde?«, fragte Frau Dettes Tochter. Steinberger konnte förmlich sehen, was sie dachte: Dass im Nachlass ihrer Mutter doch nichts fehlte.

»Das durch ein gefälschtes ersetzt wurde«, korrigierte Mauritius Steinberger sie deshalb. »Erst die Erben haben bemerkt, dass nicht mehr das Original an der Wand hing.« Das entsprach der Realität. Er hatte inzwischen mehrfach mit Ettmar von Arx telefoniert. Der hatte das vermeintliche Morgenstern-Gemälde einem Experten gezeigt. Der wiederum hatte festgestellt, dass es sich definitiv um eine Fälschung handelte. Um eine sehr gelungene Fälschung, was die Malerei betraf. Aber die Farben und die Leinwand waren modern. »Da hat jemand nur für das Auge gearbeitet«, war das Urteil des Experten gewesen. Wenn das Bild an der Wand hing, täuschte es jeden Betrachter. Wenn ein Fachmann es untersuchte, hielt die Täuschung keine Minute stand. Der alte Kommissar schloss daraus, dass nur Ewald von Arx selbst hatte getäuscht werden sollen. Er sollte zu Lebzeiten nicht merken, dass jemand sein Bild ausgetauscht hatte. Und warum? Die Antwort lag auf der Hand: Weil er gewusst hätte, wer ihn da hatte hereinlegen wollen; er hatte den Fälscher gekannt.

Noch einen weiteren Umstand hatte der Experte herausgefunden, und der Kommissar hatte ihn ebenfalls für sehr bemerkenswert gehalten: Die Fälschung war frisch, nur wenige Wochen alt, dem Geruch und Trockenheitsgrad der Farbe nach zu schließen. Das wiederum hieß, dass der Fälscher hier im Stift zugeschlagen hatte. Und das machte es höchst wahrscheinlich, dass auch der Tod Ewald von Arxens mit der Fälschung zusammenhing. Von all dem erzählte der Kommissar nichts. Auch nicht, dass er Ettmar von Arx gebeten hatte, das falsche Bild schleunigst der Polizei zu übergeben. Möglich, dass man die Fingerabdrücke des Fälschers noch darauf fand. Der Experte hatte versichert, Handschuhe getragen zu haben. Auch die Leinwand und die Farben konnten der Spurensicherung Geheimnisse verraten. Vorausgesetzt, irgendjemand würde Steinberger und seinen Theorien zuhören. Der alte Kommissar fürchtete ein wenig, dass das Ohr seines Nachfolgers auch jetzt kein geneigtes sein würde. Doch immerhin hatte er Fakten zu bieten, die unwiderlegbar waren. Wenn er nachweisen könnte, dass es zwei Fälle von Fälschungen gab, dann war es ausgemacht: Dann musste Aloysius Rohpol auf ihn hören.

Wo war er stehen geblieben?, überlegte er, als er aus all diesen Gedanken wieder auftauchte. Oh, er wurde alt. Sein jüngeres Ich hätte weder den Faden der Erzählung noch den Kontakt zu seinen Zeugen verloren. Es war so wichtig, dass die beiden ihn mochten. Er nahm das Kaffee trinkende Ehepaar wieder fest in den Blick. Sie baumelte mit den Beinen. Er behalf sich mit der Standardlösung für langweilige Besuche und musterte die Titel im Bücherregal. Der Kommissar kam zur Sache: »Deshalb habe ich überlegt, ob das nicht auch bei Ihrer Mutter passiert sein könnte. Dass ihr ein gefälschtes Bild untergeschoben wurde, meine ich.«

»Warum bei Mutter?«, fragte Frau Dette. »Alles, was sie hat, hat sie auf dem Flohmarkt gekauft. Oder im Kaufhof.«

Die korrekte Antwort hätte lauten müssen: Weil Ihre Mutter ebenfalls ermordet wurde. Steinberger sagte lieber: »Auf Flohmärkten wurden schon echte Rembrandts entdeckt.«

»Von Mutter?«, fragte Dieter ein wenig ungläubig.

»Sie haben doch selbst schon von *Bares für Rares* gesprochen, wenn ich mich nicht irre.« Mauritius Steinberger bemühte sich, ein wenig Öl ins Feuer zu gießen.

»Sie meinen ...?« Frau Dettes Schwiegersohn stellte seine Kaffeetasse ab.

Seine Frau vollendete den Satz: »... Mutter könnte einen echten kleinen Schatz besitzen?«

»Besessen haben«, verbesserte Mauritius Steinberger sie. »Wenn ich recht habe, dann wurde er durch eine Fälschung ersetzt.«

»Die Sie wiederbeschaffen könnten?« In den Augen von Frau Dettes Tochter brannte jetzt eine kleine Flamme.

Mauritius Steinberger erlaubte sich eine vage zustimmende Geste. »Wenn wir den Täter ermittelt haben, haben wir auch eine Spur zu dem Kunstwerk.«

»Ja, aber wie sollen wir so was erkennen?« Der Schwiegersohn war ratlos. Er öffnete den Karton und beugte sich vor. »Das sind bestimmt ein Dutzend Bilder.«

Der Kommissar erklärte, wie er es angehen wollte. Sie würden zuerst der Nase nachgehen. Roch etwas frisch? Sah es neu aus, neuer als es sein dürfte? War das Motiv vielversprechend? Wenn sie ein verdächtiges Objekt hätten, würde er ein Foto davon machen und es per Smartphone verschicken. Er hatte einen alten Bekannten, der ihnen würde sagen können, ob das Bild irgendeinem bekannten Gemälde ähnelte. Oder ob der Malstil ihn an einen bekannten Maler erinnerte.

»Der kann so was?«, fragte Dieter anerkennend.

»Er hat im Dezernat für Kunstraub gearbeitet«, erklärte Steinberger. »Wir haben uns mal auf einer Tagung kennengelernt. Da ging es um internationale Verflechtungen im kriminellen Milieu. Na ja, eigentlich ging es ums Saufen und Schwimmen im Hotelbassin und darum, mal ein, zwei Tage weg von dem Mist daheim zu sein. Die Tagung war immerhin in Rom.« Steinberger grinste und konnte das unmittelbare Gegenstück in Dieters Gesicht aufleuchten sehen. Gebannt war die ehrfürchtige Angst vor Experten. »Na, dann zeigen wir dem Mann mal was.«

Sie gingen es methodisch an, holten die Bilder aus der Kiste, beschnupperten sie, verteilten sie auf dem Boden. Die Tochter sortierte zwei Clownsbilder aus, die auf der Rückseite noch das Preisschild von Woolworth trugen, und einen röhrenden Hirsch im Birkenholzrahmen, den sie selbst bei einem Urlaub in Südtirol erworben hatte. Steinberger schloss aus, dass das Original von Dürers *Betenden Händen* bei Frau Dette gehangen haben könnte.

In die engere Auswahl kam schließlich das Bild eines abgerissenen Straßenjungen in einem südlichen Land, der ein Stück Melone in der Hand hielt, und ein kleiner Blumenstrauß in einer Glasvase.

»Ein bisschen verschmiert gemalt«, meinte Frau Dettes Tochter. »Aber man kann schön die Clematis erkennen.«

Mauritius Steinberger versandte Fotos der beiden Bilder. Sie tranken Kaffee und warteten. Die erste SMS kam schnell: »Das ist ein Murillo«, las Steinberger vor. »Spanischer Maler aus dem siebzehnten Jahrhundert.«

»Dann ist es das?« Frau Dettes Schwiegersohn stupste seine Frau an.

»Kaum«, meinte Steinberger, der weiterlas. »Das Original ist sehr viel größer und hängt in der Alten Pinakothek in München. Und als vermisst gemeldet ist es nicht.«

Blieben die Blumen. Steinberger bot eine dritte Runde Kaffee an. Die Dettes ließen sich auch endlich zu einem

Stück von der Käsesahnetorte überreden, die das Café geliefert hatte. Dieter kam mit zur Küchenzeile, um tragen zu helfen. »Nichts für ungut«, fragte er leise, »aber hätten Sie auch ein Bier?« Steinberger hatte.

»Ist nur wegen dem Magen«, sagte Dieter. »Der verträgt das viele Koffein nicht.«

Steinberger stieß mit ihm an. Frau Dettes Tochter nahm noch mal vom Kuchen, den sie ebenfalls vermissen würde. »Mama hatte ja am liebsten die Obsttörtchen. Weißt du noch, Dieter?« Man tauschte Erinnerungen an die Verstorbene aus. Die Beerdigung sei auch sehr schön gewesen. »Vor allem die Blumen. Ganz bunt. Mama hatte es ja mit Farben.« Richtig, es ging um Blumen. Noch jemand Kaffee? Bier wurde akzeptiert, diesmal auch von der Dame. Mauritius Steinberger war kurz davor, eine Runde Kreuzworträtseln anzubieten. »Sie müssen nicht auf das Ergebnis warten, wirklich.«

»Aber das ist doch spannender als im Fernsehen!«

Diesmal war es keine SMS, Steinbergers Verbindungsmann rief persönlich an. »Interessant«, war sein erstes Wort.

Steinberger war so elektrisiert, dass er sich unwillkürlich aufrichtete. Auch die Dettes saßen unwillkürlich gerader da und ließen den alten Kommissar nicht aus den Augen, der »Ja«, sagte, wieder »Ja« und »Aha« und »Was heißt das jetzt?«.

Sie waren gerade wohlerzogen genug, ihn nicht am Revers zu packen, als er endlich aufgelegt hatte und sie anschaute.

»Also?« Die beiden waren gespannt bis zum Letzten.

»Offenbar litt der Maler Édouard Manet an Syphilis.« Was der Kommissar zusammenfasste, war das Folgende:

Der Impressionist hatte aufgrund der Krankheit erhebliche Schmerzen beim Gehen und Stehen. Er ging deshalb so um 1880 dazu über, im Sitzen zu malen, kleinformatige Sachen, die schnell fertig wurden. Oft malte er Blumen, die Freunde ihm bei ihren Krankenbesuchen mitbrachten. Und er verschenkte im Gegenzug die Bilder an Freunde. »Offenbar sind viele der Bilder in Privatbesitz«, erklärte der Kommissar. »Sie sind in den Familien vererbt worden. Dann kamen die Kriege, vor allem der Zweite Weltkrieg. Viele Franzosen emigrierten. Viele trennten sich von Kunstschätzen für einen Spottpreis, weil sie Geld brauchten. Mein Kumpel sagt, dass schon einige dieser Blumenbilder unerwartet an den seltsamsten Ecken wieder aufgetaucht sind.« Er neigte sich zu dem Ehepaar vor. »Wo hatte Ihre Mutter das Bild denn her?«

Es fiel den beiden schwer, sich von dem kleinen Gemälde zu lösen. Dieter kontrollierte mit gerunzelter Stirn und zusammengekniffenen Augen die Signatur. »Könnte was mit M sein«, gab er zu. Seine Frau fasste ihn am Arm. »Ist das nicht das Bildchen, das Mama von ihrer Reise nach Lourdes mitgebracht hat?«

Steinberger versuchte einzuwerfen, dass es durchaus nicht aus Frankreich stammen musste. Eines dieser Manet'schen Blumenbilder war in New York angeboten worden. Eines hatte man in der Schweiz in einem Nachlass identifiziert. Aber Frau Dettes Tochter ließ sich nicht beirren. »Ja, das war 2001. Mama wollte unbedingt diese Busreise machen, und ich bin mit, weil sie ja schon kaum noch laufen konnte. Nach all dem Beten und Segnen und Reliquienküssen sind wir dann mal ins Örtchen. Und da war dieser Flohmarkt. Ich weiß noch genau, wie entzückt sie war. Immer wieder hat sie gesagt, wie lustig sie es fand, dass der

Händler sich ›Monsieur Brocante‹ nannte. Sie mochte den Namen so.« Wieder wurden ihre Augen feucht, als sie die beiden Männer anschaute. »Sie hat das Bild nur genommen, um irgendeine Erinnerung an den schönen Tag zu haben.« Noch einmal nahm sie das Bildchen in die Hand. »Ist schon ein bisschen schlampig gemalt«, meinte sie. »Und das soll jetzt wertvoll sein?«

Ihr Mann räusperte sich. »Von, äh, von wie viel Geld reden wir denn da bei so einem Manet?«

Mauritius Steinberger holte eine Klarsichthülle aus seinem Schreibtisch, nahm Frau Dettes Tochter das Bild ab, indem er es vorsichtig mit den Fingerspitzen an den Rändern hielt, und schob es vorsichtig unter den Kunststoff. »Das hier ist gar nichts wert. Nur ein Beweisstück.«

Aufatmend lehnte er sich in seinem Sessel zurück. Diesmal würden sie ihm zuhören müssen auf dem Präsidium. »Aber das Original, wenn wir mit unserer Vermutung recht haben.« Er machte eine Kunstpause. »Ein paar Zehntausend Euro.«

Frau Dettes Tochter japste. Ihr Mann fasste nach ihrem Arm.

Mauritius Steinberger überlegte, ob das der richtige Moment war, mit ihnen über die Exhumierung ihrer Mutter zu sprechen.

39

Steinberger war sehr nervös, als er an die Tür von Frau Doktor Hohoff klopfte. Er hörte ihre Schritte, lange, ehe sie öffnete. Er hatte sich ausgemalt, wie sie auf seinen Besuch reagieren würde, alle möglichen Reaktionen hatte er im Kopf durchgespielt. Doch als sie ihn erkannte, tat sie etwas, das er nicht erwartet hatte: Sie sagte nichts. Sie wartete.

Er verfluchte sie im Stillen. Nervös räusperte er sich. Erwog die möglichen Antworten, die er sich zurechtgelegt hatte und die er nun nicht geben konnte, da nichts gefragt worden war. Schließlich hielt er ihr einfach ebenso stumm das Blatt Papier hin, das er mitgebracht hatte.

Sie nahm es. »Was ist das?«

»Eine Wintersonne. Ich meine«, er verlagerte sein Gewicht von der heilen auf die defekte Seite, verzog das Gesicht und verlagerte es zurück. »Ich meine, das ist das Ergebnis meiner letzten Stunde im Kreativkurs. Sie kommen ja nicht mehr.« Er machte eine halb ängstliche, halb hoffnungsvolle Pause.

Sie schien auch das nicht kommentieren zu wollen.

Notgedrungen fuhr er fort: »Dorothea hat wieder mal vorgeschlagen, dass wir einfach hochkommen lassen, was in uns ist. Mit Aquarellfarben diesmal. Und da hab ich an Sie gedacht. Also, an Ihren Rat: es einfach kreisen zu lassen. Wissen Sie noch? Wie ein Adler.« Er versuchte ein Lächeln, das nicht erwidert wurde. »Und das da ist, was passiert ist. Ich nenne es ›Wintersonne‹.«

Beide betrachteten das Motiv: eine wogende blaugraue Welt mit einem rotierenden Wirbel in der Mitte, der Elemente von Silber und blassem Gold in die winterliche Farbzusammenstellung brachte und mit diesen Farben eine Ahnung von Wärme, die all die Kälte sanft überstrahlte. Es war ein höchst passender Titel. Mauritius Steinberger nahm seinen ganzen Mut zusammen: »Es ist das, was ich sehe, wenn ich an Sie denke.«

Sie hielt das Blatt noch immer in beiden Händen. Ihr »Danke« kam zögernd, beinahe widerwillig. Dann wiederholte sie es, mit einigem Nachdruck: »Ich danke Ihnen.«

»Es gefällt Ihnen?« So viel Hoffnung lag in seiner Stimme, dass er sofort versuchte, alles herunterzuspielen. »Ich meine, es ist nichts Besonderes, ich wollte nur …«

Sie unterbrach ihn mit einem Nicken in Richtung seiner Gehhilfe.

»Diesmal ist sie echt, hm?«

Er wurde ein wenig rot. »Es tut mir leid«, fing er an. Was sollte er sagen: Ich hätte offen sein sollen? Ich hätte Sie einbeziehen sollen? Er hatte seine Gründe gehabt, es nicht zu tun. Aber er wollte lieber nicht darüber nachdenken.

Ehe er fortfahren konnte, ergriff sie das Wort: »Denken Sie immer noch an eine Hüftoperation?«

Überrascht fragte er: »Gibt es dazu denn Alternativen?«

Sie lachte kurz auf. »Eine Menge, auf die Chirurgen aber nicht kommen. Vor allem lange Spaziergänge an der frischen Luft. Wassergymnastik. Gymnastik überhaupt. Ich kann Ihnen einen guten Therapeuten empfehlen. Operieren ist eine Radikaltherapie. Nicht der Weisheit letzter Schluss.« Sie hob das Bild und wedelte damit, als stünden darauf die Argumente.

»Mir wäre Gesellschaft auf den Spaziergängen sehr recht.« Er hielt den Atem an.

Wieder antwortete sie nicht.

Nach quälenden Momenten brachte er schließlich ein »Ja, dann« heraus. Er hatte sich schon abgewandt.

Da fragte sie seinen Rücken: »Die Polizei hat ihn noch nicht gefunden, nicht wahr?«

Mauritius Steinberger wandte sich abrupt wieder um. »Nein«, gestand er. »Hat sie nicht.«

»Suchen Sie ihn auch?«

Seine Augen flackerten, während er sich selbst diese Frage stellte. Sie bemerkte es und verzog das Gesicht zu einem traurigen Lächeln. »Im ersten Moment, als Sie da vor der Tür standen, dachte ich, Sie wollten mich fragen, ob ich ihn vielleicht versteckt halte.«

Der Satz wirbelte mehr in Steinberger auf, als er wahrnehmen und bewältigen konnte: plötzlichen Argwohn, Angst, Scham, Verwirrung, Schmerz, Erinnerungen, die er fest weggeschlossen zu haben glaubte. Für Augenblicke wusste er nicht mehr, welche Frau er vor sich hatte. Isolde Hohoff oder Brigitte, die ihm die Tür zu Quents Haus öffnete. Ehe er sich sammeln und all die Emotionen zurückdrängen konnte, war es ihm schon entfahren: »Tun Sie es? Entschuldigung!«, schob er sofort nach. Es war unentschuldbar. Er hatte es vergeigt. Er war ein Idiot. Mit einer wegwerfenden Geste wandte er sich erneut von ihr ab. »Sie haben recht. Sie haben recht mit mir. Mit allem, was Sie je über mich gesagt haben.« Dass ich nicht aufhören kann, dachte er, mir und anderen wehzutun, dachte er im Stillen. »Es tut mir leid.«

Diesmal streckte sie den freien Arm nach ihm aus. Er konnte nicht anders als zu registrieren, dass dies das allererste Mal war, dass sie ihn berührte. Sie umfasste sein Handgelenk und zog ihn dicht zu sich heran, ehe sie anfing zu sprechen. Ihr Blick ging dabei an ihm vorbei. Als schämte sie sich, wie er erstaunt bemerkte. Aber wofür?

»Ich treffe ihn manchmal«, sagte sie.

Sein Handgelenk in ihrem Griff zuckte. Sie hielt es fest.

»Er kommt auch heute. In den Zoo, Sie wissen schon, wo.«

Er knurrte eine Bestätigung. Er wollte, dass sie ihn losließ. Dass das hier vorbei war. Dass er gehen und seine Wunden lecken konnte. Zum zweiten Mal. Zum zweiten Mal Quent unterlegen. Diesmal würde er nicht mehr aufstehen. Dafür brauchte er keinen Zeugen. Er wollte sofort hier weg. Sollte sie das Bild behalten. Sollte sie über ihn lachen. Wenn sie ihn nur losließ. Musste er ihr erst wehtun? Begriff sie denn gar nichts?

Als hätte sie seine Gedanken gelesen, ließ sie sein Handgelenk plötzlich fahren.

Er stand da und rieb es sich wie eine Wunde, selbst erstaunt, dass er nicht davonhinkte, so rasch er konnte. Dass er noch immer dastand, war nur möglich, weil ihr Blick noch immer zu Boden gerichtet war. Was lag in ihrer Haltung: Mitleid, Trauer, Schuldgefühle? Er konnte es nicht entziffern. Aber irgendetwas daran gab ihm Hoffnung. Diese verfluchte Hoffnung. Man machte sich zum Narren damit.

»Warum«, fragte er endlich, als er sich ein wenig gesammelt hatte, »warum sagen Sie es mir?«

»Weil ich glaube, dass er genau das will«, sagte sie leise. Endlich schaute sie ihm wieder in die Augen. »Ich glaube, er will im Grunde gar nicht mich dort treffen. Sondern Sie.«

40

Mauritius Steinberger hatte der Verkabelung zugestimmt. Zwei Einsatzteams würden ihn beschatten, in angemessenem Abstand, versteht sich. Am Andenkenstand vor dem Giraffengehege trafen sie die letzten Absprachen. »Halten Sie Abstand«, bat Steinberger. »Ich will die Chance, ein Geständnis aus ihm herauszuholen.« Er wollte endlich den Tod des Jungen auf dem Skateboard aufklären; das war seine Priorität. Die Kollegen konnten Quent gerne haben wegen des Einbruchs im Stift. Wegen der Toten dort. Aber Steinberger kannte Quent. In einem Verhörraum kam er blendend zurecht. Wenn er etwas über früher von ihm erfahren wollte, über den Bankraub in Lauf, über die Jahre als Trickbetrüger, und über den Jungen auf dem Skateboard – und über Brigitte, flüsterte sein Unterbewusstsein –, dann musste er die Chance ergreifen, solange er hier im Zoo zwanglos mit Quent im Gespräch war. Wenn Isolde Hohoff recht hatte, war es Quent, der dieses Treffen suchte. Er wollte Steinberger sprechen. Und warum, sagte sich der alte Kommissar, sollte er das tun, wenn nicht, um sein Gewissen zu erleichtern? »Kaufen Sie einen Luftballon«, riet er den Beamten mit einem Grienen. »Würde jeder normale Zoobesucher tun.«

Dann machte er sich auf den langen Weg zum Eisbärengehege.

Er versuchte nicht, seine Schatten abzuschütteln. Mit der Krücke hätte er gar keine Chance dazu gehabt. Aber er achtete darauf, dass die Distanz zwischen ihnen ausreichend groß blieb. Zugleich machte er ihnen klar, wer hier das Sagen hatte. Demonstrativ mäanderte er von Aussichtspunkt zu Aussichtspunkt, ließ sich Zeit, kaufte sich ein Eis. Als er das Gefühl hatte, dass alles richtig lief, winkte er dem Tiger, den zu besuchen er sich nicht hatte verkneifen können, ein letztes Mal zu und stieß sich von der Sandsteinmauer vor dem Gehege ab. Die Eisbären warteten.

Quent war diesmal nicht bei den Robben. Er stand beim Gehege mit den arktischen Bären. Wie immer war er elegant gekleidet: ein grauer Anzug aus einem seidigen Stoff, dazu eine Krawatte in mattem Pflaumenton, farblich passende Socken, was Steinberger als fast schon obszön empfand, und einen Strohhut mit silbergrauem Band, den er so locker über einen Finger gestülpt hielt, dass ein Windstoß ihn in den Wassergraben des Geheges hätte wehen können.

»Ein wunderbarer Anblick«, sagte Quent und leckte an seinem Eis.

Steinberger, der seines glücklich aufgegessen hatte, wischte sich unauffällig die leicht klebrigen Finger an der Jeans ab. »Haben Sie denn gar keine Scham?«, fragte er tadelnd.

Quent warf ihm einen abschätzigen Blick von der Seite zu und wechselte das Thema. »Isolde hat es Ihnen also gesagt.«

»Sie war so frei.« Steinberger lehnte sich wie Quent ein wenig vor und stützte sich auf der Mauer ab. Der rote Sandstein war herbstlich kalt. »Also«, sagte er, »ich höre.«

Quent drehte sich zu ihm hin und schaute ihn interessiert an. »Was wollen Sie hören?«, fragte er.

»Nun kommen Sie schon. Sie haben mir durch Isolde gesteckt, wo ich Sie finden kann. Sie wollten mich sprechen, nicht ich Sie.« Der alte Kommissar konnte einen gewissen Triumph in seiner Stimme nicht verbergen. Er mahnte sich zur Vorsicht, so kurz vor dem Ziel, doch es war schwer.

»Ach.« Quent zog die Augenbrauen hoch. »So ist das also Ihrer Ansicht nach? Und was in aller Welt sollte mich zu so einem Verhalten bewegen?«

»Das schlechte Gewissen?«, riet Steinberger. »Geben Sie es ruhig zu, jeder will irgendwann beichten. Denken Sie an Irina. Sie haben die Frau bestohlen, verführt und benutzt. Jetzt liegt sie unter der Erde.«

»Das ist Ihre Schuld«, fuhr Quent ihm scharf dazwischen.

»Aber Sie waren der Einbrecher, der nachts in Schwebels Wohnung auftauchte. Sie waren der Dieb. Sie sind der Verbrecher. All die Jahre schon, hab ich recht?« Steinberger tat sich schwer, sich zu bremsen. »Der Bankraub damals, all die Betrügereien. Das waren Sie und immer Sie.« Mit Mühe hielt er sich wenigstens davon ab, den Namen des Jungen zu sagen. Das musste von Quent selbst kommen. Er durfte ihn nicht zu sehr verschrecken. »Geben Sie es doch zu.«

Quent antwortete nicht, stattdessen musterte er Steinberger mit einer Aufmerksamkeit, die schon beinahe zärtlich zu nennen war. »Das ist es also«, sagte er dann leise, mit nur milde anklingendem Spott. »All die bösen Dinge. Die müssen mir doch auf der Seele liegen. Ich verstehe.« Er betonte voll leiser Ironie, wie ein guter Schauspieler. »Aber Sie haben recht; es ist schon wahr: Wenn einer Böses getan hat, dann findet seine Seele keine Ruhe. Ist es nicht so, Steinberger? Was meinen Sie?«

»So ist es.« Der Kommissar bekräftigte aus vollem Herzen. Dann fügte er hinzu: »Und es kann so erleichtern, sich das von der Seele zu reden, Quent. Glauben Sie mir.«

Jetzt stieß Quent kleine Geräusche aus. Weinte er etwa? Der alte Kommissar war erst erschrocken, dann empört, als er bemerkte, dass der Mann vielmehr lachte. Zorn flammte hoch. Dieser Quent lachte ihn aus! Er packte Quent am

Aufschlag seines Jacketts. »Sie haben den Jungen damals sterben lassen. Und Sie lachen.«

»Sie haben den Jungen damals sterben lassen«, echote Quent. »Und das aus Ihrem Mund. Ich danke Ihnen, Mauritius.«

Verblüfft von dem Tonfall ließ Steinberger den Mann los.

Quent richtete seine Kleidung, während er fortfuhr. »In der Tat, jemand, der einen Jungen sterben lässt, den sollte sein Gewissen ein Leben lang quälen. Ich bin so froh, dass wir uns da einig sind. So froh.«

Was war das? Lachte Quent jetzt schon wieder? Dem Kommissar wurde heiß im Gespräch mit diesem Mann. Er begriff ihn nicht, er erfasste die Gefühle nicht, die Quent umtrieben, die seltsamen Wandlungen, die Strömungen unter der Oberfläche. Womit hatte er es hier zu tun? Immer schon, begriff er in diesem Moment, hatte Quent ihm das angetan: Rätselhaft zu sein und unverständlich. Und dabei immer diese Ahnung, diese schreckliche Ahnung, dass das Wesentliche ihm entging. All die Jahre hatte er gedacht, das Wesentliche, das wäre Quents Schuld, sein Doppelleben, das er einfach nicht zu fassen bekam, um es offenzulegen. Jetzt wuchs in Mauritius Steinberger langsam die Angst, es könnte etwas noch weit Schlimmeres sein, das er übersehen hatte: Wahnsinn. Wahnsinn und nichts anderes, schien ihm, lag gerade in Peter Quents Augen.

Der fragte: »Du begreifst es immer noch nicht, nicht wahr?«

Steinberger wollte eine Frage stellen. Wollte Quent zur Ordnung rufen, weil er ihn duzte. Aber der Wahnsinn in Quents Augen hatte sich selbstständig gemacht, war in die Welt gesickert, hatte die Zeit angehalten, die Luft verdickt. Alles geschah auf einmal wie in Zeitlupe.

»Du erinnerst dich wirklich überhaupt nicht?« Diesmal lag eine echte Frage in dem Ton. Steinberger beobachtete mit Mühe, die Augen immer wieder zusammenkneifend, gegen das Schwindelgefühl, das ihn ergriff, ankämpfend, dass Peter Quent seinen Kopf schüttelte.

»All die Jahre«, sagte Quent. »Die ganze lange Zeit bin ich dir gefolgt.«

Was war das nur? Mauritius Steinberger versuchte, aufrecht stehen zu bleiben und gleichzeitig die Dinge in seinem Kopf gerade zu rücken. *Er* hatte doch Quent verfolgt.

»Die ganze Zeit warte ich auf ein Signal, ein kleines Zeichen des Erkennens. Dass du dich endlich erinnerst.«

»Reden Sie keinen Unfug«, verlangte Steinberger. Er tastete nach dem Mikro in seiner Hemdtasche. Was sollten die Beamten nur denken, wenn sie dieses Gefasel verfolgten.

»Bist du verkabelt?«, fragte Quent.

»Hören Sie auf, mich zu duzen.«

Quent zuckte mit den Schultern. »Auch egal. Je mehr mithören, desto besser.« Er neigte sich vor bis dicht an Steinbergers Gesicht. »Erinnerst du dich wirklich an gar nichts mehr?«

Steinberger starrte den anderen an. Er suchte in dessen Gesicht, er suchte in sich selbst. Aber da war nichts, kein aufkeimendes Erkennen, kein Vertrautwerden der Gesichtszüge, kein Begreifen, gar nichts. Nur eine wachsende Panik, eine Angst, die auftauchte wie aus kaltem Wasser, eine namenlose, gegenstandslose Angst, ein Monster unter dem Eis. Jetzt hätte er gerne geschrien. »Nein«, brachte er mühsam heraus.

»Wir kannten uns einmal so gut, Mauritius. Wir waren beste Freunde.«

»Nein.«

»Es brach mir das Herz, als ihr weggezogen seid.«

»Lassen Sie den Unfug!« Steinberger brüllte fast. Dann hielt er inne. »Weggezogen?«

»Deine Familie und du. Damals aus Neustadt Aisch.«

»Aber ...« Mauritius Steinberger griff sich an die Brust. Das Mikrofon. Vier Stents. Er musste atmen.

Peter Quent fuhr mit sanfter Stimme fort. »Als sie den Umzugslaster beluden, sind wir beide noch mal losgezogen, Eisstockschießen. Wir nannten es jedenfalls so, wenn wir unsere Steine übers Eis kickten. Wir waren ja bloß Jungs.«

»Hansi!«

»Hans Peter«, verbesserte Quent. »Weißt du nicht mehr? Meine Mutter nannte mich Hansi, als ich klein war. Ich hab den Namen immer gehasst. Sobald ich alt genug war, hab ich durchgesetzt, dass man mich Peter nennt. Nur noch Peter. Peter Quent.«

»Hinterthür«, entfuhr es Steinberger. »Du warst Hansi Hinterthür.«

Peter Quent hob die Schultern. »Meine Mutter hat noch mal geheiratet. Der Kerl hat mich adoptiert. Was soll ich sagen: Er mochte mich wohl. Seit über siebzig Jahren bin ich Peter Quent. Ein Name, mit dem man es zu etwas bringen kann, das musst du zugeben.«

»Aber ...« Steinberger geriet ins Stammeln. Bilder blitzten vor seinen Augen auf. Bilder aus seiner Kindheit, von seinem besten Freund. Ein Gesicht mit aufgeworfener Nase, ein zusammengekniffenes linkes Auge gegen die Sonne, kurze Lederhosen, Knie grün vom Gras. Es hatte keine Ähnlichkeit mit Quent. »Aber ich dachte, du wärst tot.«

Das Wort hinterließ einen Moment der Stille zwischen den beiden. Man konnte die Schritte des Bären hören, der in seinem Gehege hin und her ging, hin und her. Immer, wenn er eine Mauer erreicht hatte, wiegte er sich vor und zurück, schüttelte sich, dass sein Fell hörbar schlackerte, und warf sich herum, um in die andere Richtung zu wandern. Bis zur nächsten Wand. Manchmal schien es, als gäbe er einen klagenden Laut von sich.

Steinberger konnte aber nicht ausschließen, dass er selbst dieses Geräusch hervorbrachte. Er oder sein Körper, der von den heraufquellenden Erinnerungen überfordert war.

Ein ohrenbetäubendes Schweigen umspülte sie. Endlich sagte Quent. »Tot hätte ich allerdings sein müssen. Nachdem du mich dort zurückgelassen hast. Im kalten Wasser unter dem Eis.«

Steinberger öffnete den Mund, um etwas zu sagen. Das Eis, Kratzer darauf, kreisrund wie von Schlittschuhen, Schneekristalle und dürres Schilf. Sie waren aufs Eis gestürmt und hatten gespielt, hatten ihre Steine geworfen, Äste, Schilfrohre. Waren hierhin und dorthin gelaufen auf der knisternden Oberfläche, ganz vertieft in ihr Spiel. Dann das Geräusch. Hansi war weg. An seiner Stelle ein kleines Loch, voll mit schwarzem Wasser. Der Anblick hatte alles aus ihm herausgesaugt und nichts gelassen als die Angst. Er war fortgerannt. Ans Ufer, den Weg zum Haus. Sein Vater war schon in der Auffahrt gestanden. Wo er geblieben sei. Sie seien längst fertig. Er tickte mit dem Fingernagel gegen seine Uhr. Höchste Zeit für den Aufbruch. Immer diese Kindereien. Seine Mutter hatte ihn ins Auto gezogen. »Du zitterst ja vor Kälte.« Sie hatte ihn in eine Decke gepackt und mit Schokolade gefüttert. Sprachlos, fühllos hatte er gehorcht. Hatte sich in die Wärme bringen lassen, in den Arm nehmen, von der Normalität umarmen, vom Abenteuer des Aufbruchs. Sie waren losgefahren. Im Rückfenster verschwand sein altes Zuhause.

»Ich war, wie alt war ich? Fünf?«

»Immerhin das weißt du noch.« Quents Stimme klang sarkastisch. »In der Tat, wir waren fünf. Und ich wäre kein Jahr älter geworden, wenn der alte Ziegler Schorsch nicht vorbeigekommen wäre, mich bemerkt und herausgezogen hätte.« Quent warf ihm einen abschätzigen Blick zu. »Er hat's keinem verraten und ich hab's meiner Mutter schon aus Angst nicht erzählt. Am nächsten Tag bin ich zu eurem Haus. Du warst weg. Ich hab nie wieder von dir gehört.«

»Ich dachte, du wärst tot. Nein«, verbesserte Steinberger sich. »Ich muss damals wohl gedacht haben, dass du tot wärst. Nein, ich muss ... ich muss völlig verdrängt haben, dass es überhaupt passiert ist, deswegen. Ich meine, ich nehme es an. Ich ... ich.« Er spürte, dass Speichel sich in den Winkeln seines offenen Mundes sammelte, und wischte ihn fort. Der alte Kommissar suchte nach der richtigen Erinnerung, suchte nach den Worten dafür, doch beides entzog sich seinem Zugriff. »Hansi?«, fragte er schließlich nur fassungslos.

Quent antwortete mit einer ironischen Verneigung. Dann setzte er den Strohhut auf und gab ihm einen Stups, damit er im passenden Winkel saß. »Ich meinerseits hab dich nie vergessen. Nun ja, zumindest nicht mehr, nachdem ich dich das erste Mal wiedergesehen habe. Bei der ersten Vernehmung.« Er nickte Steinberger zu.

Zwinkerte er etwa? Oder träumte Steinberger das nur, träumte er all das hier. War die ganze Szene ein einziger, wild wuchernder Albtraum, den ihm die Medikamente gegen seine Hüftschmerzen eingaben. Würde er gleich aufwachen, in seinem Bett liegen und sich fragen, was für wilde Eskapaden seine Fantasie sich nächtens erlaubte? Dann bemerkte er, dass Peter Quent, dass sein Freund Hansi, verbesserte er sich, ihn nicht ohne herablassendes Mitleid musterte.

»Ich hab mich gefragt, wann du es merken und mir erklären würdest, was für ein Gefühl das war, der Mörder seines besten Freundes zu sein.« Er schnalzte tadelnd mit der Zunge. »Aber du hast absolut auf stur geschaltet. Wolltest mich nicht wiedererkennen. Bei keinem Gespräch, nicht mal unter vier Augen.« Quent legte den Kopf schief. »Es war nicht unamüsant, weißt du? Sehr spannend, ich meine, es hätte ja jederzeit passieren können, dass du dich, paff!« – er klatschte in die Hände – »wieder an alles erinnerst. Plötzlich in hellem Licht. Aber ich konnte sagen, was ich wollte, mich im Profil zeigen oder von vorne.« Er tat, als wende er Steinberger diverse Ansichten zu. »Ich konnte das Wort ›Eis‹ oder ›Teich‹ ins Gespräch einflechten, so oft ich wollte. Nichts passierte. Du warst ein Monolith. Völlige Verdrängung. Sag mal: Ist das die Grundlage dafür, Polizist zu werden? Die eigene Sündhaftigkeit komplett unter den Teppich zu kehren?« Das Letzte hatte er in harmlos interessiertem Ton gefragt.

Steinberger hob die Hand, um den Redeschwall zu unterbrechen. Er brauchte eine Pause; er wollte Gnade. Quent gewährte ihm nichts davon. Nicht er, Steinberger, hatte all die Jahre auf diesen Augenblick gewartet, das wurde ihm nun klar. Es war Quent gewesen. Er war der Jäger.

»Nicht einmal, als ich was mit deiner Frau anfing«, sagte der gerade.

Steinberger fühlte sich bereits so taub, dass es dauerte, bis dieser Schlag zu ihm durchdrang. »Was?« Etwas stieg in ihm auf. Magensäure? Wut? »Du«, knurrte er, »du ...!«

Quent lachte nur. »Wirklich, zumindest da hätte ich erwartet, dass du an meine Tür klopfst. Dass du mich als Mann siehst. Dass wir reden. Dass dir endlich ein Licht aufgeht. Dass du begreifst«, jetzt wurde auch seine Stimme lauter und dringlicher, »wie eng und wie intim wir miteinander verbunden sind. Brigitte war dafür nur eine Metapher.«

»Sie war ein todkranke Frau!« Aller Schmerz und aller Protest lagen in diesem Aufschrei Steinbergers.

»Als ob dich das geschert hätte. Vergiss nicht, Brigitte hat mir alles über dich erzählt. Ich kannte dich besser als du dich selbst. Du hast sie genauso ignoriert, wie du mich ignoriert hast und unsere Vergangenheit. Wie vermutlich alles, was in deinem Inneren vorging, oder? Keine Gefühle, keine Erinnerungen, keine Freundschaften. Keine Liebe, Steinberger.«

»Du!« Diesmal war der Schrei nur der Auftakt. Der alte Kommissar hatte ausgeholt. Quent fing seine Faust auf. Mit aller Kraft, die er hatte, hielt er sie gefangen. Ihre Arme zitterten. »Beherrsch dich«, zischte Quent schließlich. »Einen gebrochenen Arm hast du schon. Oder willst du, dass sie eingreifen und uns trennen?«

Der alte Kommissar erschlaffte und trat einen Schritt zurück. »Ich bin allein hier«, log er lahm. Aber Quent hatte recht. Er wollte nicht, dass irgendwer angestürmt kam und dieses Gespräch unterbrach. Ihm war, als dürfe es jetzt nicht enden. Als dürfe es niemals enden. Entsetzt erkannte er, dass er mit diesem Mann verbunden war wie mit niemandem sonst auf der Welt, jetzt oder jemals. Zugleich ertrug er die Tatsache nicht, dass es so war. Dennoch konnte er es nicht ändern. Wollte es nicht. War süchtig danach.

»Allein«, sagte Quent. »Klar. Du hast keine Ahnung, wie wahr der Satz ist, oder?« Er hatte sich wieder dem Gehege zugewandt und versuchte zu Atem zu kommen. Während er den Blick auf den Eisbären gerichtet hielt, zupfte er an seinen Hosen, an der Krawatte, brachte sich wieder in Form.

Steinberger ließ ihn gewähren. Er war dankbar für den Moment, in dem nichts geschah. »Als du aus dem Wasser heraus warst ...«, fing er an.

»Es war, als wäre es nie passiert«, fiel Quent ihm eifrig ins Wort. Er hob beide Arme. »Niemand wusste davon, außer mir. Und doch war alles anders, nichts war wie zuvor. Ich war neugeboren, schwer zu erklären, ich meine, ich lag im selben Kinderbett, bin in die Vorschule gegangen wie immer, keine sichtbare Veränderung. Aber ich hab mich vollkommen, ja grundstürzend verändert gefühlt innen drin. Ich war mir so sicher, dass mir nichts Schlimmes mehr passieren kann, gar nichts. Dass ich alles darf. Und immer davonkommen werde. Unsichtbar. Nicht wie ein Superheld, eher im Verschwiegenen.« Er ließ die Arme fallen, hielt inne und überlegte. »Es ist wirklich schwer zu erklären. Vielleicht hab ich mir das ja auch Jahre später erst eingeredet.«

»Als Entschuldigung für deine Gaunereien.«

»Hey, ich muss mich für nichts entschuldigen. Ich versuche nur, dir etwas zu erklären.«

»Du versuchst gerade mir zu erklären, dass *ich* an deiner Verbrecherkarriere schuld bin.«

»Und?«, fragte Quent. »Bist du?«

Steinberger stand da und starrte auf seine Hände, diese alten, fleckigen, knotigen Hände, die sich auf die Brüstung stützten. »Ich bin schuld, dass du gestorben bist«, sagte er. »Hansi Hinterthür, mein bester Freund, ist damals gestorben. Meinetwegen.«

Einige Zeit antwortete ihm nur Quents schweres Atmen.

»Und ich bin schuld, dass Brigitte so leicht auf dich reinfiel. Was war sie, sagtest du, eine Metapher? Herrgott!« Er schüttelte den Kopf. »Arme Brigitte. Sie hatte nur Männer, denen ihre eigenen Angelegenheiten wichtiger waren als sie.« Er hielt inne und ließ die Erinnerung aufsteigen. Leise fuhr er fort: »Ich saß mit ihr bei Isolde in der Praxis und hab nichts getan als wegzuhören und mich fortzuwünschen. Bis sie tot war.«

Quent schnaubte abfällig. »Ihr warst du nichts schuldig.«

»Dafür hast du gesorgt«, stellte Steinberger fest.

Quent tippte sich an den Hut. »Immer gern zu Diensten.«

Wieder schwiegen sie. Es war eine Stille wie Eiswasser. Sie waren quitt.

»Eine letzte Frage noch«, sagte Steinberger. Er wusste selber nicht. Wollte er den Freund damit festhalten, oder wollte er ihn von sich fortstoßen.

Quent stieß sich leicht von der Brüstung ab, stellte sich gerade hin und wippte einmal auf den Ballen, als wollte er sich für die Antwort auf Steinbergers Frage bereit machen wie für eine Turnübung.

»Der Banküberfall«, sagte Steinberger. »Und der Junge damals. Warst *du* das?«

Über Quents Gesicht ging plötzlich ein Strahlen, ein großes, glückliches Jungenlachen. Es war der erste Moment, in dem Steinberger ihn wahrhaftig wiedererkannte. Und mit dem Erkennen kam die Erinnerung, bitter, süß, überwältigend, tödlich.

»Aber natürlich war ich das«, sagte Quent. Dann sprang er über die Brüstung.

41

Es war eine fließende, fast beiläufige Bewegung. Steinberger hatte sie nicht kommen sehen und konnte sie nicht verhindern. Auch die paar Menschen in seiner Umgebung begriffen nur verzögert, was passierte. Lange standen alle da, als hätte jemand auf die Pausentaste eines Filmes gedrückt. Fassungslos sah Steinberger Quents Körper im Wassergraben aufschlagen. Die elegante Kleidung bot einen grotesken Gegensatz zu dem grelltürkis gestrichenen Becken, dem algengrünen Wasser, den treibenden Blättern im schmutzigen Wasser. Einen Moment war Quent reglos, betäubt vom Schock des Aufpralls. Doch er war nicht bewusstlos. Schließlich hob er einen Arm, wie zu einem halbherzigen Schwimmversuch.

Das war der Moment, in dem Steinberger zu sich kam. Er brüllte Befehle in das Mikro. Die Beamten stürzten heran, einer setzte Funknachrichten ab. »Schwimm, Hansi«, schrie der alte Kommissar aus Leibeskräften, so weit über die Brüstung geneigt, dass sie ihn halten mussten, damit er nicht hinterherfiel. Das da unten war sein Freund, der einzige, den er hatte. Und er drohte unterzugehen. »Schwimm doch, Mensch!«

Quent paddelte halb betäubt. Konnte er sich nicht helfen, oder wollte er es nicht? Sein Körper drehte sich schwerfällig vom Bauch auf den Rücken. Für einen Moment sah Steinberger sein Gesicht. Es war das Gesicht von damals, klein und weiß im dunklen Wasser. Es war das Einzige, was Mauritius Steinberger wahrzunehmen in der Lage war. Alles jenseits dieses Gesichts war Schwärze, alle Geräusche waren verstummt. Das eigene Gebrüll ganz fern. Einen gnädigen Moment war jede Bewegung angehalten wie festgefroren im Eis.

Dann bemerkte der Bär, was in seinem Revier vorging. Sein torkelnder, schlackernder Gang unterbrach sich, wurde zielstrebig und wechselte die Richtung.

Die Zuschauer schrien auf. Steinberger wandte sich ab. Er wollte nichts davon sehen. Nichts hören von dem gurgelnden, schriller werdenden Kreischen, das Quent von sich gab, als der Bär ihn mit den Zähnen am Bein packte und an Land zog. Nichts von dem Reißen und Krachen, das viel zu lange anhielt, bis die Schreie endeten. Als Steinberger doch nicht anders konnte, als wieder hinzusehen, glitt sein Blick an der breiten Blutspur ab und fiel zurück ins Wasser. Dort trudelte einsam der Strohhut mit dem silbergrauen Band.

Einer der Kriminaler, die Steinberger gefolgt waren, fasste ihn an der Schulter. »Ich bringe Sie heim«, bot er an.

Steinberger schüttelte den Kopf. Er schlug die Hand weg. Atmete ein, atmete aus. Spürte, wie der Schmerz in der Brust nachließ. Schluckte, um seinen vom Schreien trockenen Mund wieder anzufeuchten. Nahm die Hand vom Gesicht und richtete sich auf. Alles noch da. Licht, Lärm, Welt. Das Leben ging ganz offenbar weiter. Mit Mühe, aber jede Hilfe zurückweisend, richtete er sich wieder kerzengerade auf und griff nach seiner Krücke.

»Wir haben noch etwas zu erledigen«, sagte er.

42

Eine halbe Stunde später standen Steinberger und die Beamten in der Akademie der Bildenden Künste. Wieder bewunderte der alte Kommissar die leichtgewichtigen Pavillons, das luftige Weiß unter den Bäumen, die jetzt herbstlich gelb leuchteten, den heiteren Betrieb. Eine Ausstellung gab es heute nicht. Aber er wusste, er würde Dorothea Kranz in der Meisterklasse finden.

»Geben Sie mir etwas Zeit«, sagte Mauritius Steinberger. »Halten Sie sich zurück.« Er trat alleine an die Fensterfront des Ateliers und winkte.

Über Dorothea Kranz' Gesicht ging ein Lächeln, als sie die einsame Gestalt des Kommissars bemerkte. Sie sagte etwas für ihn Unhörbares über die Schulter, legte Palette und Pinsel weg und kam zu ihm heraus. Farbe klebte an ihren Händen, sie wischte sie an ihren Jeans ab, die mit vielfarbigen Flicken benäht waren. Darüber trug sie ein hellblaues Herrenhemd, in das sie zweimal hineingepasst hätte, wie einen großen Kittel. Ihre Wangen glühten, ihr Haar stand zerzaust in alle Richtungen ab.

»Eine Eingebung?«, fragte Steinberger, der ihr Anblick zu Herzen ging.

Sie nickte. »Es läuft. Aber was machen Sie hier?« Sie biss sich plötzlich auf die Lippen. »Ist es wegen Dirk?«

Steinberger nickte. »Sie haben mir einiges verschwiegen, was Dirk angeht, nicht wahr?«

Schuldbewusst senkte sie den Kopf.

Steinberger fuhr fort. »Sie haben mir verschwiegen, dass Sie gemeinsam dieses kleine Kunstfälscherunternehmen aufgezogen haben, Dirk und Sie. Wessen Idee war das, seine?«

Abrupt hob sie den Kopf. »Sie dürfen ihn nicht zu sehr verurteilen. Er hatte immer solche Geldprobleme. Und diese Leute, ich meine, Dirk hat gesagt, die hätten ja gar keine Ahnung, auf welchen Schätzen sie säßen. Und sie wüssten es auch nicht zu würdigen.«

»Aber Sie beide schon?« In Steinbergers Stimme lag eine Schärfe, die die Röte in Dorothea Kranz' Wangen vertiefte.

»Er hätte es doch nicht ohne mich gekonnt«, sagte sie leise. »Ich bin von uns beiden die bessere Malerin.«

Steinberger dachte an seine eigenen Worte. Sie verkaufte sich unter Wert. In der Tat, das hatte sie getan. Für einen Kerl wie diesen. Es war wirklich jammerschade.

»Aber ich konnte doch nicht ahnen, dass er so weit gehen würde«, begehrte sie plötzlich auf. Mit weit aufgerissenen Augen schaute sie ihn an. »Dass er ...«

Steinberger vollendete den Satz für sie: »Morden würde?«

Sie schlug sich die Hand vors Gesicht und stieß dahinter einen erstickten Laut aus. Er sah, dass sie ihre Zähne fest ins Fleisch schlug. Er stellte fest, dass sie ihm leidtat.

»Nein«, sagte er so sanft wie möglich. »Dirk hat nicht gemordet.«

»Nicht?« Sie sog die Luft ein, verschluckte sich fast. Hustete. »Ja, aber ...? Sie sagten doch, Quent wäre nicht ...«

Der Kommissar schüttelte den Kopf. »Soll wirklich Dirk derjenige gewesen sein, der die heikle Aufgabe übernahm, sich in die Zimmer zu schleichen, um die gefälschten Bilder gegen die Originale auszutauschen? Nein. Er war ja kein Angestellter des Stifts. Die Leute kannten ihn nicht. Sie hätten sich wohl sehr gewundert, wenn er plötzlich in ihrem

Zuhause aufgetaucht wäre. Nein.« Beinahe zärtlich schaute er sie an. »Das haben Sie gemacht, Dorothea, nicht wahr?«

Sie schrie ungläubig auf.

Er überging das. »Sie waren vertraut mit den Örtlichkeiten. Und die Leute vertrauten Ihnen. Sie haben von Arx den falschen Morgenstern hingehängt. Und Sie waren es auch, die ihn aus dem Fenster gestoßen haben.«

»Nein«, flüsterte sie und schüttelte den Kopf, fester und fester. »Nein«, wiederholte sie lauter. Beim dritten Mal schrie sie es. »Es war ganz anders. Ich hab ihn nicht gestoßen. Er, er hat mich überrascht. Und dann ist er zudringlich geworden. Ich wollte mich nur wehren. Ich wollte doch nicht ...« Ihre Stimme versagte.

»Ich glaube Ihnen«, sagte Steinberger.

Erleichtert stieß sie den Atem aus. »Oh Gott!«, rief sie dann. Sie schluchzte auf. Einen Moment stockte sie. Dann warf sie sich in seine Arme, wo sie hemmungslos zu weinen begann. »Ich bin so froh, dass das alles rauskommt.«

Steinberger stand erst da wie erstarrt. Dann nahm er sie seinerseits in die Arme. Erst mechanisch, dann mit wachsender Wärme, strich er ihr über den Rücken. Murmelte ihr beruhigende Laute ins Ohr. Erst nach einer Weile fuhr er fort. »Ich glaube Ihnen, Dorothea. Sie haben den Tod des Mannes bestimmt nicht geplant. Vielleicht war alles wirklich nur ein Unfall.«

»Ja! Ja!«, schluchzte sie auf.

Er nahm sie bei den Schultern und hielt sie vorsichtig von sich weg. »Aber leider sind da noch Frau Dette und ihr Manet.« Er konnte sehen, wie sie blass wurde. Das Weinen setzte aus. Sogar der Schluckauf, der sie kurz überfallen hatte, kam abrupt zum Stillstand. Ihr Gesicht war ein einziges großes Staunen. Wie ein Kätzchen, dachte Mauritius

Steinberger und war dankbar, dass er nicht empfänglich war für Lolita-Charme. Sie wollte ansetzen zu einer Frage, einer Behauptung. Aber er hatte keine Lust und keine Geduld für diesen Akt des Schauspiels.

»Es muss Ihnen wie verdammtes Pech vorgekommen sein, dass Sie schon wieder beim Austauschen der Bilder überrascht wurden. Aber Sie haben nicht gezögert, Dorothea. Beim zweiten Mal war alles schon Routine. Sie haben Frau Dette erstickt, mit einem Kissen.«

»Das ist nicht wahr!« Ein kurzer, vergeblicher Aufschrei.

»Aber genau das hat die Autopsie zweifelsfrei ergeben. Die Fasern des Kopfkissens fanden sich in den Atemwegen der Frau. Das Kopfkissen lag im Bett, die Frau saß in ihrem Rollstuhl am anderen Ende des Zimmers. Es gibt nur einen Weg, wie sie in Frau Dettes Luftröhre gelangt sein können: Jemand hat ihr das Kissen aufs Gesicht gedrückt. Und sie hernach vor ihrem Rätselheft drapiert, als wäre nichts gewesen.«

»Sagen Sie das nicht.« Dorothea Kranz flüsterte nur noch. »Sagen Sie das nicht so.«

Er strich noch einmal über ihre Schultern, ehe er sie losließ. Sie wankte leise. »Ich glaube beim ersten Mal an einen Unfall, Dorothea. Aber beim zweiten Mal haben Sie gehandelt, wie Sie es bei von Arx gelernt haben, schnell, effektiv und ohne zu zögern, hab ich recht? Sie waren sicher, noch einmal damit durchkommen zu können. Sie wollten nicht auf das Geld verzichten. Nicht auf den Manet. Habgier, Vorsatz, Heimtücke.« Er zählte es an den Fingern ab. »So was nennt man Mord. In einem besonders schweren Fall, wenn man bedenkt, wie alt und hinfällig die Dame war.«

Dorothea Kranz stand noch immer vor ihm, bleich wie ein Laken, wankend wie ein Halm im Wind, Staunen in der

Miene. »Das glauben Sie wirklich von mir?« Ihre Stimme bettelte.

»Nein, das glaube ich nicht, Dorothea«, sagte er und fuhr, als ein Hoffnungsschimmer sich in ihrer Miene zeigte, unbarmherzig fort. »Ich weiß es. Leider.«

»Leider?«, fragte sie hoffnungsvoll. »Es tut Ihnen also leid?« Sie wollte nach seiner Hand fassen.

»Ja«, sagte er und nahm ihre Hand in seine, streichelte sie, betrachtete sie und hielt sie dann erneut mit festem Griff. »Es tut mir leid, weil ich Sie mochte. Wir waren Freunde, Dorothea. Aber Sie haben meine Freundschaft benutzt. Vom ersten Tag an, erinnern Sie sich? Sie haben meine Bewohnerakte gesehen, erfahren, dass ich ein Exkriminaler bin, und haben sich an mich herangemacht, um herauszufinden, ob ich Ihnen gefährlich werden könnte. Sie wollten sehen, ob ich etwas mitbekäme von dem, was Sie und Ihr Freund da so trieben. Es war bestimmt spannend, mir dabei zuzusehen, wie ich mir auf das Blumenbeet, das Dirk zertreten hat, einen Reim zu machen versuchte. Waren Sie sehr erleichtert, als ich mich ganz schnell auf Quent als Verdächtigen eingeschossen habe? Es kam Ihnen vermutlich zupass, dass er und ich auch noch um Frau Hohoff konkurrierten. Und Sie konnten in Ihrer Kreativgruppe alles schön überblicken und managen.«

Während er erzählte, wurde in Steinberger der Ärger wieder wach, den er zuerst empfunden hatte, als ihm all diese Zusammenhänge klar geworden waren. Er holte Luft und fuhr fort: »Und Sie haben meine Nähe gesucht, um mich mit Ihrer Freundschaft zu manipulieren. Ich sollte Sie mögen, damit ich Sie auf keinen Fall verdächtige.« Er hielt ihre Hand jetzt so fest, dass es ihr wehtun musste. Er konnte spüren, wie sie sich anspannte. Doch sie protestierte nicht.

»Und es *hat* gewirkt«, warf sie ihm hin. Sie trat einen Schritt näher. »Sie mögen mich immer noch.« Jetzt stand sie ganz dicht vor ihm. »Geben Sie es doch zu!«

Er kapitulierte mit einem Ausatmen. »Ich gebe es zu.« Wieder nahm er sie bei den Schultern, zog sie an sich und gab ihr einen Kuss auf den Haaransatz. Für einen Moment sog er ihren Duft ein, diesen Duft nach junger Frau und Farben. Nach Leben und Zigarettenrauch. »Ich mag Sie wirklich sehr«, murmelte er in ihr Haar. »Ich wünsche Ihnen alles Gute. Seien Sie tapfer.«

Dann wandte er sich ab und ging davon.

»Aber ...?«, hörte er sie fragen. Er nickte den beiden Beamten zu, die hinter den Eichen gewartet hatten und nun hervorkamen, um Dorothea Kranz zu verhaften. Er hörte die ersten Worte der Rechtsbelehrung noch. Er ging ein wenig schneller. Was jetzt kam, kannte er auswendig.

Als das Wohnstift in Sicht kam, schaute Mauritius Steinberger auf die Uhr. Vor ihm lag der Rest seines Lebens. Es war nicht einmal drei. Es war Dienstag. Sein Lesetag. Er sollte in sein Zimmer gehen, sich in den Sessel setzen und ein Buch wählen. Als Nächstes hörte er einen Laut in seinem Brustkorb. Dann wurde die Welt auf einen Schlag blasser.

43

Der alte Kommissar blieb stehen. Alles blieb stehen. Drehte sich dann einmal um sich selbst. Kippte zur Seite. War es das?, fragte er sich. So umstandslos? Und warum nicht, drängte gleich der nächste Gedanke sich auf. Warum nicht einfach nachgeben? Mitkippen. Umfallen und Schluss. Schluss mit der Wut, Schluss mit der Traurigkeit, die dicht dahinter auf der Lauer lag und in seinem Zimmer schon auf ihn wartete. Schluss mit den Abschieden. Er spürte Moos und Erde, ganz nah. Er hörte seinen Atem. Das Dröhnen füllte seine Ohren fast vollständig aus.

»Mauritius!«

Hansi Hinterthür öffnete den Mund, groß und rund, Wasser füllte ihn und er verschwand. Dunkelheit schwappte heran und wurde dann wieder lichter.

»Mauritius!« War das Brigitte? Eine Ahnung von gelbem Licht und Blumen umfing ihn, ohne dass er etwas deutlich sah. Es war mehr eine Atmosphäre als ein Bild, mehr ein Gefühl als ein Klang. Ein heller Nebel, der ihn singend fragte: Und das ist die Frage? Die Frage. Die Frage. Die Frage, die du stellst? Steinbergers Traum-Ich wandte den Kopf, um zu sehen, wer ihn da ansprach, woher die Echos kamen. War das Gelb Heimat? Oder würde es umschlagen in ein giftiges Zischen, ehe es ihn verschlang.

Ist das deine Frage? Die Frage. Die Frage.

»Mauritius!« Diese Stimme klang kühler. Blau und klar wie ein Riss. Über ihr wurde der Herbsthimmel wieder sichtbar. Der Wind begann erneut zu wehen. Es gab wieder Bäume. An einem davon lehnte er, mit ausgestreckten

Beinen auf dem Boden sitzend. Wie war er hierhergekommen? Der alte Kommissar fuhr sich mit der Hand übers Gesicht. Er besaß wieder einen Körper. Der Schwindel wurde schwächer, das Atmen leiser. Er erkannte Paul Schwebel, der aufgeregt auf ihn zueilte.

»Meine Güte, mein alter Freund«, sagte der Büchersammler, als er ihn erreichte. Besorgt neigte er sich vor, um Steinberger ins Gesicht sehen zu können. Seine riesigen Augen hinter den verschmierten Brillengläsern zwinkerten vor Angst. »Für einen Moment dachte ich, du ... ist alles in Ordnung?«

Der alte Kommissar brummelte etwas Unverständliches. Er ließ sich vorfallen auf alle viere, stemmte sich nach einer konzentrierten Pause auf die Knie und zog sich von dort auf die Füße. Er hielt seine Krücke mit beiden Händen gepackt und stützte den Brustkorb noch eine Weile darauf ab. »Hilf mir mal«, sagte er endlich und richtete sich, von Schwebels Arm gestützt, wieder zu voller Größe auf. Ein paar Zentimeter schienen zu seinem früheren Ich zu fehlen, aber der brennende Schmerz, der alles im Griff gehalten hatte, hatte sich zurückgezogen. Wie ein Hund in seine Hütte, dachte Steinberger. Kusch, bleib da. Er nickte Paul Schwebel zu. »Was machst du hier?«

»Dich suchen«, sagte Paul Schwebel. »Ich dachte mir, wir machen einen Spaziergang, vielleicht um den Valznerweiher. Frau Hohoff sagte so was.«

»Ach«, entfuhr es Mauritius Steinberger. »Frau Hohoff sagte so was?«

»Ja, dass du Bewegung brauchst.« Paul Schwebel ging auf die krückenfreie Seite Steinbergers und hakte sich ein. »Dass du Bewegung brauchst. Und ich, mein Freund, könnte ein bisschen Gesellschaft brauchen.«

»Hat das auch die Frau Doktor verordnet?«, fragte Steinberger zurück. Dienstag, dachte er. Dienstag war auf keinen Fall ein Weihertag. Weiher war Mittwoch und Freitag. Kaum hatte er sein Leben zurück, schon geriet es ihm wieder durcheinander. Aber seltsamerweise machte ihm das gerade kaum etwas aus. Im Gegenteil, er hatte das Gefühl, es könnte genau so funktionieren. Wenn er sich ein bisschen bemühte, könnte es klappen.

Paul Schwebel passte sich dem langsamen Schritt des Kommissars mit seiner Krücke an. »Frau Hohoff hat auch gesagt, wir sollen nicht zu lange wegbleiben, weil doch um sechs die Bridgerunden anfangen. Sie braucht uns als Partner.«

»Ach, hat sie das gesagt.« Der alte Kommissar kam sich langsam ein bisschen dämlich vor. Fiel ihm denn gar nichts anderes mehr ein, als alles zu wiederholen, was Schwebel sagte? Gleichzeitig war er so sinnlos froh, er hätte den ganzen Tag denselben Satz wiederholen können. Hauptsache, er enthielt ihren Namen. »Isolde«, fügte er probeweise hinzu. »Isolde Hohoff.« Sie hatte gesagt, dass sie ihn braucht. Seine winterliche Sonne.

Gemeinsam machten sie sich auf den Weg, Schwebel und der Kommissar.

»Sag mal«, fing Steinberger irgendwann an. »Ich hab da so ein Buch im Regal. *Tom Sawyer und Huckleberry Finn.* Ist von einem Engländer oder Ami. Kannst du mir dazu was sagen?«

»Also, das ist mal ein interessanter Autor«, fing Paul Schwebel an. »Hartnäckiger Mann. Hat seiner Frau dreißigtausend Liebesbriefe geschrieben, bis sie ihn endlich geheiratet hat.«

»Romantik ist harte Arbeit, was?«, fragte Steinberger.

»Sieht so aus. Nicht, dass ich es je versucht hätte«, gab Schwebel zu und lachte keckernd. »Aber in dem Buch selbst geht es um Freundschaft. Zwischen zwei sehr verschiedenen Jungen, der eine ein Landstreicher und Lebenskünstler. Interessiert?«

»Ja«, sagte der alte Kommissar. Er drückte Paul Schwebels Arm. »Ja, ich glaube, das könnte was für mich sein. Wenn du es erzählst, dann bestimmt.«

Was würde er morgen sein? Mauritius Steinberger hatte keine Antwort darauf. Die Jagd war vorüber. Aber es gab so viel Gestern. Und er war beschäftigt mit dem Heute. Eines jedenfalls war er, so wie es aussah: Er war nicht allein.

Literaturverzeichnis

Evans-Wentz, Walter Y.; Göpfert-March, Louise: Das ti-
betanische Totenbuch oder Die Nach-Tod-Erfahrung auf
der Bardo-Stufe. Mannheim: Artemis & Winkler Verlag,
2003.

Goethe, Johann Wolfgang von: Goethe: Faust. Eine Tra-
gödie. Teil I - II (vollständige Ausgabe). : Morgenrose,
2014.

Gurdjieff, Georg Iwanowitsch: Beelzebubs Erzählungen
für seinen Enkel: eine objektiv unparteiische Kritik des Lebens der Menschen. Basel: Sphinx, 1987.

Hongzhi, Li: Zhuan Falun (Deutsche Version) - Ausgabe
2012-2.: GoodSpirit Verlag, 2015.

Moore, James: Georg Iwanowitsch Gurdjieff: Magier,
Mystiker, Menschenfänger; eine Biographie. Frankfurt am
Main: Scherz, 1992.

Nicoll, Maurice: Psychological Commentaries on the
Teaching of Gurdjieff and Ouspensky. New edition. Bos-
ton, Mass. [u.a.]: Weiser Books, 1996.

Ouspensky, Peter D.: Psychologie der möglichen Evolu-
tion des Menschen. 6. Auflage. Bad Oldesloe: Neue Erde
GmbH, 2008.

Ouspensky, Petr D.: Tertium organum: der dritte Kanon
des Denkens: ein Schlüssel zu den Rätseln der Welt.: O.
W. Barth [im] Scherz-Verlag, 1988.

Ouspensky, Peter D.: Ein neues Modell des Universums: d. Prinzipien d. psycholog. Methode in ihrer Anwendung auf Probleme d. Wiss., Religion u. Kunst. : Sphinx-Verlag, 1986.

Ouspensky, Peter D.: Auf der Suche nach dem Wunderbaren: Perspektiven der Welterfahrung und der Selbsterkenntnis. 12. Aufl... Berlin: Barth, 1993.

Osho, Osho: The Secret of Secrets: The Secrets of the Golden Flower.: Duncan Baird Publishers, 2014.

Rajneesh, Rajneesh: Kein Wasser, kein Mond.: Ki-Buch-Verlag, 1981.

Salzmann, Jeanne de: The Reality of Being. 1. Aufl.: Shambhala Publications, 2011.

Schröter, Jens/Bethge, Hans-Gebhard: Das Evangelium nach Thomas (NHCII,2)
http://www-theol.unigraz.at/~heil/lvws0506/evth.pdf

Wilhelm, Richard: Geheimnis der goldenen Blüte: das Buch von Bewusstsein und Leben. Kreuzlingen, München: H. Hugendubel, 2005.